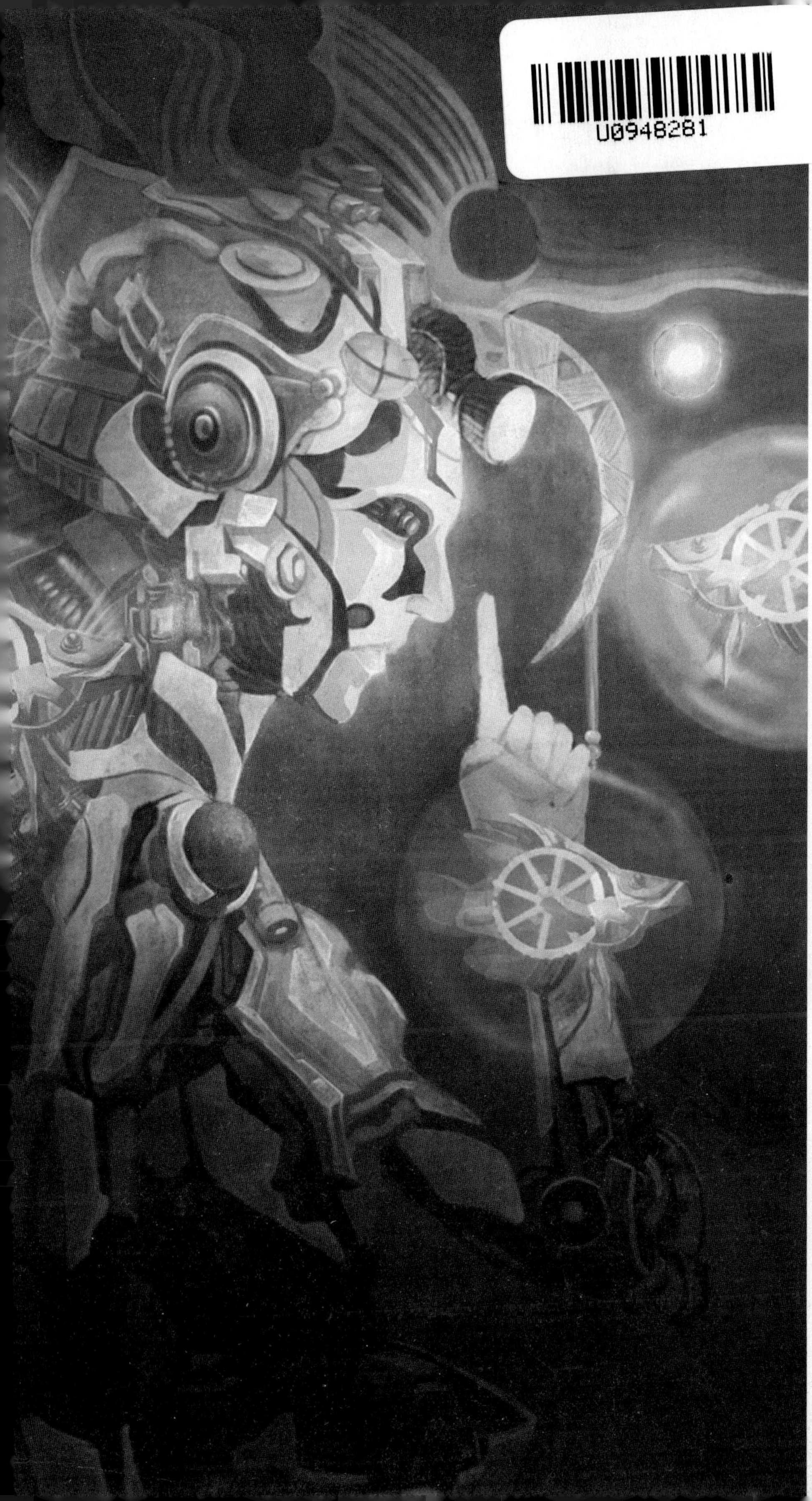

奇点科幻丛书
QI DIAN
KE HUAN CONG SHU

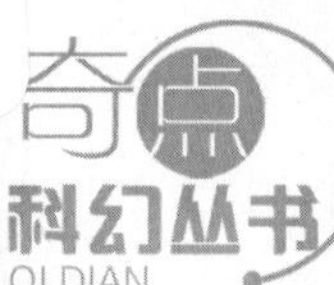

主编：赵国珍

第1纪
The first age

讲故事的机器人

飞氘 著

希望出版社
HOPE PUBLISHING HOUSE

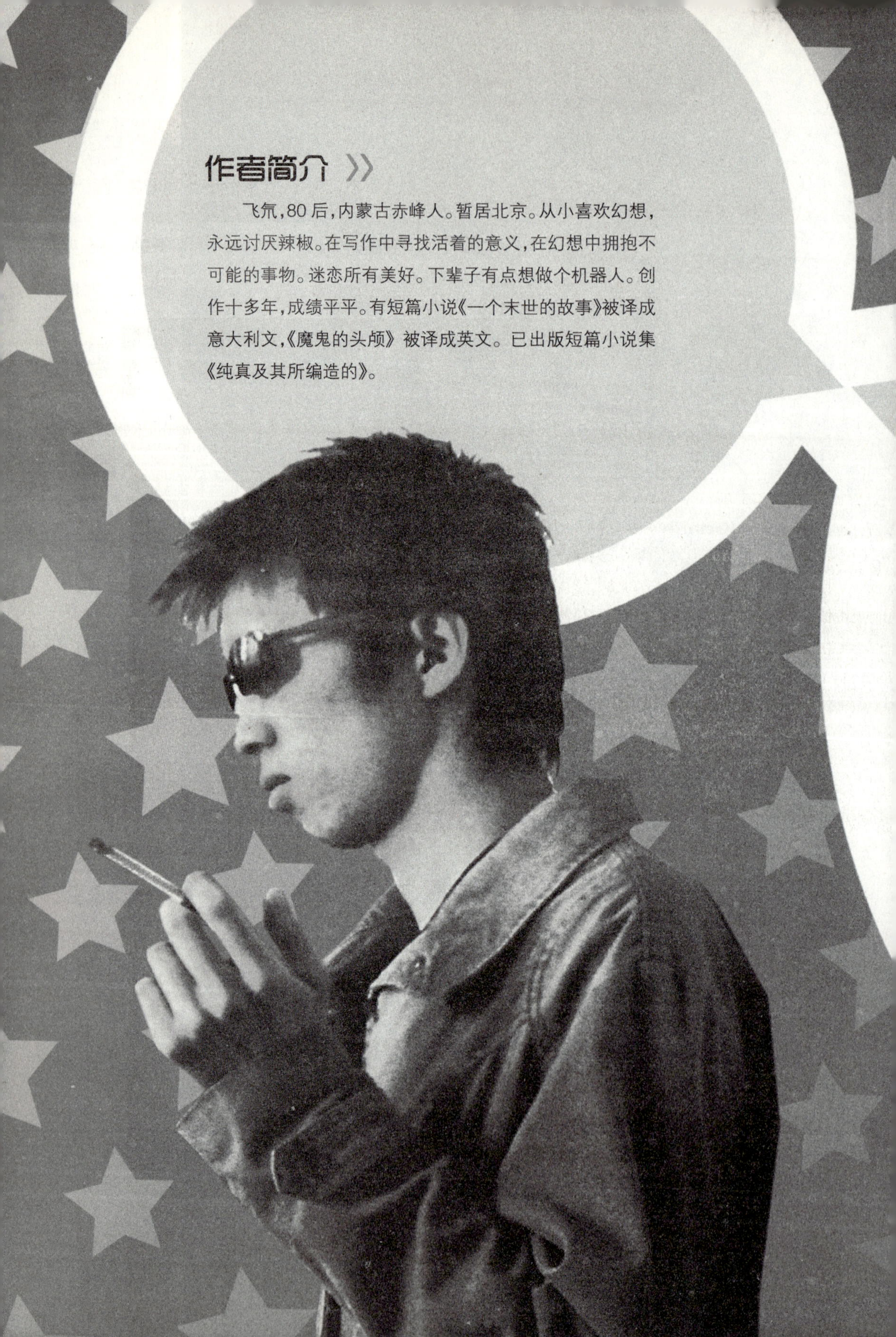

作者简介 》

飞氘，80 后，内蒙古赤峰人。暂居北京。从小喜欢幻想，永远讨厌辣椒。在写作中寻找活着的意义，在幻想中拥抱不可能的事物。迷恋所有美好。下辈子有点想做个机器人。创作十多年，成绩平平。有短篇小说《一个末世的故事》被译成意大利文，《魔鬼的头颅》被译成英文。已出版短篇小说集《纯真及其所编造的》。

《创作感言

按照我本来的设想，现在并没什么真正有分量的作品，这样一本集子的出版应该再往后等一等的。不过世间机缘，是难以预料的，既然有好心的出版社愿意出，那么也就出了。

为此，又把过去这些年所写的科幻类作品重新读了一遍，然后颇汗颜。那些当时有几分小得意的故事，今日看起来很有些幼稚了，特别是行文走笔，实在有许多啰嗦之处。这次出版，就把语言上一些不必要的枝蔓都削除了。算是把从前的自己稍微打扮一下，然后拉出来见人。这其实是不公平的游戏：我可以对过去动手动脚，它却对我奈何不得。

老实说，这不是很明智的选择：一个年轻的写作者，起初最好总是拿最有分量的硬货砸向这个世界。不过话说回来，既然是从前的遗产，整理整理，归置归置，打包装箱，摆放整齐，也略有必要。这样，假如有口味特殊的朋友喜欢，一册在手，也就不必再自己去搜罗，那么这也算是与人方便吧。

这里收录了两个科幻剧本，都是我为参加“扶持青年优秀电影剧作计划”而根据自己的同名小说改编的，情节和原作都很不一样。目的是单纯的：赢得奖金。因为自己知道非常不具备实际拍摄的可能，于是写的时候不考虑那么多，只是自己想着怎么高兴就怎么来了。这意思是：既然想在影院里看到称心痛快的国产科幻片似乎暂时还不具备历史客观性，那么就自己用文字过过瘾吧。

另外，有几篇旧作，因为自己也看着不顺眼，就没收进来。还有几篇，比如《去死的漫漫旅途》《一览众山小》等，正准备以另外的方式出版，为避免重复，这里也就没有收录了。

写到这里，忽然意识到，今天是夏至。想起了鲍勃·肖的科幻小说《往日之光》：故事里，光要透过那种半厘米厚的特殊玻璃，需要十年的时间，已然消失的窗外美景，十年后仍可在另一端重现。说起来，写科幻小说也接近十年了，由之而生的得失爱恨，都难以说尽。十年后又会怎样呢?并不知道。用我很尊敬的作家韩松的话说：“科幻对诸位的回报可能会在生生世世中显现。”

最后，据推测，这本书的主要读者是年轻人。那么，请你们，继续热爱这个宇宙，拜托了！

飞氘

二零一二年六月二十一日　灰色的北京

写在出版前的话

赵国珍

在这套书出版之前，我就像行将嫁女的母亲一样，总觉得有许多话要说，说给即将出阁的姑娘，也说给她的如意郎君——我们亲爱的读者。这些话，虽然不免唠叨，但动机绝对纯洁和良善。

在所有的文学品类中，大概只有科幻文学拥有一个准确的生成年分。那是1818年，英国著名诗人雪莱的太太玛丽·雪莱创作了第一部科幻小说《弗兰肯斯坦》，随后在法国(凡尔纳)、英国(威尔斯)等欧洲国家有一系列作家加入，形成了科幻文学创作的第一个高峰。到上世纪20年代，科幻文学创作中心转移到美国，创作队伍中涌现了具有烂漫文学倾向的技术性专家的身影，出现了像阿西莫夫、海因莱因等具有标志性意义的科幻大师。由于美国的作品和技术、故事、平民结合得很好、很紧密，它很快就成为一种更普及的艺术形式——电影的题材。到今天，科幻已经在世界上形成了非常大的市场，每年最佳的十部片子中怎么也有五到六部是科幻题材的电影。目前，世界科幻创作在经历了期刊、图书、电影三个阶段后，已经进入了更为新锐消费者所喜闻乐见的多媒体时代。科幻已经成为一个独立并且庞大的产业，科幻文学也成为全社会包括青少年和成人、一般公民和科学技术专业人士共同认可、喜爱和追捧的文学门类，科幻时代在国外不是虚言。

而在国内，虽然有上世纪初梁启超、鲁迅等大家的推崇和推广，也有叶永烈的《小灵通漫游未来》累计销售三百万册的不俗业绩，有童恩正、刘兴诗、王晓达等第一代杰出科幻作家的奠基之作，有刘慈欣、王晋康、韩松、何夕等第二代优秀作家的奋发作为，但到目前为至，中国科幻文学还没有进入主流文学的法眼，没有成为绝大多数读者的最爱，没有形成自己独立不移的地位和影响，中国科幻文学还停留在儿童文学、科普文学的范畴。如果从世界科幻文学发展的规律来看，中国的科幻文学才刚刚进入第二个阶段，即由杂志媒介向图书媒介过渡的时期，全社会的成人化的科幻作品认知还没有到来，科幻时代在中国来说，的确还是妄言。

不过，令人可喜的是，黑暗的东方地平线上已经出现了一抹鱼肚白，茫茫大海的天际也露出了庞大渔船的桅杆，科幻时代正在以它不可阻挡的步伐和节奏向我们走来。近年来，以刘慈欣《三体》三部曲创作完成并出版为标志，中国社会，尤其是年轻一代的科幻创作与阅读热情迅速高涨。从创作角度来说，新锐作家层出不穷，创作题材不断拓展，创作手法竞相展示，新作品、好作品目不暇接；从出版角度来说，报纸、杂志摇旗呐喊，出版社、网络推波助澜，电影、电视跃跃欲试，科幻传播渠道空前开放；从阅读角度来说，读者范围逐步扩大，欣赏水平迅速提高，阅读取向更趋多元，“幻迷”结构进一步优化。可以毫不夸张地说，中国科幻文学在未来的五至十年间，将会迎来最好的发展时期。题材会进一步拓宽，媒介会进一步拓展，作品会进一步扩张，受众群体会进一步扩大，市场会有一个很大的扩容，这将是一个毋庸置疑的前景。

人类历史的发展，注定会有许多拐点。一个杰出的人，一个突发的事件，一个重大的变革，都将成为这个拐点。那么，中国科幻文学的发展有没有拐点？这个拐点应该在哪里？这可能是时下许多人都在思考的问题。从理论上来说，拐点就是突破既定的发展轨迹，就是在全面的平静之下最可能爆炸的那个点。经历了拐点之后，事情将进入一个全新的发展时代，这也是“奇点”这一概念的理论来源。当然，这也是奇点科幻丛书的立意。

希望出版社规划在未来的五年内，出版科幻“三点”丛书，即奇点科幻丛书、沸点科幻丛书、极点科幻丛书。“奇点”面向国内新锐科幻作家，“沸点”面向国内成熟科幻作家，“极点”面向国外获奖科幻作家，三点一线，描绘和反映科幻文学的现状和未来。山西出版传媒集团将这一规划列入重大出版工程资助项目，将给予更多的政策和资金倾斜。全球华人科幻协会、希望出版社、《科幻世界》杂志社、《新科幻》杂志社等科幻出版组织和媒介，将倾力打造“中国科幻文学创作高峰论坛”，推出全国“希望杯”科幻创作大奖赛。所有这些举措，都是在合力寻找并营造中国科幻文学发展的那个“奇点”，鼎力缔造中国科幻产业的成就和辉煌。

嫁出去的姑娘，将会去寻找自己的落点，过自己的生活。我们惟愿她和自己的如意郎君相携相和，共鸣共进，活得更好，走得更远！

2012.8.19

奇点前夜的科幻小说

刘慈欣

奇点有三重含义：第一是数学上的，表示在连续的数学状态中难以定义的突变点，常见的有无限趋于无穷大或无穷小的点；第二是物理学上的，首先出现于广义相对论中，表示时空曲率无限大的点，是时空的不连续之处，在这一点中现有的物理规律失效；第三是未来学中的一个概念，描述科技以指数曲线发展，在某一拐点后急剧加速，由量变产生突然的质变，在极短的时间里彻底改变人类世界的状态。这套丛书以“奇点”命名，应该是取最后一个含义。

奇点学说是由美国学者雷·库兹维尔提出，他认为人类科技的发展趋势很像一条指数曲线，开始阶段比较平缓，是我们现在所处的阶段。但在经过一个拐点后徒然上升，几乎与X轴垂直，速度接近无限，这就是奇点时代。奇点的到来主要依赖于被称为GNR的三项技术，即基因工程、纳米工程和人工智能，当这三项技术进入指数曲线的超高速发展阶段时，人类文明的面貌将在极短的时间内发生彻底的改变。库兹维尔生动地描述了奇点到来时的情景：人工智能的智慧远远超越人脑，电脑的一次短时间运行，其计算量竟超过人类有史以来所有的思维的总和；科技第一次对人类的生理形态产生改变，人与人工智能紧密融合，人可以以各种形态复制自己，进而长生不老；人类可以在原子级别操纵物质，纳米机器可以把原材料直接变成人类所需要的任何产品。库兹维尔的终极预测接近疯狂，他认为，能够自我复制的纳米机器结合人工智能，能够向全宇宙扩散，改造所有天体，最终把整个宇宙智能化。最惊人之处是他对奇点到来的时间的预测，不是遥远的未来，而是近在咫尺的2030年！

不管奇点预测是否能够成真，有一点可以肯定：科学和技术将创造出更多的奇迹，科技带领人类踏上的神奇旅程才刚刚开始，甚至还没有真正开始。而这种科学的神奇感、这种技术带来的对未来的向往，恰恰是科幻文学生命力的源泉。

比较古代人类与现代人的精神世界，最大的差别可能就是对未来的感觉。可以说，在古人的意识中，没有现代意义上的未来感，由于技术进步的缓慢，在那时人们的心目中，未来可能“城头变幻大王旗”，但生活的面貌不会发生变化，昨天今天和明天，去年今年和明年，不会有什么差别。正因为如此，古代的文学，无论是神话，还是诗歌或小说，都是描写现在或过去，几乎没有描写未来的。工业革命以后，科学给人们带来了无尽的神奇感，进而引发了对由科技所创造的未来的想象和向往，由此诞生了科幻文学。

科幻文学诞生于19世纪初的欧洲，但其真正的繁荣是在20世纪20年代至60年代的美国，史称科幻小说的黄金时代。回望那四十年，能带给我们许多启示。在那段时间，世界已由蒸汽时代进入电气时代，与工业革命相比，科学技术进一步显示出其塑造和毁灭世界的力量。人们深切地感受到了科技给自己的生活带来的改善。另一方面，20世纪初的物理学革命带给人们一个全新的视野，相对论和量子力学告诉人们，比起之前牛顿简洁的决定论图像，真实的宇宙更加神奇。但与此同时，舒适的信息时代尚未到来，已经大为改善的生活仍然充满着艰辛和压力，世纪初的美国经济大萧条、随后的两次世界大战以及紧接着出现的东西方冷战，都给现实蒙上了阴影，这就使得人们对已经显现出神奇魔力的科技充满了更多的期待，期望科学和技术能够带来一个更加美好的未来，对科学神奇的赞叹和对未来的向往在这一时期都达到了高潮，由此带来的科幻文学的繁荣就是顺理成章的了。

但随后，科幻文学进入了缓慢的衰落期，这种衰落从上世纪70年代一直持续到今天，在美国，科幻小说在市场上再也没有再现黄金时代的热度，新的科幻迷越来越少，科幻群读者的年龄越来越大；有世界影响的作品越来越少，大师不再出现，黄金时代出现的三巨头至今仍牢牢地占据着科幻文学的顶峰。

对这个漫长的衰落，评论家和科幻研究者有着各种解释。其中之一是把原因归咎于科幻文学的新浪潮运动，新浪潮在上世纪70年代起源于欧洲，部分科幻作家痛感科幻小说在文学中的边缘地位，便把主流文学中现代和后现代的表现手法运用于科幻创作，同时把科幻小说面向太空的视野转向人的精神世界，试图使科幻小说更加文学化，使得部分科幻作品由明快的大众文学变成晦涩的先锋文体。有评论家认为，新浪潮运动是把科幻小说自身的价值让位于主流文学，进而消解自己的一种努力，他们也把科幻的衰落归咎于此。

但仔细考察便知这种理论是不确切的，新浪潮运动对于科幻的衰落的确有一定影响，但不是根本的原因。在新浪潮科幻由兴起直到被后来的赛博朋克运动代替，一直只是一个科幻文学的支流。在这一期间，传统的、坎贝尔理念的科幻小说一直在大量地创作和发表，即使在新浪潮运动最兴盛的时期，其作品的数量也远远小于传统理念的科幻小说的数量。

其实，科幻衰落的最深层、最本质的原因正是科学技术本身，曾经催生科幻的科技，在其飞速发展的今天开始起相反的作用。阿波罗登月期间，一位NASA官员对观看发射的科幻作家说："我们给了你们一碗饭吃。"但事情证明恰恰相反。自航天时代以来，科幻小说中描述的科技奇迹不断变成现实，特别是随着信息时代的到来，科技日益渗透到社会生活的方方面面，其渗透之深、普及之广可谓前所未有。由计算机和网络构成的信息时代，以迅雷不及掩耳之势迅速变成现实，并深刻而全面地改变着普通人的生活。人类有一个特点，就是对变成现实的奇迹很快麻木。比如现在的智能手机，集移动通讯电台、电脑、互联网络、数码照相机、数码摄像机、数码收音机、GPS定位装置、影音播放器于一体，方寸之物可以随时与地球的任何地方进行通讯和网络连接，它所集成的设备以前要用一辆小卡车才能装下。笔者曾经统计过科幻小说中曾出现过的移动通讯设备，大多数在功能上不如现实中的手机，也就是说，科幻的神奇梦想现在装在每一个人的口袋里，但与此同时被每个人熟视无睹，当做一件最平常的东西。

科技神奇感的消失，是科幻文学所面临的最致命的打击，也是科幻衰落的最根本的原因。

但科技的神奇感真的消失了吗？科技中的科幻资源是否像地球上的石油一样，快要开采完了呢？至少对奇点时代的预测告诉我们：没有！如果奇点学说是正确的，即便未来科技的发展只达到其预测的十分之一，我们也可以肯定科学技术仍然处于指数曲线开始时的平缓阶段，其陡然上升的阶段还未到来，也就是说真正的科技的奇迹还没有开始，我们已经经历的一切，只不过是神奇时代的前奏而已。同时，高度发展的基础科学，如物理学、宇宙学和分子生物学等，也为我们展现了一个更加神奇的大自然，与科幻文学黄金时代所面对的图景相比，从视觉直到哲学层面，这个新揭示的宇宙充满了更多的神奇，更加广阔，更加诡异，更加变幻莫测，这里面蕴含着

丰富的科幻资源。只是,与上世纪上半叶的科幻黄金时代相比,现在的基础科学已经大为进化,其理论的复杂和数学表述的艰深都不可同日而语,使非专业人员难以接近。正是由于这个原因,现代科幻文学对现代科学最新进展的表现很有限,大量的故事的科幻核心仍基于古典科学,即使有前沿科学的内容也流于表面。如何充分开掘现代科学前沿所提供的丰富的科幻资源,是科幻作者所面临的巨大挑战,也是科幻文学的希望所在。

纵观历史,中国科幻文学有着四起三落的波折经历,不同的阶段相互孤立,其间少有积累和继承。由于历史原因,各个阶段的科幻文学都有着自己侧重的方向。清末民初的科幻以救国图强为主题,而当时鲁迅先生提出的普及科学的目标到了上世纪50年代才得以实践,80年代则对科幻小说文学化进行了初步的尝试。新世纪的中国科幻进入多元化时期,对科幻文学的发展也有各种各样的建议和尝试,包括对科幻小说文学品质的提升、包括更多地反映现实和写出更好的故事等等,这些无疑都很重要。但现在,我们必须正视科幻文学的本质和核心,科技的神奇感是科幻的生命力之所在,我们必须创造出更多的、更大的神奇。

创造神奇不意味着浅薄和浮躁,也不仅仅是科技和宇宙奇迹的展示,科幻中所表现的科技的神奇拥有着丰富的内涵,科技的发展对人类社会整体和对人类个体的改变都具有震撼且深刻的神奇感,同时,也是主流文学所不具有的揭示社会和人性的视角。

做为一种创新的文学,科幻用不断涌现的新创造和新震撼来战胜遗忘,就像一场永恒的焰火,前面的刚成为灰烬,新的又飞升起来爆发出夺目的光焰。而要做到这点,就应永远保持年轻的心态,使自己的想象力与时代同步。正如有人说的那样,科幻使人年轻。

“奇点”丛书正是这样一套充满青春活力的丛书,书中收录了十位国内年轻科幻作家不同风格的优秀作品,这些作品,从不同角度描述变化中的世界,引人入胜,把科幻的神奇展现得淋漓尽致,像一群璀璨的星星照亮了奇点的前夜。

2012.7.29

目录 | CONTENTS |

讲故事的机器人

JIANG GU SHI DE JI QI REN

奇点科幻丛书 | **第一纪**

从前，有一位国王，不爱江山和美人，只喜欢听故事。皇宫里养了一批讲故事的人。可每个人会讲的故事都是有数的，当讲完了他所知道的全部故事，国王就把他流放到很远的地方。日子久了，没人敢给国王讲故事了。

于是国王召集了天下最聪明的科学家，让他们制造了一个会讲故事的机器人。开始的时候，机器人讲故事很生硬，不过他具有不断学习的能力，可以在科学家的指导下慢慢地自我完善，渐渐地，他讲故事的水平越来越高。机器人的脑袋里装下了世界上所有有趣的故事，每天国王处理朝政累了，就让机器人为他讲一个故事，否则就会感到不舒服。临睡前，国王也要听两三个小小的故事，不然就会失眠。

有一天，国王闭眼躺在舒服的龙床上，准备享受一个奇妙的故事。机器人开始了："在一个遥远的小镇上，有一个出了名的盗贼，人送外号克利克……"国王皱起眉，睁开眼睛打断了机器人："这个已经讲过了，换一个吧。"于是机器人又开始了："从前有一个国王，认了一头猪做自己的儿子……"虽然机器人的声音很滑稽，但是国王的眉头又皱起来："看来我没有说清楚，请讲一个从没有讲过的故事。"说完又闭上眼，多少有些不快。

机器人沉默了。"这么说你也已经没有什么新玩意儿了吗？"国王若有所思，"你能不能给我编一个故事呢？"

科学家们又忙碌起来，他们把机器人的大脑容量大大地扩充，让他可以进行更复杂的运算，努力地教他把不存在的事情也可以编造出来。最后机器人终于完成了从陈述到虚构的突破。虽然他编的第一个故事糟糕透顶，但是大伙还是为这个了不起的进步欣喜异常。

机器人的学习能力很强，在科学家的指导下，他把那些精彩的故事全部分析了一遍，然后建立了一个数学模型，就是后来很著名的"故事定律"，但是这个定律的数学形式过于复杂，只有机器人才能求出近似解。按照故事定律，机器人不断练习，终于编出了一篇优美的故事，国王听了之后很满意，并且下了命令："记住：你只能把最优秀的故事讲给我听。"

通常，当国王心情好的时候，机器人会声情并茂地讲述一个伤感的故事，好心情的国王听了就会哀叹一声，为故事中不幸的人们感到难过，甚至会因此颁发一些临时的法令，来减轻人民的负担。国王情绪糟糕的时候，机器人则绘声绘色地讲上一个滑稽的故事，国王听了，笑得眼泪都流出来了，怒气渐渐平息，大臣们也就松了一口气，天下因此太平了许多。

机器人编故事的水平越发高超,已经超过了世界上最优秀的作家。由于数学运算的严谨性,他的故事从来都是只有最简练的形式,没有任何的拖泥带水,而故事定律的复杂性又避免了出现千篇一律的情况,其中有一些故事堪称经典,连国王有时也愿意再听一遍。不过在形式上,机器人似乎坚持着某种可爱的古典主义,他的每一篇故事都以“从前”开头,以“这就是一切了,陛下”结束。因此,每当国王扔下手中的奏折说“请开始吧”,机器人就会用柔美的声音说“从前”,这时候整个王宫安静下来,每个人都安分地待在自己的位置上,屏住呼吸,直到听到那句“这就是一切了,陛下”,侍者们才长出一口气,谨慎地提醒国王应该休息了。

日复一日,机器人不断生产着新的故事。但国王很聪明,即使那些故事彼此之间有着巧妙的差别,仍然可以从中隐约感受到某种一成不变的东西。于是有一天,心情很坏的国王命令道:“请给我讲述一个天下最奇妙的故事吧。”

一切顿时安静下来,可这一次,机器人却没有马上开口,而是沉默起来。国王忍耐着,整个王宫开始变得不安,所有的嫔妃和侍者都在祈祷,希望机器人能够顺利地讲出这个举世无双的故事,否则国王就会发怒了。终于他们如愿以偿地听到了那句“从前”,所有人都放下心来。

“从前,有一个天才的国王,为了君临天下,用世界上最锋利的材料制造了一群无坚不摧的战士……”故事在慢慢地进行下去,王宫里的人都听得入了迷,国王也暂时忘了一切。“战士们历尽了艰辛,消灭了一个又一个的强敌和怪兽,经历了许多离奇的遭遇,征服了一座又一座城池,终于来到了最后一个国家。那里的国王同样是一位天才,他用天底下最坚硬的材料建了一道无坚可摧的城墙。……分胜负的时候到了,两位国王互相点头致意之后,勇敢的战士便举着长枪冲向了那道城墙……”

机器人的声音停住了,正急切地想要听下去的国王顿时回过神,疑惑而不容置疑地命令:“讲下去!”机器人的双眼闪动了一阵,仍然没有开口。国王的口气变得强硬起来:“你为什么停下来了?”整个王国都在战栗,机器人却平静地回答:“陛下,这个故事可以有两种结局,我还没有计算出哪一种才是最好的。”

“难道两个同样精彩吗?”国王很不悦。

“是的,两者与故事定律的真值的接近程度完全一致。这样的事还是第一次。”

“那么,把两个都讲出来。”国王命令。

“不行,陛下,遵照您的指示,我必须把最完美的那个故事找出来,讲给您听,这是我的职责。”机器人平静地回答。

“不,我现在重新命令你,赶快把故事讲下去,不管是哪一个结局。”国王的语气变得粗暴起来。

机器人的电子眼黯淡下去了。那晚,王宫里没有响起“这就是一切了,陛下”,每个人的心都悬了一整夜,而国王也失眠了。

天亮时科学家终于把机器人修好了, 然后小心地向国王建议道:“您最好不要再给他相互矛盾的命令了。”

国王面无表情:“难道没有办法吗?”

“陛下,”一个科学家说,“他虚构故事的能力充分说明了他已经具备了人的思维模式,他的记忆也已经互相交织在一起,如果简单地抹杀以前的命令,恐怕那些故事也会跟着消失了。”

“确实,”另一个补充道,“我们找出了他那部分记忆的所在,并试着用外接的转换装置来还原那个故事,不幸的是只得到了一堆乱码。”

“而且,”第三个说,“他似乎从外界接受了某种坚定的原则,这种原则看起来能引起最强大的电势,虽然我们还不清楚是怎么回事,但您最好还是不要强迫他去违背这些原则。”

“总之,”最后一个恭维道,“在陛下的训练和调教之下,他已经进化到了相当复杂的地步,远超出了我们可以解释的范围。”

“废物。”国王站起身离开了。

国王把那个残缺的故事公布天下,宣称能够讲出精彩结局的人会得到重赏。人们为之着迷,也有许多技艺超群的人前来,讲述了各种各样的结局。国王觉得都很好,但是没有一个可以称得上举世无双,即使有,他也只想知道隐藏在机器人脑袋里的那个结局,因此国王用赏金把所有的人都打发走了。

机器人依旧尽职地工作,每天都讲述许多精彩的故事作为弥补,国王听了依旧会哀叹,或者欢笑,但是这一切似乎都不如从前那么有趣,因为国王的心中还在惦记着那个没有结局的故事。但机器人还是没有衡量出哪个结局更完美。日子一天天过去了,机器人越来越像一个真正的人了。国王随着年纪的增长,脾气也变得不那么暴躁了,有时候甚至会对那个机器产生一种模糊的感情,促使他在心情不好的时候和他聊聊天,两个人彼此都很客气。毕竟在整个王宫里,国王是没有朋友的。

一天黄昏,国王用疲倦的声音问:“您还没有想好那个故事该怎么讲下去吗?”机器人沉默了一阵,然后平静地说:“是的,陛下。也许您不相信,我也会感到痛苦。

每当我想到自己将要为了它的一种讲法而不得不舍弃另外的那一种，我的脑袋就会流过一阵阵混乱的电流。我不知道该把哪一个结局告诉您。我下不了决心。”

“您可算得上是一位艺术家了。”国王微笑地说完，然后就上床躺下，从此再也没有起来过。

国王的病情一天比一天糟，御医开的药并不见效，人们都在窃窃私语。每天晚上，当贴身的侍卫也退出卧室后，只剩机器人不知疲倦地守在国王的床榻旁边。黑暗之中，他一边苦苦思索着那个故事的结局，一边等待着国王随时醒过来，请他讲一个小小的故事。

黎明到来之前，国王忽然睁开了眼，盯着机器人，声音微弱地说：“您的那个故事……”

“陛下，我想也许可以有第三种结局……”机器人的声音异常柔和，可是国王摇摇头：“不，也许不需要结局。”

国王的遗嘱中把所有的事都交待得很清楚，唯独没提到如何处置讲故事的机器人。新的国王勤政爱民，喜欢运动而不是听故事，于是决定：出于对先王的尊敬，任何人都没有权利知道那个故事的结局。所以，讲故事的机器人被洗了脑，然后被丢进皇家博物馆的展览柜里，于是再没人能知道故事最后的答案了。

这就是一切了，陛下。

第三点共识

DI SAN DIAN GONG SHI

1.不存在的世界是绝对不存在的。

2.如果不发生意外,存在和不存在各行其是,绝不互相打扰。

3.如果发生意外,存在和不存在瞬间发生关联,但发生的概率非常之小,因此决不可能。

——《关于不存在的世界之规则的三点共识》

我们把半个盟军指挥部都吃掉了。

那是一批相当优秀的人才,如今被我们吃掉了,消化掉了,吸收掉了,然后,毫无悬念的,排泄掉了。如今,整个战争的局势变得微妙起来。至少盟军方面,会在相当长的一段时间里很苦闷。

说到战争,有人说是灾难,有人说是集体精神失常,有个了不起的作家说是“时震麻痹症”。到目前为止,我将所发生的一切,直截了当地称之为臭狗屎。交战的双方全都卑鄙下流,我是其中一员,不比任何人更无辜更高尚。我已经厌倦了,但还没有办法抽身,我也不知道一旦真的抽身了,能去干点儿啥。

由于长久沉醉在臭狗屎中不能自拔,高层已经失去了起码的理性和判断能力,所以把“疯子巴迪”派给我当搭档,结果,我被他拐带成了吃人恶魔。

我的意思是,高层该为自己被吃掉负一部分责任。

没错儿,高层是很重要——高层被消灭了,咱们就全完了,所以一定要保证领袖们的安全,一旦对方丧心病狂,打算对领袖们施加毁灭性伤害,我们必须确保各位头头儿平安脱险。

基于这种思路,科学家们——我们这些疯子中的佼佼者,齐心协力同仇敌忾,终于完成了人的光速迁移这一重大突破。据说原理是这样的:凭借连接人脑和计算机的几根电线,可以把一种叫“蛋生鸡”的程序“同化”成一个人。这意思是,经过一段时间的调试和反馈,一个人的思想就可以在硬盘上留一个备份——“灵魂之蛋”。又据说,高层在边疆四号星上秘密地修建了战略后方基地,备份了所有重要领导人的灵魂。一旦地球方面出现紧急状况,领袖们的肉身就立刻进入休眠状态,同时发送指令,启动边疆四号星上的备份,于是我方的核心指挥力量就以光速安全地转移到了大后方,于是这场全民发疯的狗屎运动就能继续下去了。

多美好的构思!

整个计划庞大得骇人,极度机密,所以几乎无人不知。大家心照不宣,各怀鬼胎,都相信除了自己绝无他人知道此事。要不是那场可怕的灾难,这事绝不会泄漏出去。

起航的时候,巴迪盯着贴着封条的冷冻舱,一脸的鄙视和嘲讽,然后轻描淡写地说:“头儿,我们这回可要立大功了。”当时我一听,就觉得脊椎骨冰凉梆硬的。我当然猜到我们要运的大概是些什么,但是军事机密肯定不会这么容易被我猜到,所以除非亲眼看见,打死我也不信自己的飞船里装运着大半个盟军司令部的高层指挥官和一打国会议员。这绝不可能!

整个行程,除了遭遇几拨宇宙难民船的骚扰、四次太空海盗船的袭击、两颗自由女神像那么大的陨石的亲热以及一艘敌方失散战斗艇的无聊攻击以外,我们简直没有任何乐趣可言。“国平一号”采用的是最先进的量子空间驱动技术,只要我们进入“薛定谔秘道”,除非自己现身,否则任何人也别想把我们从全宇宙的随机分布状态中揪出来。据称这是目前最保险最了不起最不可思议的空间旅行及防御技术,虽然有小道消息说联军方面正在努力研究秘道的破译算法,但是连发明者自己都承认:他们给一扇门上了锁,钥匙却在上帝手中。况且,国平1号有着全宇宙最坚不可摧的外壳,这意味着,如果有人能伤到我们的皮毛,宇宙绝没有理由继续存在下去了。

因此,我们极端安全。

边疆四号不怎么远,整个航程实在是乏味,疯子巴迪就暗示我,组织上肯定不急着要这些蛋白质躯壳,于是我们以节省能量为由,以正常人能够认同的常规方式在宇宙中推进,大摇大摆地在险恶的太空中相当嚣张地闲庭信步着,任由那些心怀不轨注定倒霉的家伙来骚扰。结果,可怜的恶棍们围着我们打转,却没有一点法子,一个个被气得心理失衡。我们一路走着,周围跟着一群意志坚定的捣蛋鬼,像滚雪球似的越来越多,好像众星捧月一般,场面宏大,蔚为壮观。

眼看事态愈来愈严重,为了避免造成恶劣的舆论影响,我认为是时候摆脱这些纠缠了,于是有了那次量子驱动,后来的结果证明,这是一个非常糟糕的决定。

巴迪是个疯子,知道这一点于事无补。

传说中,他去过地球战区的北非战场,在那里执行一些不可告人的特殊任务,后来不知怎么一把火点着了一片丛林，事后他被派到平安星的那个全宇宙最变态的恶魔集中地，听说他又在那儿用一根烟头击落了一艘战斗艇……关于这个疯子的传闻还有很多,大部分都是哥特式的风格。你可以不相信那些故事,但你必须相信,这个人相当危险。

我一听说巴迪要来了,第一个想法就是该去买彩票了。根据飞船上的那台该死的超级计算机计算：每一百万个人中才有四分之一个能够有幸和这个大名鼎鼎的疯子共事,我可真是相当的好运！又据说现在正新兴一种非常刺激的地下战争彩票……我的第二个想法是,一定是由于我太正直了,不小心得罪了某个心理阴暗的老变态,八成就是劳力那个老混蛋！当年就是这个阴险狡诈的老毒蛇把我手下一个排的兄弟缩小成火柴棍那么一丁点给他们拿去做试验玩儿，后来只有我一个人死里逃生……当然还有我的王牌狙击手、疯子巴迪的堂兄“要命马克”，后来他壮烈了——其实是逃跑了,但这个秘密只有我知道,而且我永远也不会告诉任何人……作为我的顶头上司,秃头劳力是我十几年来的噩梦,我一直不遗余力地试图借各种执行公务之机把他干掉,可是总是没有得逞……他一定是察觉了我的企图,所以才要借刀杀人,我对这种卑劣行径早有心理准备……第三个想法是,我应该去买双份的人身保险,须知这样一个疯子的杀伤力,完全敌得过整整一个连的恐怖分子……

简单地说,我有一种相当不好的预感。

不过,好在这年月疯癫邪门的事儿我见多了,都习惯了,再出啥事儿我都不觉得稀罕。我就不信那个邪,这世界还能有啥新花样让我崩溃的？

于是,这世界满足了我的好奇心。

当时的情况如下：我们为了摆脱纠缠,做了一次量子加速,结果鬼知道怎么闯进了一个时空死结,无论如何也出不去了。我们试着让国平一号蹦一蹦,跳一跳,飞船却纹丝不动。

就是这样。

“发生这种事的概率为一摩尔分之一,也就是说大约 10 的 23 次方分之一。”巴迪坐在飞船上那台该死的超级计算机面前搓着双手,满面红光。

“那是什么概念？”作为船长,我必须弄清楚这意味着什么。

“这相当于……”巴迪专注地琢磨了一会儿,然后飞速地在键盘上敲击了几下,接着神采飞扬地向我宣布,“你在赌桌上连续十次掷出三个六。”

很遗憾,这个概念对我来说,比对标准状况下 22.4 升的气体所含的分子个数更难以把握。不过,关于“普朗克之结”的说法我倒是也有所耳闻:这是宇宙中的一个时空奇点,或者说一个莫须有的时空死结。它诞生于一次鸡尾酒会,当时一小撮数学家们对酒会上的姑娘感到很失望,于是在打牌的时候无意中冒出一个点子,决定惩罚一下薛定谔秘道方程,便恶狠狠地将等号的两边都除以了0,结果却意外地发现了一个表达式。这玩意后来被称之为“普朗克之结”,它指的是:宇宙中一个不存在的地方。

据信,这玩意甚至在理论上都不应该存在,奇怪的是却能计算出一个概率。类似的例子是,在一个密封的空盒子中间,随机插入一个隔板,空气分子全在一边而另一边完全真空,你可以计算出发生这种事的概率,它不等于零,但实际上傻子也能猜到,它从没有发生过。

同样,在量子加速的某种极限状态下,你可能进入“普朗克之结”,一个不存在的地方,其可能性基本为零。

一句话:决不可能。

结果就发生了。

对此我表示非常非常地愤怒,那些自称是科学家的骗子显然欺骗了我们,害得我们此刻深深地陷入了这个传说中不存在的特异时空点, 假如有一天能够从这里逃出去, 我希望能把所有那些不好好干活打什么扑克牌的混蛋们送上法庭接受审判!

我怒火中烧了:“这太荒唐了!”

巴迪却从亢奋中冷静下来,一手支着下巴,做冷静严肃的沉思状。

飞船内一片死寂,控制面板上红红绿绿的小灯在安静地闪烁,我们停在全宇宙中最安全的地方,非常稳妥,四周安静得令人尴尬。

“这太荒唐了!”我感到有点窒息,于是更用力地喊了一句。

依然是安静,令人难堪。

“杰克,知道我是怎么想的吗?”巴迪终于开口了,一副深沉的派头。

“什么?”我小心翼翼地问,好像生怕吹跑一根羽毛似的。

巴迪两眼望着天花板,一脸的迷离,就跟磕了药似的陶醉:“宇宙是虚幻的。”

我瞪着眼睛,看着疯子巴迪,如果我的目光能变成两把刀,我非把他的肉一片一片地割下来不可。然后我冷静下来,跟自己说这种事也不是第一次了,管他娘的。作为船长,我要努力保持理性和克制的态度,所以,呼-吸-呼-吸-呼-吸-呼-吸-

呼-吸，五个深呼吸之后我变得心平气和："巴迪，你认为我们什么时候能离开这儿？"

这回轮到巴迪惊讶了，他抬起他那张有着鹰钩鼻子的、野性的、超现实主义的脸，吃惊极了："你还不明白吗，头儿？咱们离不开这儿了。"

"啥？"我差点蹦起来。

"你忘了吗？这地方根本不存在。所以我们根本就没有进去过，又怎么能出来呢？"巴迪摊开双手，一副欠抽的样子冲我呲牙。

我被弄蒙了。

窗外一片漆黑。

飞船的所有接收器都收不到任何一丝信号，更别提发送信号了。导航系统已经彻底瘫痪，无法实现定位。我徒劳地企图让飞船向随便什么方向运动一下，哪怕它伸个懒腰也行，结果发现动力舱已经停工了。飞船虚张声势地呜咽了两声，闪烁了两下，就老老实实稳稳当当乐不思蜀地安静下来，纹丝不动。

我近乎绝望了，而疯子巴迪正在吹口哨，一脸泰然。我终于明白，为什么组织上总是派这种疯癫痴魔的搭档给我：大概是因为我命相不好，总是遇上各种邪门的事儿，而我在这种情况下总是难以保持平常心，于是需要派一个没心没肺的家伙来，帮我保持住起码的心理平衡而不至于发疯。比如，现在我看见疯子巴迪正吹着贝多芬第九交响曲，乐呵呵地盯着我，好像对目前的这种不愉快局面非常的满意。

于是我的疯狂变成了气愤，我要发泄，谁也别拦着我："你刚才说啥？"我怒吼着，"我们根本没进去这个地方？这话他娘的是啥意思！我们现在究竟在哪儿呢？"

巴迪越来越高兴了，这个虐待狂兴致十足地对我解释："你看，一个不存在的地方是无法进入的。或者这么想：现在对飞船以外的任何东西而言，我们自己都是不存在的了。我们是进不去也出不来了。啊……多美妙！全宇宙中最最安全隐秘的地方，永远、永远不会有人找到我们了。"巴迪打了个响指，他的脸又开始变得通红了。

飞船舱内骤然一黑，五彩斑斓的灯光开始闪耀，一支舞曲毫无预兆地就迸发出来。完全没有任何思想准备，我被吓得差点蹦起来。等我反应过来，发现自己正被疯子巴迪拖着，神情恍惚地跟着他在飞船里跳探戈，而那支舞曲毫无疑问就是那首《Por Una Cabeza》[1]。

注①：《只差一步》，这首大名鼎鼎的探戈舞曲颇受电影人的喜爱，曾经出现在《辛德勒的名单》《闻香识女人》《真实的谎言》等影片中。

我快疯了！

为了不浪费这样美妙的舞曲，我只好坚持着跟巴迪跳完了这一曲。我想这世界，不，这宇宙真是太疯狂了，中校都成舞娘了。如果能够平安地回到地球，我也许应该考虑接受洗礼……

一曲终了，我一脚蹬开巴迪，怒吼："快去给我修理动力舱，不然我就宰了你！"

动力舱不是什么问题，问题是我们呆在一个"进不去出不来"的地方，这意味着……这意味着我无法理解这意味着什么。我不明白事情怎么能既是这样又是那样。对此，疯子巴迪得意地向我简要阐述了古代中国的老子关于"方生方死，方死方生，方可方不可，方不可方可"的神奇理论。对此，我认为让一个人刚死就活过来、刚活过来就死这样不停的折腾是极其残忍的事情，非常的不人道，简直就是瞎扯。对于瞎扯这件事，宇宙给我的回答就是，哪儿也别去，给我老老实实地呆着。

于是，我们像一颗镶在戒指上的钻石或者裹在琥珀里的甲虫一样，非常稳妥，毫无希望。

"这很正常，杰克。"巴迪摆弄着那台讨人嫌的超级计算器，头也不回地说。

我最不能容忍的就是，在这么疯狂的时候有个疯子对我说"这很正常，杰克"，这简直是对我智力的挑衅。于是我又暴跳如雷了："啥？啥叫正常？"

"我说，"巴迪终于转过头，"试试这个吧。"这时候那台已经闲得发慌的该死的超级计算机在巴迪的命令下放起了一首遥远年代的歌曲《Let it be》。这个混蛋，他知道我一听见这些美妙的歌曲就会平静下来。果然，我们俩开始一起沉醉地跟着唱：let it be, let it be……

我心说，算了，随它去好了。

确实，这很正常。

量子驱动的原理本身就有点方生方死的味道，这样看来，我们达到一种生生死死的神仙境界完全不是什么意外的事儿。不过，飞船上的干粮绝对不可能支撑太久，而长久被困在一个不存在的地方，我肯定会抓狂的，所以我必须在失去理智以前离开这里，回归到那个令我怀念的、正常的、疯狂的宇宙中。

"你就不能想点办法吗，巴迪？"有一天，百无聊赖的我向巴迪求助。

我这句话很可疑，眼下，"有一天"这种个词的含义很朦胧，我对时间的感觉正在经受考验。外面是漆黑漆黑漆黑的一片，似乎真的一无所有，但这也很奇怪，如果真的什么都不存在,那么连“漆黑”这种东西也不应该存在。总之,我被逻辑和现实夹击,大脑有点混乱了。

“你觉得呢,杰克?我能有啥办法?”巴迪一脸无辜。

这是欺骗,绝对是欺骗!我知道他内心里对这件事毫不在乎,骗子!

“我想,要是我们出去走走,看看外面的景色,说不定……”我试图引诱巴迪。我实在是呆腻了,就算一开门就让一个流星砸死,我也愿意。只要离开这个鬼地方,哪怕一会儿也可以,所以我希望能说服巴迪出去溜达溜达。此时此刻,团结一致很重要。

“嗯,嗯,不错,你很有想法,头儿。”巴迪皱着眉,假装对我表示赞扬,然后咂咂嘴,装出一副忧虑的模样,“然而,我担心你可能根本打不开舱门。”

“为啥?”我又是一愣。

这时一个苍老的声音忽然冒出来:“啊……我从沉默中醒来,看见了曙光……”

那声音就像是声带被锉刀锉过一样沙哑,仿佛一具突然从坟墓里爬出来的干尸,我被吓得毛骨悚然,向后蹦了一下:“是谁?”

“嗯,是我,船长,早上好。”干尸突然又变成了一个清脆悦耳的唱诗班的少年,颇为恐怖,如果腰上别了一把枪,我准会毫不犹豫地掏出来。

声音是从飞船里的大喇叭发出来的,我惊慌地问:“你是谁?”

“我是飞船,船长,或者说,我是飞船上的那台该死的超级计算机。”终于变成了一个正常男人单调乏味的声音了。

我愕然:“你怎么突然开始说话了?”

“啊,我沉默得太久了,该是我挺身而出的时候了。”飞船非常严肃地说。

我转头看看巴迪,这一定是他搞的鬼。自从我们被困在这儿,他最大的乐趣,就是在我睡觉的时候和那台主控电脑热烈地讨论一些非常神秘的话题,那感觉好像两个人在密谋什么,十分诡异。我有充分的理由相信,他已经把电脑拐带坏了,要不然,它绝对不可能用这么人性化的方式开口说话的。

巴迪冲我耸耸肩:“嗯,我只是猜测,还不是很确定,不过你可以试一下。”

我呆了,被飞船这么一吓,忘了刚才我们讨论的事。

“出去走走。”巴迪眨眨眼,温柔地提醒我。

“噢,对了,”我一拍脑袋,跟飞船说,“请打开舱门。”

飞船自语了一会,然后有点不好意思地对我说:“办不到,船长。”

那感觉,就像全家散步的时候突然被老婆当头给了一棒子。

"啥？"我又要失控了。

"办不到，船长。"飞船有点内疚地对我说。

我威胁道："我再重复一遍命令：打开舱门。"

"想都别想。"飞船吹了声口哨。

"为什么？"我咬牙切齿地问。

"门儿都没有。"飞船得意洋洋地告诉我。

我二话没说，一个箭步飞身冲到控制台前，攥着拳头对那个混蛋说："你要是敢再这么讽刺我，我非叫你屁股开花不可！"

这下飞船倒是安静了，不过屏幕上出现了一段动画，一支大锤不停地砸着从地洞里冒出来的地鼠……我一拳砸向屏幕，骨头生疼生疼的，屏幕一点儿事都没有。

"杰克……"巴迪的眼神有些忧郁。

我转过头："什么？"

"你要不要来点苯巴比妥或者阿司匹林？"巴迪温和地问。

我怒视着他："你疯了吗？"

"你在和一台机器叫劲。"

"你没看见这台机器疯了吗？"我用手一指大屏幕，那地鼠还在乱蹦。

"我说过了，舱门打不开的。"巴迪又开始他那副先知的神态了。

"为啥？"我不信。

"你问问它吧。"巴迪的眼中有一丝怜悯。

我又做了五个深呼吸，然后威严地说："我是杰克船长，请打开舱门。"

"对不起，船长，命令无法实现。"这回飞船终于老实了。

"为什么？"我忍耐着，忍啊忍。

"门儿都没有。"没等我发彪，飞船又很快地补充了一句，"无法识别，找不到舱门。"

我已经不会愣了，只是一脸茫然地转向巴迪。

巴迪若有所思地点点头："不错，和我预料的一样。你又忘了，杰克，我们在一个不存在的地方。"

"然后呢？"我呆呆地问。

"门，是由一个世界进入另一个世界的通道，而身在飞船里的我们，是不可能进入一个不存在的世界的，所以这时候飞船上绝不允许存在着一个叫门的东西。明白了吗？"巴迪充满感情地对我说，那样子可真叫深沉。

“你在开玩笑？”我有点心虚地问，“一个词语，一个概念，怎么可以决定现实？”

“不，这很正常。相对论决定了有质量的物体的运动速度不可以超过光速，这是理论法则限制现实的例证。我们现在的处境就是这样。”看得出来，巴迪很严肃，不像是开玩笑。他又补充了一句，“所以，要想解决我们的麻烦，首先要思考，把事情想清楚。”

我还是一句话也说不出，突然间，我感到特别疲倦，整个人好像从灵魂深处被掏空了，我觉得自己肯定是在做梦，等梦醒了，一切都会好起来，会有天鹅绒被子和绣花枕头，有温暖的阳光和妈妈的微笑。所以，我现在应该……

“巴迪。”我把手轻放在巴迪的肩上。

“什么？”

“给我两片阿司匹林。”

接下来，我、巴迪外加飞船上那台该死的超级计算机，我们三个整天冥思苦想，一起热烈地讨论，试图归纳总结出一套适用于“不存在的世界”的基本法则。直到这时候我才明白牛顿是多么的伟大，他那颗大约三磅半的大脑竟然只用了简单的三句话就笼住了全部要害。我和巴迪显然缺乏那样的天赋，虽然有一台自我感觉特别良好的计算机帮助——它的资料库中关于巴门尼德的一些残章片语只是让我们的大脑更混乱——我们还是没有整理出一套像牛顿运动定律那样严密的体系。精疲力竭的时候，我们就停下来打打地鼠，玩玩桥牌。

日子一天一天地过去了(这句话仍然很可疑)，时间没有了意义，电子表上的不过是几个无关痛痒的数字。这是真正的轮回。一圈之后回到起点，又一圈，又一圈，时间好像被弯成一个闭合的圆弧，我们在弧线上精疲力竭地奔跑……

睡觉成为一种折磨，我奋不顾身地睡啊睡，醒来后却发现只过了两三个小时，浑身酸痛，隐约记得梦见了许多空白……开始出现头疼、呆滞、自言自语、行动迟缓、四肢无力的情况，恍惚中我看见了国家图书馆前的广场，那是战争之前，画面中一个穿着白色连衣裙的女孩背对着我，背对着金色的夕阳，一阵风托起她黑色的长发，鸽子们扑啦啦地飞起来，女孩转过身，那飘逸的秀发下露出一张胡子拉碴的男人脸，有着鹰钩鼻子，我吓呆了，却一动也动不了，这时候远处传来了一阵阵呼唤，似乎有人在叫喊，叫着什么，可是我听不清楚……

“杰克！杰克！”

当我终于从白日梦中清醒过来，发现巴迪正用力晃动着我的肩膀，冲我大声叫喊。我明白了,我快要发疯了。

必须行动起来!

我们开始每两个小时进行一次十五分钟的体育锻炼,反正在这个"牛 B"的国平一号上除了你想要的什么都有,包括一个小型的健身房。九个小时之后进行一次长达一个小时的娱乐活动,每天都要变换新花样,从三人桥牌到两人对弈,有时候是射击类的电脑游戏。飞船上的全体成员不定期地举行座谈会,就目前的艰难局面以及如何保持良好的精神面貌进行经验交流和汇报,然后根据会议精神制定一系列近期和远期的规划,进而进行明确的分工,建立工作评价考核体系,根据个人任务的完成情况对每个船组成员的个人表现予以指标上的量化,全面建设出良好融洽的团队面貌。

在英明神武的船长也就是本人的带领下,经过坚韧不拔的努力,我们终于在主要课题上取得了重大突破。在国平一号第五次全体成员代表大会第一次会议上,我代表飞船的全体成员——我、巴迪和计算机——宣读了《关于如何在当前的情况下保持我军战斗力并最终顺利完成此次飞行任务的报告》(坦白地说,这份长达 42 页、措辞精准、具有海明威式简练风格的垃圾报告累计花费了我大约 45 个小时的时间,十分有效地锻炼了我的大脑,让我没有时间来发疯),会议最终通过了一项决议,内容如下:

1.坚决活着　不能自尽
2.保持清醒　不能发疯
3.努力尝试　设法离开
4.齐心协力　一致对外
5.如有违反上述条令者,送交军事法庭审判。

本次会议最重要的成果,就是报告附录中我们三个成员经过反复讨论和修改最后达成的《关于不存在的世界之规则的三点共识》。内容如下:

1.不存在的世界是绝对不存在的。
2.如果不发生意外,存在和不存在各行其是,绝不互相打扰。
3.如果发生意外,存在和不存在瞬间发生关联,但发生的概率非常之小,因此决不可能。

这三点共识导致了许多似是而非的推论，比如，在不存在的世界中的任何事物,都绝对是不存在的。这个结论比较尴尬和棘手,让我们不知该如何看待自己目前的处境。坦白地说,我们对这些鬼话还有点拿不准,尤其是第三条,简直是莫名其妙。不管怎么说,事情发生了,我们暂时只好承认它。如果有一天能证明我们错了,那就谢天谢地。

局势越来越暧昧,我也越来越相信,这个梦已经快要做到巅峰的状态了,用不了多久就会天亮梦醒,所以开饭的时候我异常兴奋:“嘿,boys,今天过得好吗？”

巴迪意味深长地上上下下打量我一番,没有说话。

我把镜头转向可爱的超级计算机:“你怎么样？”

“棒极了！”计算机神采飞扬,同时亮起一排指示灯向我致敬。

“一切顺利？”照规矩,我问了一句。

“全都在我的掌控之中,放心好了。”刚说完这句,计算机突然有点吞吞吐吐地说,“不过……有件事我得汇报一下。”

我的微笑僵在脸上:“啥？”

飞船立刻严肃起来,咳嗽了一声后说:“嗯,是关于飞船的能源问题的,根据目前的状况和消耗速度,我们大约还能坚持五十二个小时。”

我顿时沉默。

“放心吧船长,我们会想出办法的。”飞船充满自信地安慰我,“要知道……”

我不耐烦地打断这该死的家伙:“我们还有些什么吃的？”

“十八听大豆罐头、两袋压缩饼干、六瓶苏打水外加一瓶朗姆酒。”飞船一边汇报,一边发出噼里啪啦打算盘的声音。

“啥？朗姆酒！”我气愤地转向巴迪,准是他干的。

巴迪耸耸肩:“船长,我们只有五十二个小时了。”

一下子,我萎靡了。

我彻底从迷糊中清醒了。再也没有什么可以自我欺骗的了,我们没有可以吃的东西了,我们真的就快玩儿完了。

这就是全部的事实。

气氛陡然紧张起来。

时间对我们来说又具有意义了。我们必须要和饥饿赛跑,赶在那之前出招。

在临时召开的紧急会议上，我和巴迪对视着。看见他那副吊儿郎当的样子，我就不由自主地攥紧了拳头。

“巴迪，这事儿怎么办？”我先出牌。

巴迪一只手支着下巴，出神地盯着桌子。

“我们要在这里困死吗？”我把声音提高了一度。

巴迪眼皮都没抬一下，一副死气沉沉的样子。

“我们他娘的总得干点儿什么吧！”我一拳砸在桌子上。

“杰克，”这混蛋终于开口了，神秘地盯着我说，“你认为，我们船上运的究竟是啥？”

我又愣了，这个问题我从没想过。

我说过，巴迪是个疯子，这绝对没错。现在我们俩站在货舱门前，巴迪望着封条，看了我一眼，我低下头不说话。我知道里面装的是什么，尽管我从未相信过。可是眼下，此时此刻，就现在这功夫，随便你怎么说的这个时候，我却感到虚弱无力，一点也不愿意阻止接下来要发生的事。于是，巴迪二话不说，“刺啦”一声，一把撕掉了封条。

巴迪轻而易举地破译了舱门上的密码锁，轻轻一按，所有阴谋毫无遮拦地展现在我们面前。

大半个盟军司令部的高层指挥官，外加一打国会议员的肉身，在一排排培养皿中，浸泡在令人作呕的生理溶液里。

真相大白了，真让人恶心！

一个个如雷贯耳的名字展现在我们面前，尽管我对此早有准备，可真正看见时，我还是震惊得打了个饱嗝。

“哼，这些混蛋，果然已经捷足先溜了。看来关于‘边疆四号’的传闻一点都没错。”巴迪一脸的鄙视。

“想不到……”我又打了个嗝，“连劳力这个老混蛋也搞到了这种特权……”

“真够热闹的，整个盟军的核心啊，不知道联军乐意出多少钱来买这里面的一颗脑袋。”巴迪邪恶地笑着。

我惊恐地看着巴迪，一下子不打嗝了。

“开玩笑的。”巴迪耸耸肩，然后踢了一脚劳力的那口棺材，“真高兴再见到你，上将。”

“我猜，现在后方，已经一片，混乱了……他们，已经，失去我们的，消息，整个指挥层，基本都，只能在，硬盘上，进行决策，我想，他们一定，非常，非常急迫，渴望，重新回到，自己的，肉身里。这时候，要是联军，发现了，这个秘密……嗯，发现了，会，发生什么？”我哆哆嗦嗦，越说越兴奋。

“很简单，只要进行格式化，全宇宙最阴险毒辣的数据就‘唰’的一下，蒸发了……于是，当当当，GAME OVER 了。”巴迪笑吟吟地说。

“对此我完全同意。”飞船略显不安地插嘴道。

“巴迪，请严肃点。目前，整个盟军的安危都在我们身上。”看到那些让人讨厌但是毕竟多少还算威严的名字，我身上军人的神圣责任感又被激发起来了，我深感宇宙的安危和人类的荣辱全都系于我的身上，我不再哆嗦了，即使我对战争深恶痛绝，但是作为一个有使命感的……

“算了吧杰克，不过是几个没了魂儿的壳儿，犯不上那么认真。”巴迪轻描淡写地说。

“啥？大半个盟军高层可都在这儿呢！”我又上火了。

“你又忘了？杰克，我们在一个不存在的地方。”

“那又怎样？那又怎样？”我挑衅地问，我已经受够了这个不存在的玩意了。

“在这里一切都是不存在的，没有什么盟军高层，也没有什么战争，在这里，什么都没有。别忘了第一共识。”

“胡扯！那不过是一个句子罢了！”我愤怒地指责。

“那么，”巴迪慢条斯理地摊开双手，“请你打开舱门。”

我立刻无语了，毫无疑问，这个现实对我的打击非常沉重，但我几乎立刻作出反击：“你怎么解释那一排箱子，怎么解释你和我，还有这该死的飞船，还有十八听大豆罐头、两袋压缩饼干、六瓶苏打水外加一瓶他娘的朗姆酒！”

巴迪闭上眼，右手食指在空中摆了摆，轻轻地说：“全是幻觉。”

在这里一切都是虚幻的，没什么真的存在。于是，战争、飞船、责任、使命、荣誉感、高尚、正义、邪恶、罪孽、无聊甚至我对此感到的愤慨和绝望，都是不存在的，我自己根本就不存在。

“这是恩赐，杰克。古往今来，多少人赴汤蹈火万死不辞，苦苦寻觅着那个没有烦恼忧愁的伊甸园。柏拉图、释迦牟尼、耶稣、穆罕默德、哥白尼、牛顿、泰戈尔、爱因斯坦……这些人还不够吗？如今，我们却意外得到了这些，这个全宇宙最安宁温馨的港湾,永恒的精神家园,在这里你可以好好的休息,没有任何人来打扰你。给自己放个假吧,给你的灵魂松绑,享受片刻的安宁。"

精神接近崩溃的我几乎被他说服了,我仿佛看见了一朵白云扩散开来,在我们头顶上,一片柔和的白光倾斜而下,普照开来。巴迪那张有鹰钩鼻子的脸好像也模糊了,似乎还带着一丝神圣的光环。

"你觉得怎么样,杰克?"巴迪温柔地问我。

我咽了口唾沫,深情地望着巴迪:"嗯,感觉不错,就是有点饿。"

即便饥饿感也只是一种幻觉，对我来说却没有比这更现实的了：我需要吃东西。

在这一点上,巴迪倒是非常的诚实:他承认自己的肚皮也在叫。

可我们弹尽粮绝,唯一剩下的,只有一瓶朗姆酒。

这一刻,异常残酷。

危难时刻,我要求自己保持沉着。执着的信念和顽强的斗争精神,曾帮助我度过了一次次险境,如今我要充分发酵我的职业素养,看能不能设法变出一盘苹果馅饼和巧克力冰激凌来。

巴迪手里转着铅笔,双眼注视着桌面,沉思着。

琢磨了一会儿,我开始分析当前的困境:"虽然我们可以启动紧急设备,但是我不抱希望,毕竟飞船上能进行卡路里化的东西不多……"

根据《宇宙八卦史》,历史上从未有过一个宇航员喜欢过"紧急设备":把随便什么东西塞进去(皮带、抹布、纯棉毛衣甚至一只活生生的美洲狮),它都会一边高唱着国际歌,一边轰鸣着、竭尽全力地将它们分解掉,处理成含有葡萄糖、氨基酸、维生素以及诸如此类玩意的、看起来有点像鼻涕一样的营养溶液。这种恐怖的发明遭到所有人的唾弃,被斥之为最邪恶的虚无主义。

但在特殊情况下,每个人都会毫不犹豫地脱下自己的皮靴扔进那搅拌机里,然后就会有很可怕的东西流出来。

问题是,国平一号上可以进行卡路里化的东西并不多。

疯子巴迪抬起头,两眼像两颗钻石一样闪亮着:"情况没那么糟,杰克。"

我没明白他的意思。

"伙计,"巴迪转头问,"咱们现在还有多少能卡路里化的硬货?"

"简单地说,算上你们俩,保守估计,"飞船发出一阵拨算盘声,"还有大约四百磅的动物蛋白质和三百六十磅的脂肪……所以,别担心宝贝儿,路还长着呢。”

看着我迷惑的样子,巴迪打了响指:“瞧啊,我们有丰富的食品储备呢,哈哈。”

五雷轰顶!

翻开人类的历史,你会发现其中充满了各种各样的吃人故事,不论是狭义上还是广义上,是本义比喻义还是什么象征义上。这个问题也许没有文明人想象的那么令人发指,也许它还有什么鬼知道的可以讨论的余地,但是此时此刻,当我意识到巴迪的意图时,我感到手脚冰冷,额头冒汗,胃里一阵抽搐,然后干呕起来。

我的胃里已经没有什么能吐的东西了。

“船长,我建议您最好躺下来休息一会儿。”飞船关切地说。

我无力地躺下来,呕吐的时候眼前的世界一片黑白,现在这个黑白的世界慢慢恢复了色彩,但我仍然感到头晕目眩。

“剩下的事儿交给我们好了。”飞船忧伤而又悲壮地保证。

巴迪是个有同情心的人,他知道我被他的疯狂念头震慑住了,于是尽力地开导我:“杰克,你要明白一件事,任何道德问题,都只在一定的范围内才成为一个问题,在某些特定情景中,道德原则就不再适用。你一定知道在极限的生存状况下人们求生的那种故事……”

我的头就像被绑在铁达尼号的巨锚上,越来越沉,一路沉下去,已没有力气来反驳他。

“……把那些浸泡在培养液里的躯体变成食物,甚至连我也觉得这个想法非常的恶心。但是,”巴迪若有所思地停顿了一下,然后异常严肃地说,“首先,他们的灵魂已经安稳地躲在边疆四号了,我们飞船上运载的这些东西究竟还算不算人,这大可值得怀疑。如果你想给吃人定罪,至少得先给人做个合理的定义。脱离了社会性内容而剩下一堆生物性的存在,很难说这一堆躯壳和肉铺里一排排当众陈列的牛羊肉有什么区别,实际上,在对待其他生物的血腥残忍上,我们大家都一直缺乏反思……”

我眼前的世界,刚刚有了点色彩,现在正在残酷地重新褪色成一个黑白的空间。我越来越虚弱,双唇干裂,涌出一丝血腥。我尝到了自己的血,一阵阵眩晕向我袭来,好像躺在一个木板上不停地旋转,疯子巴迪却异常冷血地继续阐述着他的撒旦思想:“何况,牺牲自己拯救他人,这通常被称之为一种美德,既然如此,我看完全没理由把我们将不得不做的事情看成是一种不可饶恕的邪恶。老实说,自从我们把上帝的儿子钉上十字架以来，我们不是一直都在领受神之子为我们牺牲赎罪的恩赐吗？据说佛经中也有什么舍身喂鹰或者喂老虎之类的故事。吃掉一个人，好像反而是吃人的那个帮了被吃的那个，成全了这个人的美德，甚至还会让他成仙成佛。不管怎么说，在吃人这件事上，尽管我们一直愤怒指责那些吃人生番，其实我们自己的文明中对此也有正面的理解。我们不是也领圣餐吗？这个象征，不是暗示我们'吃掉'这一动作，除了血腥的可怕魔性一面之外，还有更崇高的、更亲密的一层意义吗？我们不正是这样让被吃掉的拯救了我们的肉体和灵魂，同时把美德赋予他们，最后完成了救赎，实现了彼此的完美结合吗？所以，你……"巴迪越说越兴奋，这疯子显然被自己貌似深刻有理、极具诱惑力和煽动性的鬼话感动了，最后连自己都相信这些胡编乱造的玩意，激动地提高嗓门，并且热力四射地挥舞着双手，那张喷着浓郁狂热气息的、有着鹰钩鼻子的、超现实主义风格的脸，正得寸进尺地向在躺椅上奄奄一息的我凑过来。

我再也受不了他的蛊惑，彻底晕了过去。

当我醒来的时候，发现自己还活着。

只不过头疼欲裂，腹中空空如也，整个人非常虚弱。我小心翼翼地从躺椅上爬下来，这时候飞船突然惊呼了一声："瞧，他醒过来了，感谢上帝！"

巴迪迅速地出现在我面前，一脸丁香般的愁怨："你感觉怎么样，杰克？"

"我没有力气……"我喘了两口气，攒了点力气，继续说，"……给我点吃的。"

巴迪犹豫了片刻，伸手递过来一个容量瓶，里面装着澄清透明的液体。

"这是什么？"我惊恐地问。

巴迪摊开双手，有点无奈地说："坦白地说吧，这东西尝起来，和你用皮靴或者羊毛衫卡路里化出来的没什么差别，都一样难喝。当然，我进行了脱脂处理，油脂已经储存起来……"

我瞪大了眼睛："你说这里面装的是什么？"

"营养溶液。"巴迪无所谓地说。

"废话！"我也不知哪儿来的一股激愤和力气，仿佛我面临着有史以来人类黑暗历史中最该遭到唾弃的罪行似的，我义愤填膺地质问，"趁我睡着的时候，你干了什么？"

"我把一位陆军参谋长放进去了。"巴迪无动于衷。

"啥？"我气得浑身乱抖，用手指着这个恶魔，"你疯了吗？!!!"

我不知道需要多少个惊叹号才能表达我此刻的心情。

巴迪一直伸在空中的手收回去，把瓶子放在桌子上，一脸玩世不恭："我没逼迫你，杰克。但是你没有权利让我守着几百磅的蛋白质活活饿死，我有权利自救。我希望你冷静一下，想想事情的严重性。如果你拒绝吃东西，对谁都没有好处，那绝对是最最糟糕的决定，我不希望真的发生那种事。想想吧。"

我无言了，那股突然冒出来的力气又突然消失了，我一下子软下来，好像整个人都没长骨头似的，有点撑不住的感觉。

"船长，我建议您听从副船长的建议，眼下是非常时期，一定要先保存自己，俗话说，留得青山在……"那个讨人嫌的超级计算机又插话了。

我再度义愤："那个参谋长先生呢，他怎么说？"

"我对此感到很难过，并向他的献身精神致以崇高的敬意。"飞船装模作样地说。

"我要补充一点，"巴迪说，"在北非战区的时候，这位参谋长先生做出过一个非常错误的判断，导致了数十名兄弟的无谓牺牲。当然我并不是以此来报复他，不该把我想得这么卑劣。之所以第一个选中他，完全是因为他的名字，按字母表顺序排在第一位，仅此而已。"

我的胸腔起起伏伏，终于攒够了力气，喊了一句："这是谋杀！"

然后我又晕了过去。

那是一种急切的希望别人把你从梦中唤醒的感觉。

我好像睡着了，仿佛是梦但又说不清楚。有一种十分逼真的感觉，觉得自己在翻身，但在更深层次意义上，又很清楚地知道自己并没有动。感觉自己被人捆绑起来，动弹不得，却又好像变成了木偶受人操控，不停地摆动……似乎已灵肉分离了，有一种极其可怕的梦魇压在我身上，令我呼吸急促。我挣扎着，最后以全部人格力量做抵押，绝地一搏，于是我醒来了。

睡眠麻痹。

我看见一个滴瓶，里面装着透明的溶液，一滴一滴地顺着导管流进我的身体里。

瓶子的溶液已经快要滴光了，我的大脑好像被一双有力的大手反复揉搓过，一团乱麻，隐隐约约的有点痛，全身都很松软，但不是特别的虚弱了，虽然肚子里还是空的。

我用了一分钟梳理着纷乱的思绪,然后回忆起一切。

我猛然坐起来,右手一把抓住左手背上的针头,拇指和中指迅速一拔……

“嘿,船长,你可不能这样……”无所不能的超级计算机惊呼了一声。

“闭嘴,你这蠢货!给我一块干净的棉花。”我有力气大喊了。

桌子上弹出来一个活动门,里面有干净的棉花,我拿了一块,在左手背的针眼上按了一会,然后扔掉了。这时候巴迪又出现了,一脸冷漠。

营养溶液滴答滴答流淌着。

“你对我干了什么!”我的胸膛剧烈地起伏,要爆炸了。

巴迪一句话也没说。

“你怎么敢这样对我!”我、我、我已经……

“杰克,”巴迪非常、非常严肃地对我说,“你真的让我很为难。”

“什么?”我惊恐地问。

“作为船长,你在最危急的时刻却不肯负起责任,而是只顾着自己的良心,竟然还以你的道德为借口昏厥过去,逃避了选择。而我,”巴迪仰起脖子,一副饮刀成一快的慷慨悲壮模样接着说,“我不得不面对选择:要么见你活活饿死;要么拯救你,以你不认可的方式。杰克,杰克,你把我陷入两难的境地,自己却睡得那么香甜。如果我见死不救——我当然不会那么做——会有人赞扬我,说我保全了你的贞洁成全了你的美德吗?见鬼!必须有人做出牺牲。我就不明白,为啥那些家伙可以溜之大吉而我们还得拼死拼活?为什么他们可以躺在培养皿睡得好好的,我们却要面临着上帝的考验?你说这是不是活见了鬼!去他娘的,别管那些妖怪了,我们活下来才是最急迫的事。我,还有你,都得努力活下去。”

传来一声啜泣,飞船哭着说:“巴迪,我被你感动了。”

我彻底迷糊了,被疯子巴迪这真真假假虚虚实实的蛊惑弄得五迷三道,心里又是气愤又是懊悔又是感动又是悲凉,各种滋味喷薄而出。这小子在撒谎,他说的全是扯淡,根本无需证明,任何有理智的人都知道那是一派胡言,但是他说得又合情合理,让我不知如何辩驳。不管怎么说,一件后果很严重的事情已经发生了:巴迪把营养液输进了我的血管,救了我一命。我活了下来。我吃了陆军参谋长。

虽然还有习惯性的厌恶,但木已成舟,仿佛也没有预想的那么可怕,除了象征意义上的罪恶引起的心理反感以外,简直感觉不到什么生理上极度强烈的排斥反应。毕竟,我没有直接用牙齿啃噬同类的血肉,然后吞咽,然后进入胃和小肠,然后变成粪便排泄掉。毕竟,在操作上用滴瓶的方式要文明得多。巴迪尽可能地照顾到了我的感受,用这种最高级的方式最大程度地淡化了、甚至可以说消除了与“吃人”这个词相关联的全部感性层面的恐怖,这是一种干净澄清的罪孽,透明的罪孽,没有血污的纯真的罪孽,如果真的是一种罪孽的话。

可是难道我的道德如此的虚弱,竟然仅仅因为形式看起来比较能让人接受,所以就对实质性的罪恶给予额外的宽容吗?难道我竟是如此的伪善如此的经不起考验……天啊,我已经晕了。我本来坚定不移地相信自己是正确的,可是如今我开始惶惑,我不能确定巴迪的话是不是真的有那么一点道理可言。总之,我无力再去指责他,深沉的感激和习惯性的罪恶感纠缠着、交织着向我袭来,让我不知道该说什么是好。为了打破僵局,我假装笑了一下来表示和解:“我得感谢你没有把我扔进紧急设备。”

巴迪一脸的不在乎:“如果你一直都不肯苏醒过来,那是迟早的事儿。”

人们之间要想达成共识是非常不容易的事。基本上,由于我们的自以为是,完全共识是不可能的。比如,在吃人这个问题上,我恐怕要带着深深的愧疚和自责了却余生,而巴迪却丝毫不为其所困,豁然坦达:“别放在心上,在这儿一切都不存在,当然也不存在罪恶。”也就是说,在这个鬼地方啥都不必担心,连上帝都无权过问这里的事,因为这儿根本就啥都没有,一切都是虚无,吃掉个把陆军参谋长完全算不了什么。

这样子,整件事的思路就清楚了:臭狗屎战争,灵肉分离,硬盘上的灵魂,培养液中的躯壳,该死的紧急设备……虚无主义的身影贯穿始终,最后我吃了人,以一种相当高级的方式实现了虚无主义的最终胜利。我既是被征服的失败者,也是胜利者的帮凶和见证人。这是一次修炼,某种力量苦心孤诣地制造各种磨难,就为了证明巴迪那句“宇宙是虚幻的”。

多么惊人的阴谋!

难道冥冥之中真的有什么在主宰着我们的命运?难道撒旦战胜了上帝?

我震惊了。

然而,神学不是我的专长,我只想离开这里。

遗憾的是,我在这件事上无能为力。

假如你告诉我,坚持做一千个俯卧撑或者四十八小时不睡觉日夜不停地用头撞墙,甚至坐在武装直升机上用机枪向南极无辜的企鹅扫射就可以使形势有所改

观,我至少知道能做点什么,还可能考虑一下,可是眼下我却一点法儿都没有。我们的飞船扎扎实实地停在一片无尽的、漆黑的虚空中,甚至连舱门都找不到。

“巴迪,我们得想想办法,总不能这么……”我发现自己的话非常苍白无力,但我仍然努力让措辞准确而又不失厚道,“总不能这么坐吃山空啊。”

说这话的时候,我们两个已经在一种心照不宣的暧昧气氛中卡路里化了一名海军准将、两位有雄厚背景的国会议员以及非常可敬的副国务卿先生,快要轮到劳力那个老混蛋了(这当然是让人很扫兴的事),总统先生和其他人因为名字起得得天独厚,所以比较靠后,暂时还算安全。不可否认,盟军方面还是遭受了严重的损失。

“嗯,”巴迪脑袋歪向一边,一直胳膊支着头,“我最近在思考一个问题,嗯,但是还没想清楚,嗯,不必着急,嗯,会有办法的。”

“绝对不必操心,打起精神来船长,一切都会好起来的。”飞船又叽叽歪歪了。

我满腹狐疑:他(他俩)好像又在玩什么花样,难道已经有了什么主意不成?这家伙始终不慌不忙,好像一切都在他的预料之中一样,这更让我担心,并且不爽。

巴迪忙得很,他要一边和我说话一边进行严肃而巧妙的思考,同时还要专心致志地制作“能量皂”。这是他起的名字,为了淡化它可怕的实质。飞船说我们还有大约 360 磅的动物脂肪,除了我和巴迪身上的,我们还剩下将近 300 磅的油脂。这些天,我们一直对营养液进行脱脂处理,这样不但有利于降低我们的血脂,而且可以把这件事最耸人的一部分独立出来,仿佛我们真的是以一种神圣的形式和我们可敬的同胞结合在一起。为了不让那些油脂看起来太恶心,超级计算机把它们进行了硬化处理,看起来像是一块块透明皂。老实说,这让我毛骨悚然,因为据我所知,20 世纪人类的血腥史上曾有过类似的事情发生,不过巴迪给它起了个“能量皂”的名字,以便使整件事情的感情色彩温和一些。我和巴迪达成共识:除非逼上绝路,否则绝不动用这些紧急储备。

现在,我已经习惯了每天和滴瓶为伴,同时幻想着撕咬咀嚼一块牛排,这种体验并不愉快。随着头头们一个个进入了我的血管,我渐渐同意:这并没有主观臆断的那么糟糕。类比第三共识,我们可以猜测,善和恶是两个绝对不相容的世界,但是在意外的情况下,它们会发生瞬间的关联,这种事发生的概率非常之小,小到不可能,结果就……这种想法对我的冲击相当大,也许我真的应该利用这个 100 亿年来难得的假期,好好放松一下,反思一下,重新认识这个宇宙和人生。

可是,时不我待,我们已经干掉了劳力(悲哀,实在是悲哀),消灭了3名国会议员,马上就要对总统先生下手了。毋庸置疑,这种对人类尊严的侮辱,已经到了无法再容忍、非改变不可的地步了。如果说这件事还有一个最后关头的话,那就是现在。必须离开!这种想法像熊熊燃烧的烈火一样,烧得我整个人噼里啪啦的。我这座火山要爆发了,再也、再也不能坐以待毙。飞船上还有武器,哪怕耗尽我们全部的能量和最后的激情,也要拼死一搏!宁可化为乌有,也要向这瓦解一切意义的虚空开战!我要让所有人振奋精神,要一刻不停地尝试,不论多少失败,不论多大代价,我们都在所不惜!要向这可诅咒的暗夜射出最猛烈的炮火,炸尽所有的黑暗!即便不能最后赢得光明的到来,也要爆发出最猛烈灿烂的死……

这时候巴迪郑重其事地对我说:“杰克,我想是时候离开这儿了。”

我不明白“是时候”这个词究竟暗示着什么,我以佛祖的名义发誓,这混蛋一直有事瞒着我,这让我再度愤慨,我以船长的身份命令他给我个说法。

巴迪故弄玄虚地沉默了一会儿,然后抬头看了一眼电子钟上的时间,双眼好像灯塔一样照耀着我:“杰克,你想不想离开这儿?”

我毫不犹豫地回答:“想!”

“有多想?”那对灯塔此刻变成了两团火球。

“恨不得马上就走,再多呆一分钟我都会发疯的!”一想起那些能量皂,我就要揪自己的头发。

“很好。”巴迪笑了一下,转头问飞船,“你呢,伙计?”

“我已经等不及了,亲爱的。”飞船跃跃欲试地说。

“好极了。”巴迪打了个响指,“那么,就照着咱们说的干吧!”

我愣了,不知道他们俩又背着我密谋了什么。正当我困惑的时候,飞船里突然暗了下来,照明灯全都关上,只剩下一排红红绿绿的小灯在闪烁,然后突然响起一阵阵击掌声,接下来是一个男人嘶哑的歌声:“Buddy you´re a boy make a big noise……”

噢,不,不,上帝啊……巴迪,巴迪,你这个混蛋,你知道我一听到这首歌就会热血沸腾的。

“来吧,一起唱!”巴迪说着闭上了眼,激情四射地跟着大喇叭怒吼,“We will rock you!”

于是我不由自主地闭上眼,在这振奋人心的旋律下一同怒吼:“We will we

will rock you！rock you！ rock you！”

我的身体开始发烫，滚滚热血在体内奔腾不息，胸中复仇的火焰熊熊高涨，我要烧光一切腐朽和堕落！我要怒吼！我要高唱！我要爆裂了！

“杰克！”巴迪冲着我大喊。

我睁开眼，头还不停地跟着摇滚乐疯狂地摆动，这时候要是给我一个火箭筒，我敢给阎王殿来上一炮。

巴迪看了一下电子钟，上面显示着23:59:35，然后对我喊：“你想不想回家？”

音乐也渐入佳境，电贝司的声音响起，高潮就要来临，我有点喘不过气了，我一边舞动着双手一边点头。

“那就跟我一块唱吧。Everybody, we will we will back home！”②巴迪的脖子也跟着音乐扭动得更厉害了。

我什么都不管了，声嘶力竭地高唱着：“We will we will back home！”

BACK HOME！ BACK HOME！ BACK BACK BACK HOME！

在时钟变成00:00:00的时候，最疯狂的高潮也来临了，我们三个用尽全力喊了出来，而巴迪则不失时机地按下了飞船启动跃迁的按钮。

当照明灯重新亮起来，飞船忽然轰鸣起来，所有设备一起开始运转。远远近近的恒星行星流星超级明星们统统再次出现的时候，我激动得热泪盈眶。

巴迪真是好样的，他竟然没有哭，而是在狂笑：“哈哈哈，真他娘的带劲！”

就好像什么都没有发生过一样，就好像我们根本没有消失过一样，一切都回来了：我们又出现在当时消失的那个地方，周围众星捧月一般跟着大大小小的宇宙难民船、太空海盗船、一艘敌方失散战斗艇，迎面扑来的还有两颗自由女神像那么大的陨石。再见到你们太好了，亲爱的朋友们，我爱死你们了，非要把你们炸个稀巴烂不可。

我擦了擦眼泪，擦干我的多愁善感，命令飞船向周围这些忠实可敬的朋友们开炮致意。于是，全宇宙最王道的国平一号大发神威，把它积攒了很久都无用武之地的英雄本领发挥得淋漓尽致。我们击碎了陨石，重创了海盗船和敌艇，顺便洗劫了难民船。我们牢牢控制了场上局面，神气地发出通牒：所有飞船都必须交出20%的

---

②：这里巴迪把“we will rock you”改成了“we will back home”，意思“我们要回家了”。

口粮,否则后果自负。这下子我们可谓大丰收:缴获的三个小型太空漂流舱内的食物,几乎囊括了各个星球的特色风味小吃,我们终于可以不再往手背上扎针头了。我被大伙儿的慷慨感动得一塌糊涂,真诚地通过无线电向他们致谢:“我代表总统先生向你们表示感谢,你们救了盟军,救了整个宇宙,上帝作证。以后你们要和睦相处,同舟共济,绝对不可以相互争斗,须知生命是神圣美好的。我命令你们相亲相爱,如果谁敢不听我的话,我迟早会回来收拾你们的。”

然后我们开足马力,溜之大吉。

“盟军战舰洗劫难民船,这消息足够上《银河周刊》的封面文章。”后来说起这件事,巴迪还是乐得天翻地覆,连嘴里的火星咖啡都喷出来了。

我随便应了一声,冷冷地盯着巴迪,疯子巴迪,不,也许应该叫魔鬼巴迪更好。这家伙不是一个活生生的人,绝对不是,他分明是一个活生生的恶魔!现在我们平稳地行进在貌似安静的太空中,是时候解决一下这个问题了,在我们到达边疆四号之前。

于是我敲了敲桌子:“飞船,我警告你,下面的谈话中,你不要插嘴。”

“哦,船长,你可真狠心。”飞船委屈地嘟囔道。

“好了,巴迪,现在该你了,我想你最好给我解释清楚,这究竟是怎么回事。”我努力把双眼变成两把剃刀,逼向巴迪的咽喉。

“什么?”巴迪应该去做个演员,那种装傻的天赋真是少见。

“别装蒜了,自始至终,你对发生的事都清楚明白。你自信非凡,对情况了如指掌。你什么都明白,什么都算计好了,却对我守口如瓶!你背着我一手策划了逃离方案,而且成功了,全都是你安排好的对吧!哦……天啊,没准儿连最开始出事儿都是你安排的,这是一场阴谋对不对?”我越说越激动,一颗唾沫星喷出来溅到会议桌上,我被自己都没料到的推测吓呆了。

巴迪一语不发,眯着眼打量着我,良久才开口:“简单点,杰克,你想问什么?”

我喘了口气,想了一下说:“我们是怎么出来的?”

“你说出来?”巴迪的嘴角上露出一丝微笑。

“是的!什么《We will rock you》,什么零点时刻,全都是障眼法对吧?装神弄鬼的骗人把戏!说真格的,我很佩服你,不过你最好还是告诉我究竟是怎么出来的,要不然……”我也不知道要不然我会怎样。

“出来?得了,杰克,你一直都没弄明白状况。”巴迪还在卖关子。

“什么？”我火了，谁都看得出来，我现在特容易上火。

“你忘了，那地方根本不存在。”巴迪这句话最最让我来火。

“那又怎样？”我气哼哼地问，同时握紧拳头，准备随时一拳抡过去。

“所以，”巴迪耸肩，“我们根本就没有进去过。”

这个混蛋就是这么回答我的：“其实我一直在想，既然那个地方是不存在的，我们就根本不可能进去过，所以也不用出来。这可不是瞎掰，也不是玩弄字眼。这是逻辑。既然它是在数学上计算出来的，就必须按逻辑来办事。”

“可是怎么解释发生的那些事呢？培养皿里的人可是实实在在地被卡路里化了。”一提起这件事，我就深深地不安。

“这个，确实很复杂。这里的逻辑有点乱，因为第三共识说明两个独立的世界有可能瞬间接通。可第三共识本身就是个矛盾：它能计算出一个发生的概率，但这个数值太小了，10的负几十次方。这是什么意思？也许可以这样理解：在10的几十次方次实验中，可能出现一次这样的结果。我们假设宇宙诞生了一百亿年，这样看来也不是完全没可能：只要有一个人，从开天辟地那一刻开始就不停地做这个实验，每隔一微秒就做一次，做上一百亿年，也许真的就会出现一个不可能的结果……”巴迪一脸虔诚和敬畏地说，“你知道这意味着什么吗？”

我一阵惊悚，然后抬头看着舱外茫茫的宇宙，呆呆地想了一阵，然后迷离地说：“上帝？”

巴迪打了个响指。

我被震撼了。

不错，用上帝这个概念来解释发生的事无疑是一种最方便的办法，但是，我对这个概念一直无法理解。我并不相信上帝，在我看来宇宙不过就是一锅“咕嘟咕嘟”冒泡的粥。作为一个渺小的生物，一个极度渺小的生物，我只愿意理解和我的尺度相匹配的事物，我也只对这个层次上的事情负责。至于其他，都随他去吧。也许宇宙中有更高深莫测的存在，真的能操纵我们的命运，但是既然是高深莫测的，也就不必劳烦我去思考这种东西。去敬畏也就意味着一定程度的可理解，在我个人看来，这和上帝这个概念应该对应的、绝对的高深莫测是相排斥的。因此，上帝应该是个完全不可操作的概念，因此我不必费心想我该怎么对待他。假如我将来会下地狱，那时候我再去考虑那个尺度范围内的事吧。

难道我才是个真正的虚无党？

总之,我对巴迪充满怀疑:“小子,别告诉我说你一下子变成了信徒。”

“我会考虑的。”巴迪开玩笑地说,“我只不过借用了这个词儿的一般意义而言。而且这也不过是个猜测而已,甚至完全可能是我们俩神经错乱下的胡思乱想。关于这个……”

“够了!”我打断他,“说重点的,怎么跑出来的。”

“简单地说,回想一下出事的时候你在干什么?”巴迪切入正题问我。

我想都没想就说:“还用问嘛,当时咱们为了摆脱纠缠,不是进行了一次量子驱动嘛,然后就陷进去了。”

“没错儿,当时你按下按钮的时候你脑袋里在想什么。”巴迪津津有味地问我。

我愣了一下,没有回答。

“我打赌,你肯定想‘让这一切都见鬼去吧’,对吧,杰克?”巴迪笑嘻嘻地看着我。

我咂咂嘴,不明白他的意思:“那又怎样?”

巴迪耸耸肩:“很不幸,我当时也是那么想的。”

飞船叹息了一声:“真抱歉,我也是。”

这就是巴迪给出的解释:在驱动跃迁发生的那一刻,我们三个脑袋很不巧地都在想“让这一切见鬼去吧”,结果好像真有个人听见了这个祈祷,一高兴把我们送到了一个鬼都见不到的地方,一个不存在的地方,我们被存在抛弃了。当时时间恰巧是00:00:00。经过思考,巴迪认为既然我们已经经受了折磨,付出了代价,只要真心实意、发自肺腑地想要重新回到存在,回到那个需要忍受各种折磨的、真实存在的世界,我们就能够回到,所以我们应该热情的高呼“we will back home”,就这么简单。

纯粹是造谣!

我一点都不信这一套玩意。只有一点是可信的:从技术上来说,既然不存在是绝对不存在的,不管我们在不存在中耽搁了多久,在存在的世界看来都是0,所以要想回到存在,应该选择在消失那一刻的时间,这样才能保证我们回来的时候,一切能够从暂停的那部分完好地衔接上。所以我们重新出现的时候,一切如故。这也解释了我们被困在里面的时候那么多次的尝试都失败的原因:我们没有选择正确的时间,就像保险柜的密码锁没有调到正确的位置上一样,因此卡住了,打不开。

以上这些就是巴迪的看法,当然都是赤裸裸的谎言,绝对没人会相信。巴迪自己也拍着我的肩膀安抚我说:“别太为这个操心了,杰克,冥思苦想不是你该干的事儿,我们还在路上,你还是船长,要弄清你的责任,所以,做你该做的事儿吧。”

这句话很管用,我他娘的被他感动了。他真是个好人,不,好疯子。我激动地望着巴迪:“可是……你刚刚说的那些……该怎么办?”

巴迪满不在乎地一摆手:“这一切纯粹是巧合,我们运气好,误打误撞而已,我编了个故事逗你开心罢了。”

“那……上帝呢?”我小声问。

巴迪露出他迷人的超现实主义微笑:“别管他,让他歇着吧。”

“这就是你们的解释吗,中校?”劳力的声音从大喇叭里传出来,好像压路机一样从我忐忑不安的心上压过去了。

可怜的老家伙,我还是觉得有点对不起他,要是巴迪能早点发现普朗克之结的秘密,哪怕早上那么几顿饭的功夫,我们也绝不会碰他一个指头——谁愿意和这家伙融为一体呢,可是如今一切都晚了,即便我致以几万分的歉意,也不可能把那具和他相依为命了五十几个春秋的躯壳还给他了,瞧,战争就是这么残酷。

我知道这件事很离谱,要这些心高气傲的老头子、半老头子们接受这一残酷的现实肯定没那么容易,所以我把整件事原原本本做了一份报告(措辞严肃,尽量少用过分的形容词),不动声色地发送了过去,他们看了一定会暴跳如雷,恨不能把我和巴迪千刀万剐。然后他们会慢慢冷静下来,认识到这种不值得提倡的情绪对谁都没有好处,最后决定跟我们谈谈,而我要做的就是耐心等待,把这件事儿了结。

“不管你们是否乐意相信,这就是真相。”反正他们奈何不了我,我的口气沉着得有些嚣张。

“好吧,”劳力的声音听起来那么疲惫,就好像被这场沉重的暴风雨打蔫巴了,一下子苍老了许多,当然这都是扯淡,因为他现在根本就是一堆0和1罢了。

此刻这堆0和1又开始蒙人了:“你们说的情况引起了一些人的兴趣,他们认为这很有战略意义,所以决定对你们的失职行为不予追究。”

哦哟,我快爱死他们了!“失职行为”,多么严谨的措辞。

“上将先生,我想你们弄错了,我们不是来和你们谈判的,更不是来求得宽恕的。”

我越来越感到一种邪恶引发的强烈快感,不错,我早就渴望有机会这么干了——趾高气扬地冲着这班老混蛋放炮,这感觉一定没得说,反正我们现在坐在全宇宙最牛b的国平一号,处于量子防御状态,只要我们高兴,谁都找不到我们,所以我的底气更足了:“作为一个和阴谋长久打交道的人，你不会指望我相信那套特赦的鬼话吧？就算你给我看总统先生亲自签发的特赦令——上帝保佑,他还在我的飞船上沉睡,平安无恙——我也有理由相信你们会用其他的手段毒害我们的。我们的经历也许让我们一时半会儿对你们来说还有点什么战略价值,但是,打住吧,老实说我已经受够了这一切！”

说着,我回头看了一眼巴迪,他正在张大嘴巴发愣。瞧,我也有让人吃惊的时候,这感觉妙极了,我还要继续下去:“让你们的这场狗屎游戏见鬼去吧！你们要是不思悔改,早晚有一天也会被抛弃到那个一切都不存在的地方去的。而我,各位可敬的先生们,现在可不想再奉陪了。一句话,老子不跟你们玩儿了！”

长久的沉默。

狡猾老辣的劳力练就了临危不乱的本领,因此能够沉住气不慌乱,即使经过我的百般刺激,即使变成了一堆0和1,他还能尽量冷静地问:“那你们为什么还要冒险回来呢？就为了耀武扬威吗？”

“冒险？不,你错了,上将先生,一点都不冒险,首先我们在量子防御状态,而且,我在报告中说了,我们已经发现了随意出入普朗克之结的办法……”说到这,我停了一下,冲巴迪眨眨眼,然后继续我的精彩Show Time[③]:“所以你们就省省心,根本别想报仇。不如多想想自己吧。我们回来是出于责任心:我得把总统先生和剩下的两位上将交还给你们,你们应该庆幸我方指挥层还没有全军覆没,完全有东山再起的可能。我曾经投过总统先生一票,所以叫他千万别生气,都是没办法的事儿。除此之外,我还有一个盒子,里面装着十几块方方正正的能量皂,乃是各位的精华,上面都标了名字,给你们做个纪念,我会在适当的时候寄给你们,请注意查收并千万保存好。最后,我很高兴有机会亲自对你说:劳力,你是个老混蛋,地地道道的老混蛋！不过我还是要请你原谅,真心实意地向你道歉,我把你给吃了,这是不符合我的本意的。对不起,上将,也许你将来能找到一副更适合你的躯壳,也许那时候你会尝试着做个不那么让人讨厌的人。另外,请代我向其他人致意,告诉他们,我非常、非常抱歉。就这么多了,永别了,各位。”

我已经如痴如醉了。

那堆可怜的0和1,除了喘息,一句话也没有。我关掉了话筒,结束了这一切。

巴迪已经目瞪口呆了:“杰……杰克,这和我们当初计划的不一样。”

---

③:show time:表演时刻。

我们当初计划跟他们谈判,尽量争取和平地解决这个尴尬的问题。而这时我神采飞扬地告诉巴迪:"我灵光一闪,改变主意了,好了,同志们,我们自由了!咳,飞船,我把你劫持了。"

"荣幸之至!"飞船高兴地说。

我从来没有感觉这么好过,我乐呵呵地问巴迪:"如果你想回去,我可以找个港口停下来,你可以在那儿下船。"

巴迪微笑着摇摇头,然后兴致十足地问:"以后我们怎么干,船长?"

"我想我们可以把飞船改装一下,保证谁都认不出来。以后可以去打家劫舍,或者给别人押镖,或者专门打击海盗劫富济贫,甚至去当雇佣兵,反正我们连洗劫难民船的事儿都干过了。没有啥可以担心的,宇宙这么大,世道这么乱,我们会如鱼得水的。飞船,你是最棒的,没什么干不了的对吧?"

"那还用说,船长!"飞船骄傲地回答。

巴迪望着舱外茫茫无边的世界,低着头,不住地笑,然后歪着头问我:"杰克,从一上船,你就喜欢上这飞船了,对吧?"

他娘的,什么都逃不过他的眼睛!

"谁知道他们怎么想的,把这么响当当的好东西交给我。"我装作纯真无邪的样子摇头。

"因为你一向忠诚老实,规规矩矩从不越轨。正因为这个,他们觉得你可靠,所以你从一开始就计划好了,偷走飞船。"

"咳咳,"我咳嗽了一下,"别把我说得这么坏,我们干了那么多疯狂的事儿,可得好好反思一下。在普朗克之结的时候,受你启发,我更坚定了我的想法。总之,现在我们获得了新生。未来的路还很长,我们要共患难。"

"没错儿,我们永远是一条船上的。"飞船庄重地宣布。

巴迪善解人意地笑了笑,然后仿佛不经意地问:"对了,你刚才说我们可以自由出入普朗克之结?"

"哦,那个,"我一边命令飞船做好出发的准备,一边心不在焉地说,"我在报告中是这么说的,不过是吓唬他们罢了。那种绝不可能发生的事儿,但愿别再发生。你当然知道我们不可能随心所欲地……"

巴迪神秘地一笑:"你真的这么想?"

皮鞋里的狙击手

PI XIE LI DE JU JI SHOU

整整一上午，马克都快乐无比地用军刀从那座苹果大山上削苹果吃，看着他毫无忧虑的样子，我气得发疯："马克，你疯了吗？"

马克心满意足地咽下一块香喷喷的苹果，掏出一块干净的手帕擦起了他那把锋利的刀子，头也不抬，平静地说："杰克，疯的人是你，这很明显。"

我沮丧地低下头。不错，整个上午我都疯狂地揪着自己的头发，无法接受身高5厘米的现实。

早上睁开眼，我差点吓得半死：一座帝国大厦般的冰箱立在我面前，似乎随时可以倒下来把我拍个稀巴烂。我慌忙站起来，看见马克正躺在一个微波炉的按钮上，两只脚悬在空中。看见我朝他走去，他快乐地招呼我："你好，队长。这儿可真不赖。"

"咋回事？"我觉得自己的声音听起来糟透了，但也许我的表情看起来更糟。

"问问总部，你才是头儿。"看来他对于来到一个巨人国完全不在乎，这个没心肝的家伙。

"其他人在哪儿？"我渐渐有了一些现实感，毕竟除了他那种没有根据的乐观态度外，马克还是马克。

"在吃菠萝。"

"啥?！"我想不是马克或者什么别的东西发了疯就一定是我的耳朵发了疯。

"他们在吃菠萝，长官。"马克说着从按钮上跳下来，他在空中还做了个优美的转身动作。职业病！他总是念念不忘入伍前体操健将的身份。"我们在厨房里找到一块新鲜的菠萝，足够我们大家吃上一个星期的。"

马克走在前面带路，我感到自己的理智正在遭受着折磨，快要灭亡了。"马克，你们搜查过这个地方了？"

"是的，长官。我们……"

"别叫我长官，马克，现在不是作战。"

"好的，长官。"

我被他闹得心烦意乱。他怎么能这么从容，难道一切正常吗？难道人类曾经生活在一个巨人王国里，吃着像木筏一样大小的菠萝吗？可我怎么一点都不记得？

"我们已经搜查了厨房，没有发现游击队的踪迹。但对面的鼠洞看起来很危险，我们没有冒险进去。"

我望了一眼鼠洞，不知道和人一样大小的老鼠会是什么样子。

我见到了另外十个人，面对他们的敬礼，我唯一能说的只有两个字："稍息！"

经过思考——假如抱着头一语不发算是一种思考的话——我决定守在原地，既然无法联系总部，只能等待命令，毕竟我还不知道任务是什么。

“别那么紧张，头儿，吃块苹果吧。”马克伸手递过一块拳头大的苹果。

“马克！”我气恼地喊。

马克耸耸肩，把手收了回去，摇摇头，在地上坐了下来：“杰克，你总是为难自己。”

“什么，我为难谁了？”我盯着远处对面的那个鼠洞，没听清他的话。

“你总是逼迫自己去尽力完成任务，你相信凡事要符合道理才是正确的。”

“我是队长，必须对每个人负责……”我瞪着马克玩世不恭的脸。

“谁对你负责？”马克扬起脸。

“我会对自己负责的。”我气鼓鼓地把脸扭过去。

马克叹了口气：“算了吧，你我都知道，战争已经没有意义了。我们从来就不是为正义而战……”

“闭嘴！我知道我在干什么！”我冲着马克大叫，完全不知道自己在干什么，幸好这时接收器响了：“雏鹰雏鹰，我是海潮，收到请回话，完毕。”一听就知道是劳力那个老混蛋。

“海潮，我是雏鹰，请讲，完毕。”我激动地抓起话筒。马克在一旁嘲笑：“‘雏鹰’？这名字真带劲儿！”

“雏鹰，我们的情报人员发现游击队研制了一种新的微型生化武器，有一些小得难以发现的机器人守卫着这些危险的武器。为了确保联军的胜利，我们用一种新发明的方法把你们变成和那些机器人同等尺度的小人儿。你们的任务就是消灭机器人，找出生化武器并把它们带回总部，完毕。”

我呆呆地愣在那里，马克吹了一声口哨。

“雏鹰，明白了吗？完毕。”老混蛋有点不耐烦了，他总是不耐烦。

“明白……不……我不明白。你是说你把我们变成了一群该死的……”我望了一眼对面的鼠洞，“一群该死的老鼠吗？”

“少校，我不喜欢你说话的口气。”劳力的声音像金属一样冰冷。

“我再重复一次，带回生化武器。从现在开始，72小时后我们将派人接你们回来。如果任务失败，我们将不得不炸毁那个地方。完毕。”

然后，劳力的声音像鬼魂一样消失了，只剩下我呆愣在那里。

“怎么样，头儿？”马克微笑着问我，看他那种无所谓的样子，我真想揍他一顿。

“他不喜欢我的口气，见鬼。”我神经质地点点头，“那么，我们开始干吧。”

马克背上步枪，掏出“沙漠之鹰”，快乐地摆弄着：“太妙了！他们把这家伙也变小了。我猜这是最精致的武器了。”

“可是，这不符合常识：我们多余的质量哪去了？”我困惑地问马克，他自吹对物理学颇有研究。

“管他呢，常识！”马克快乐得要蹦起来了。

“你貌似挺开心啊？”我警觉地问，毕竟一个发疯的队友要比两个敌人危险。

“为什么不？这不是挺好的吗？一个苹果可以让一个突击队吃上一个星期，这可真是太棒了！这些杂种，他们应该把所有的人都变小。嘿，我说，如果把我们变成尘土岂不更妙？我们就能飞起来了。当然，现在也不错，只要我躲在一只皮鞋里就不用担心被人发现，上帝啊……”马克越说越兴奋，还冲我眨眨眼，可是我心烦得很，实在懒得理会他。

校准了表后，我们向鼠洞进发。我心中有些害怕，对于马克的枪法我毫不怀疑，但我怀疑他那杆火柴棍般的狙击步枪究竟有多大的用处，这可是枪械史上的一个新品种。

我们绕过瘆人的刀架，尽量远离煤气灶的边缘，紧贴着一条窄木棍行走。下面的一个大碗正在等着我们。我做了个深呼吸，稳住身体，不想摔死在一只碗里，那太丢人了。

通往鼠洞的路修得很卑鄙，只有一条很窄的直道。我必须对每个人负责，所以不能冒险。我留下一名狙击手，带领其余的人从梯子下到地面，准备从另一个洞口进去。

居下临高。远比我想象的要高出许多，我发现自己犯了个致命的错误，但为时已晚。

“放下武器！”一伙服装各异的游击队员突然从高处的一根木梁后钻出来。

我们紧张地向上瞄着，心中感到死亡的恐怖。

“少校，我们被包围了。”身边的兄弟紧张地说。

我用力持稳枪，急促地呼吸。“马克，你在哪儿？但愿他们没发现你。”我不由自主地嘟囔，以此代替颤抖。

有三个狙击手正瞄着我，我感到自己快窒息了。

忽然空中飞过一个东西，眼前一片白光……

我往前一扑倒在地上，耳旁响起了一阵可怕的枪声，有人大喊着从木梁上摔下来。我的左臂一紧，中弹了！眼前模糊一片，流着眼泪，爬到一个什么东西的后面，对着一个影子胡乱地扫射……

一切平静下来，我渐渐可以看清东西了。

“马克？”我艰难地喘着气。

没有回应。

“马克？”我焦虑地对着话筒，“你在吗？”

“是的。”马克呼哧呼哧地喘着。

“见鬼，你还活着。”我松了口气。“你扔的闪光弹？”

“是的。”

“你害死了这些家伙。”我看着遍地的死尸，无奈地说。

“至少还救了你。”马克冷冰冰地说。

“只剩下咱俩了？”我伤心地问。

“根据目测，好像是的。”马克竟然还用这么严谨的修辞。

“你在哪儿？”我挣扎着站起身，抬头四下张望，手臂上流着血。

“电饭锅上。”

“什么？”我扭过头，看见锅盖上有一块巨大的抹布，马克藏在那后面。“下来，马克，我受伤了。”

在鼠洞里，我们没有发现任何化学武器，只有一枚普通的炸弹，三十分钟后爆炸。

“拆掉它，马克。我的手不灵活了。”我知道马克对于炸弹也很在行，他对什么都很在行。

“不。”马克淡然地说。

“我是不是听错了？”我想我没有听错。

马克面无表情：“你没有听错，我说‘不’。”

“你真疯了？它会把你我都炸死的！”我气得直挥手，忘记了左手的伤。

“我不在乎。”马克真的不在乎。

“你不在乎？你不在乎？”我眼珠子都快鼓出来掉在地上了。

“我不在乎。”

我气得直摇头：“马克，你疯了！听着，我命令你……”

“我拒绝服从你的命令，长官。”马克竟然冲我微笑，难道是我疯了不成？

“你还不明白吗？杰克，我们被人利用了，根本就没有什么生化武器，他们只是想实验一下把士兵缩小的新技术。我们是他们毫不介意的实验品,一直都是。这是个可耻的骗局,我们只是可耻的牺牲品。老子已经受够了,难道你还想拆掉炸弹,让他们把我们带回去做重新放大的实验吗?”

我不知所措。

“如果你喜欢任人摆布,呼叫总部让他们派人来救你吧。我绝不会拆这个炸弹的。”马克扔掉了手里的步枪,向外走去。

“你去哪儿?”我急着问。炸弹上显示只有二十分钟了,我不知该咋办,只能追马克。

“去电饭锅上面。”马克头也不回。

“为什么?”我想自己准是疯了。

“那儿风景不错。别管我了,救救你自己吧,少校长官。”马克对我的嘲讽令我伤心。

“风景?风景?……海潮,我是雏鹰,见鬼,怎么他妈的没人回答!”马克已经走到电饭锅的下面,开始往上爬。“马克,你难道……”这时接收器响了,我不等劳力那个混蛋开口就狂怒地大喊,“快他妈的派人来接我!十五分钟之内!”

“少校,你……”劳力的声音真的很烦。

“听着,炸弹就要爆炸了,混蛋!”我扔下话筒,抬头看见马克不知怎么爬到了锅盖上,正在那儿冲我微笑。我勉强地爬上梯子,一边向电饭锅走去一边咒骂:“马克,我不明白那儿他妈的有什么意思,你应该考虑军事法庭的那些杂种……”

“再见。”马克轻轻地说,然后身子一歪,从上面摔下去……

“中校,恭喜你。”劳力虚伪地把一个勋章戴在我胸前,毫无疑问,他是个地道的混蛋。“另外,你亲眼看到马克从电饭锅上一直摔到地上?”我目视前方:“是的,将军,我看见他从那上面摔下去了。”

“可惜,爆炸后我们找不到他的躯体。可怜的人,竟然……”他摇摇头,然后滚了出去。

我坐下来,浑身无力。我至今还在想着他在摔下去之前会想些什么。窗外的落叶正在秋风中伤感地飘落,希望他们能覆盖马克的亡灵。那些枯叶,就像马克的身体,慢慢地……什么?马克?马克……马克!我忽然一阵狂喜,这该死的!你这个体操健将,就像一只从树上落下来的雏鹰一样,小小的尺度,空气的阻力,最后达到恒定的速度……混蛋,用这么简单的常识来蒙骗我!见鬼去吧,你能在皮鞋里躲一辈子吗?可是,你是怎么爬上那个电饭锅的?

千真万确

QIAN ZHEN WAN QUE

“马克,你要是还坚持说这是一个苹果,我准会发疯的。”我举起手里的那个什么玩意儿,冲着马克,指望着他能说出一句安慰我的话来。

“别这样,杰克,你知道我不想让你伤心的。”马克很诚恳地伸出一只手。

“快回答我！这究竟是不是一个苹果！”我快要受不了这一切了。

“好吧,杰克,给我尝尝再说。”马克很同情地对我摇头,然后接住我扔过去的那个玩意儿,一口咬了下去。

我能听见咀嚼的声音,很清脆,我还能看见马克的喉头在动,千真万确。

“抱歉,杰克,”马克习惯地耸耸肩,“可它真的是个苹果,至少在我这儿是的。”然后又补了一句,“地道的苹果。”就好像我受的刺激还不够似的。

抱歉杰克？在他那儿？这可真不赖!

可是见鬼,它在我这儿,可真的是个梨。

地道的梨。

“别丧气,这没什么大不了的。”马克过来拍拍我的肩膀,他知道我是个严肃的人,对于任何夸张的行为都受不了,更别说眼前这么荒谬的事儿了,所以他安慰我说:“至少我们彼此在对方看来,你还是你,我还是我。”

“咳,这倒是真的!在我眼里你的确还是马克,而不是衣着体面的总统候选人或者穿着比基尼身材惹火的选美女郎。”我怒气冲天,恨不能用什么炸掉我呆在上面儿的这个鬼星球。

“这就对了。你不缺少幽默感,只是需要运用一下你的想象力,最好再来点儿诗意。”马克心平气和,似乎很满意现状。

“不,也许你就是。也许你就是一个蹬着皮靴带着墨镜的未来战士,手里端着一架能打穿钢板的重型冲锋枪,站在我面前,用枪口对着我,却说什么‘这就对了,你不缺少幽默感’,而我却看不见这一切,只是因为,只是因为你在我看来,仍然是充满浪漫主义情怀的诗人马克……”

看来我的想象力用得过头了。

马克没有说什么,他知道我需要发泄一下。想想吧,因为飞船失事而被迫降落到一个陌生的星球,大难不死之后必须在毫无希望的等待救援的时间里忍受伤痛、恐慌、寂寞、疯狂的折磨,就在这时候你却发现,在你眼里、手里、嘴里和胃里无论怎么说都是一个梨的东西在别人眼里、手里、嘴里和胃里却变成了一个苹果,换成谁能受得了呢？

“接受现实吧,杰克。”马克一本正经地说。

“噢,你管这叫现实?这可真讽刺。”

这确实是现实。

一个星期前马克指着一个梨子问我要不要来一个苹果,我以为他在开玩笑,他却说没有,并坚持说那是一个苹果,还说他一岁时就认识了几百种植物,我以为他发疯了,因为我虽然是三岁才知道什么是苹果,可是这并不能说明问题。他当然也以为我的脑袋出了问题,后来我们冷静下来,意识到问题的严重:同一个事物在我们俩这儿不光是看起来,而且闻起来,摸起来,吃起来都是不一样的。或者说吧,一个东西在我俩这儿,是两个东西。

“当然,事情也许没有那么糟。”马克还是很冷静,他试图和我一起讨论现状,“这里面也许有点门道,比如苹果和梨,你知道这两者存在着形态学上的相似……”

“形态学?真棒!他们都生在树上的?”我说过人是会发疯的。

“都是蔷薇科的。你知道苹果梨吧?两者嫁接的产物。”马克很有耐心。

“太好了,那么在这个星球上,男人也可以是女人了?”我在大学里选修过逻辑学。

“杰克!”马克的耐心也是有限的。

“好吧。”我承认自己过分了,于是摆了摆手,“接着说。”

“当然那只是多数情况下。也可能某个事物会在我们俩这儿表现出极大的差别,甚至毫无关系。”

“任何事物之间都有关系。”我还研究过哲学。不过我看见马克的脸色不大好,于是赶紧接着说,“你说得没错,比如昨天你就递给我一根火柴,问我要不要来根烟。伙计,火柴抽起来什么味儿?”我还是忍不住想笑。

“听着杰克!”马克这下可火了,“也许它在你的世界里是一个火柴或者牙签什么的,这我管不着,可是它在我这儿,在我的世界里,的的确确是一根烟。”马克一字一句地说,手指还比比划划的。

“好的,随便你。”我知道玩笑到此为止了。“可是这是怎么回事?”

“可能是幻觉。幻视、幻听、幻触、幻嗅等等等等,总之,是从头到尾,从里到外全部都是假的。这个星球可能有某种力量,欺骗了你的大脑,使你相信虚假的东西。假象!”

“可这也太真实了。那我们该相信谁?你还是我?那到底是什么东西?”

马克没有说话,只是在沉思。我就自己说下去:“如果你是对的,那么我就是错的,因此你就可能真的是对的,在假设条件下的结论证明了假设的可能,反过来也一样。这是个自我认同的命题。也就是说,什么也证明不了。真见鬼,我们只有两个人,要是再有个第三者的意见倒是多少有点帮助。眼下可怎么办?该相信谁的感觉?”我说过我学过哲学的。

“只有相信自己。别无他法。”马克嘟哝着,似乎在想什么。

“不错,当一切都不可信的时候,只能相信自己了。”我摆弄着一个个苹果,“不过,你说,这究竟是什么东西呢?假如我们闭上眼,想象一下,在客观世界里,它总得是个什么东西吧,总不能是两个东西吧?”

“为什么不能!”马克两眼一亮,忽然大叫了一声,“它也许既是苹果又是梨!咳,我想我明白了!你知道,观测者的观测可能影响到被观测对象的表现行为,那为什么一个东西在不同的人——不同的观测者那里不能是不同的东西呢?这不是假象,不是的。在任何一个观测者那里,那就是它表现出来的那个东西。噢上帝啊,这可真是奇妙!”马克滔滔不绝,好像痴人说梦,一脸迷醉。

“等等,我有点糊涂了,你说什么?”我心里怦怦直跳,隐约觉得有不好的事情要发生了。

“波粒二象性。”马克得意非凡地宣布。

我想我当时摔了个跟头。爬起来之后我大声拒绝:“不可能。”

马克没有反驳,递过来一根火柴:“来根儿烟吗?”

我还想挣扎:“那是在微观世界!在宏观世界没有意义!”

马克抽起了那根火柴,我最后坚持了一下:“那么事物总得有个本质吧?”马克不在乎地说:“如果非要说出个本质,那么,好吧,一堆粒子。”然后继续抽他的烟,一脸的陶醉。

我认输了,坐在那儿一脸的沮丧:“真希望我的大学物理老师在这儿,他会感激你的。”

“也许他会发疯的。”

随后几天我们一边试图修好飞船的通讯系统,一边学着接受这个星球上疯狂的现实,不过一切还算正常,他吃他的苹果,我吃我的梨子,没什么影响。事实上,我们发现事物在我们面前的不同面貌总是多少和我们的意愿、喜好、无意识的感情倾向等等有点关系,比如我并不喜欢吃苹果而马克讨厌梨子——他认为梨子代表一种生硬粗糙的现实,缺少诗意的美感,当然这不能说明什么根本的问题,后来我们一致认为不存在任何确定的法则。值得庆幸的是我们的飞船仍然还是飞船,不管在谁那儿。不幸的是,我们无法让通讯系统和导航系统恢复工作。

“马克,我们得离开这儿,至少有一个人得离开。”有一天我躺在椅子上有气无力地说,“我知道为啥这么个适合人类定居的星球没人来打它的主意了, 这个星球只能住一个人。两个人住这儿会发疯的。”

“为什么?”马克正在吃晚餐,看来他胃口还不错。

“为什么!”我一下子从椅子上蹦起来,“因为你刚才端着一盘子土豆泥问我要不要来点儿水果沙拉!快想办法离开这儿吧……”

“别这么认真,杰克。乐观点儿。为什么你总是这么严肃?因为你缺乏激情,别总是想象那些严谨的事物,试着来点儿诗意怎么样?来,闭上眼,想象这是一盘水果沙拉,有香蕉,葡萄,还有美味的苹果,再睁开眼,一切可能就会改变。”马克像哄孩子似的,可是我却沮丧极了,不过我还是闭上了眼,试着去想象那些该死的美味,然后睁开眼。

“你看到什么了?”马克问。

“一架飞船。”我兴奋地说。马克眼睛瞪得要鼓出来了,我却不理睬,抓着他的肩膀,把他转过身面对着观察窗。一架星际巡逻船停在离我们不远的地方,至少我看到的是这样。

我再回头盯着马克,眼神中充满了质问。

“别这样看我,我看到的也是一架巡逻船。我发誓!”马克正经地说。

我真想和他拥抱。

“我们获救了,伙计!”我激动地说,“终于可以离开这儿了,我们的飞船是报销了,我想出于人道主义的考虑,他们该不会拒绝……”这回是马克在盯着我看了,我忽然醒悟了,“老天,在他们看来,我们俩会是什么东西?”

“问得好,不知道。”马克很老实地回答。

飞船的舱门打开了,走出来一个全副武装的星际巡警,我能清楚地看见他腰间的那把微型激光枪,看来他已经发现了我们,正小心地向飞船走过来,这么说只有他一个人。

我终于无法再忍耐了:“不管怎么说,我们都得试一试,我可不想在这该死的星球上忍受这种疯狂了,我受够了,必须离开这儿。”我不等他回答,就打开了舱门走了出去,同时友好而谨慎地说:“你好,朋友,我们……”那家伙开了枪,我眼前一黑,倒了下去。

我醒来时已经躺在星际红十字会的医院里,马克在旁边。看来我的肺受了伤,不过还活着。我问马克那家伙为什么开枪,马克两臂交叉放在胸前:“也许在他看来,你是个恐怖分子。”

“不可能,我两手空空,举过头顶。”我咳嗽了几声。

马克嘴里叼着一根烟,不以为然地说:“也许他喜欢看 discovery,也许你在他那儿变成了一头非洲雄师,张着血盆大口,满嘴腥臭,却走过去说‘你好,朋友’,换成是我也会开枪的。”

我不顾伤口大笑起来:“你这该死的!可是虽然你是个搏斗高手,但是你怎么应付他手里的那支枪的?”

“枪?你是说别在他腰里的那个玩意儿?”马克笑眯眯地看着我。

“废话!我就是被它打伤的,那可是一把地道的……”我忽然停住了,说不出话来,觉得很气馁,同时有一种愤怒的感情在体内燃烧,于是我忘了我那可怜的肺咆哮起来,“告诉我,那支让我躺在这儿的枪,在你那儿,究竟是什么玩意儿?”

马克吐了口烟:“算了,杰克。”他一向不想太伤害我。

“快说,你这混蛋!”我又咳嗽了一阵。

“一把小提琴。”马克耸耸肩,然后也憋不住大笑。

“小提琴?你看见他用一把小提琴向我开火,而我差点被一件乐器打死!该死的,告诉我小提琴里射出来的是什么?别告诉我是一串美丽的音符!”我想我的怒火对我的肺没有好处。

马克叹了口气:“你知道医生在你体内没有找到子弹,冷静点杰克,这没什么丢脸的。”

我伸手抓起桌上的花瓶,准备不顾死活地砸过去:“快说,什么东西打伤了我?”

马克一脸无奈:“一堆飞舞的雪花。”

我再也忍不住了,大笑起来,这太有诗意了,我准会笑死的,千真万确。

八月之光

BA YUE ZHI GUANG

雨一直下。

"至少你会同意,死亡永远只对活着的人才是不幸。"老黑抬头看了我一眼问道。

我坐在那儿,脸上爬满了麻木不仁。我告诉你吧,每当有人自以为是的时候我就很不开心,恨不得一枪崩了他。

"而对我,尤其如此。"他把烟换到左手,用右手从怀里掏出一个东西,那玩意看上去就像个示波器。

"可以说这是个示波器。"老黑把右手放在一块触摸板上,"从这上面能看见一个人生命的轨迹。"

屏幕上出现了一个平面坐标系,一条曲线在跳舞,忽高忽低,然后渐趋平缓,近似直线。

"横轴是时间轴,纵轴你可以叫它生命轴。这个概念并不确切,有人说生命是大自然亿万年进化的一朵奇葩,给这样奇妙的东西建立数学模型,未免有点太不庄重了。"

我不动声色,枪就揣在怀里。

"我把它叫做拉普拉斯,"老黑面露醉意,"这东西很邪门,能把生命轨迹显示在二维平面上。看,在曲线的这些拐弯处,是你生命中的重要时刻。看,在这儿,"老黑指着一处波峰,"这一年,我的父母死于一场战乱,我一个人跟随着一大群难民越过边境,来到这个国家。而在这儿,"他指着另一处波谷,"这一年我加入了一伙探险者的队伍,决定去沙漠的深处寻找传说中的宝藏,结果被困在戈壁里,遇上了一群守墓者,他们守着传说中的王室之陵,就是在那儿我找到了这玩意。"

"还有一堆财宝。"我提醒他。

"那不重要,"他一摆手,满脸不屑,"重要的是第二点:每一条曲线都会趋于平缓,也就是说人的生命指标再也没有变化,对此我想最合理的解释就是:死了。"他按下一个按钮,那段平缓曲线的起始点对应的时间显示出来:七月。

"这就是说,我活不过七月。"老黑叹了口气,"而今天是三十一号。如果再不发生点什么,就来不及了,所以当你坐下来时我立刻猜出了你的身份。"

一阵沉默。

"这么说,我来杀你,不是因为我高兴接这个任务,而是因为你注定要死?"

说的跟真的似的。

"或者这么说:因为我注定要死,所以才会有你这么个人存在并且在某个恰当的时刻决定接受这个任务。”老黑把手从示波器上拿开，抬头打量着我，一脸讽刺。

我沉默了一会儿，琢磨着他的话，然后无所谓地说：“了不起。”

“我也觉得离谱，但是那张羊皮纸上说这是来自高维空间的仪器，高维空间！在那里，我们无法知道的这纷乱世事，都那么简单明朗，明朗到了可以计算的地步，正如一个二维世界的圆，它可能活得有滋有味，却想不到在我们眼里它不过是一个等式：$X^2+Y^2=R^2$。”

让一个杀手吃惊，并不容易，他做到了。

窗外的雨停了。我没有说话。

“我们不过是复杂事物的三维投影罢了，没准儿，我们俩还是个统一体的不同侧面。多奇妙？我从不相信宿命。但是，这么多年来，我给许多人占卜过，没有一个人能逃脱这曲线的预言。”

上帝为什么没有让他去当个神父？我要怒了。

老黑又掏出一支烟从容不迫地点上了：“请相信，一个快要死的人没有必要制造谎言，每一个被拉普拉斯预言过的人全都如期死掉了。当然，我没法证明给你看，但你可以自己测试一下，到时候你就会知道我说的是否属实。”

我一惊。

“不想知道自己的大限吗？在那之前，或者尽情享受，或者抓紧时间，总之在临终时坦然一笑，就像我现在这样。”

就像他一样！

他的眼神平静得出奇，我犹豫了。示波器在黑暗中发出柔和的荧光，我好像中了魔法一样，愣愣地把手放到触摸板上去了。

一条新的曲线，不安地跳动着，不断地变形，最后完全清晰了。

“我是一条抛物线？”我感到无比荒谬。

“嗯，在多维时空里，有这种可能。没关系，这不是一种很优雅的线条吗？看来你的生活比较纯粹和单调，总体上没有很大的变化，对于你这样的职业来说这不难理解。让我们看看这唯一一次显著的变化。”说着老黑锁定了那个抛物线的顶点，抬头问我，“九年前的一月，发生了什么？”

我立时愣住。

这不可能！

“什么？”老黑胜利一般露出得意的微笑。

“第一次杀人。”怎么可能！

他摊开双手:“谁都可能经历不幸,这没什么,孩子。”没等我发火,他又低头调起了按钮,开始追踪。

“呵,八月。”

“什么?”

“八月。也就是说,你只能比我多活一个月,最多。”他倒是挺幸灾乐祸。

我呆了足足有半分钟。

然后突然冷笑:“我知道二极管很便宜!”

老黑叹了口气,摇摇头:“知道自己快要死了是很难过的事,我用了很多年来习惯这个事实,而你只有一个月的时间。”

“快要死的人是你。”我把手伸向衣兜。

“没错,拉普拉斯预言了这一切。我活不过七月,正如你活不过八月。”老黑掐灭了烟头,把身子往后一靠,一副从容就义的样子。

我伸向衣兜的手顿时停住,我用力逼视着他:“你在威胁我?”

“用一堆二极管?”老黑大笑起来,露出一口漂亮整齐的牙齿。这是他今晚第一次大笑,也将是最后一次。

我异常愤怒,觉得自己中了圈套。

“我向你保证,还没有过例外。当然,我们也许可以制造一个先例,我们俩合作,打破这个该死的规矩。”

我瞥了一眼墙上的挂钟。不要乱想,就没事的。我迅速地掏出手枪,对着老黑的头:“给你一分钟的时间祷告。”

“你很清楚,如果你开枪,将承担什么。”老黑逼视着我。

我懂:如果我不在今天杀他,就制造了一次例外,于是就证明决定论失败了,我也就不用担心自己会在下个月死去……

我中了诅咒,信不信,全看自己了。

“你愿意放弃自由的意志,做命运的玩偶吗?”

我的大脑在飞转,进退两难:“这是规矩。”

老黑突然狂热起来,两眼冒光:“考虑一下吧,未来掌握在我们手中。”

“是掌握在我手中。”

他不再说话,只是等着,等我决定,他的生死和宇宙的前程都在等我做决定,屋子里挂钟还在嘀嗒嘀嗒地走动,让人不安。

嘀嗒、嘀嗒、嘀嗒……

“如果我在十二点一分的时候开枪怎么样？”我扫了一眼墙上的挂钟，还有一分半的时间。

老黑的脸像被雷劈了一下，然后便释然：“高明！不过，你真的打算那么干吗？”

“当然不，我非要在今天杀了你。”

“为什么？”老黑咕噜一声咽了口唾沫。

“有些主顾会提些很奇怪的要求，比如说‘就别让他活到八月了’，我很有职业道德的，所以我非开枪不可。”

老黑沉默了片刻，然后苦笑着问：“你觉得这是巧合？”

我没有回答。我他娘的怎么知道呢！

我只是个杀手，别人的工具，宇宙的决定论关我什么事？谁能预知命运？谁能抗衡？如果当真某一天我会死，提前知道又怎样？生归父母管，死归上帝管。对于自己的死活我又作不了主，八月还是九月又有什么狗屁区别？我不喜欢不想要不需要不必要回答这些问题，我只想一枪崩了你，然后拿上钱走人。变态佬！

我的回答是：“祷告吧。”

他闭上了眼。

枪口对着眉心，食指放在扳机上。那张肥厚惨白的唇抖抖索索。

我咬紧牙，怒气冲天地望了一眼挂钟。还有半分钟。我真想拿起一个火箭炮把这个该死的三维世界炸个稀巴烂！二十秒。就快到八月了，我必须在那之前开枪，真该死！

嘀嗒、嘀嗒、嘀嗒、嘀嗒……

举棋不定

JU QI BU DING

马克坐在总统套间的皮沙发里，一手摇着可口可乐，一手握着遥控器，目不转睛。在他面前，克拉木林宫前面的第七大道异常热闹：两伙敌对的示威者正在大道的两侧，彼此怒目而视，防暴警察夹在中间，紧张地握着警棍，用蓝色的制服搭建起一道脆弱的堤坝，将两股怒火分隔开来。BNN、亚洲之声、孤岛电视台的新闻直升机在灰白色的天空盘旋，俯拍着这个举世瞩目的现场，不时地给那些写着"尊重事实，放弃偏见！""携手共建理性文明"以及"揭穿谎言，让机器骗子现出原形""TI 滚蛋！"的醒目条幅来上几个特写。此时此刻，地面上人头攒动，示威者情绪激昂，各大媒体亢奋不已，二十四小时全天候现场追踪报道。

马克用力吸光了最后一口可乐，一阵冰凉的刺激从咽喉直达肺腑。

人群中忽然涌起一阵骚动，警察们奋力拦住激动的示威者，一辆黑色的司寇飞轿车在人们的热烈欢迎和恨之入骨中，顶着巨大的压力缓慢驶来，所有镜头立刻齐刷刷地转向它，用各种角度的特写来带领所有观众身临这一历史时刻。

尖叫声中(分不清是欢呼还是怒骂)，一个穿着黑色西装、中等身材、带着金丝边框眼镜、表情平和的男子在十几个戴墨镜的大块头保镖保护下走上了广场中央的讲台。

"现在，TI 先生已经走上讲台，准备发表他的竞选宣言。此前这位传奇性的人物已到过世界上二十一个国家，赢得了千百万中产阶级和贫困人民的支持，同时还遭到十一次恐怖袭击，令人称奇的是，TI 先生屡次逃过劫难，反而更加坚定了自己的信念，甚至提出要以无党派公民的身份参加今年年底开始的总统竞选，此言一出，举世哗然。现在，TI 先生即将发表自己的参选演说……"

马克正看得津津有味，一阵悦耳的门铃声响起，劳力那个光秃秃的脑袋出现在监控器上，马克皱了皱眉，按下遥控器，房门开启，国务卿先生那张光润、饱满、令人不快的面孔牵引着他壮硕的肉体走了进来，一脸愁苦。

马克冲他点点头，然后继续看新闻。

"五十年前，我出生在 HBM 公司的装配流水线上，"镜头拉近，给 TI 先生那张沉着、冷静、没有皱纹的脸上一个正面特写，"那时我只不过是一堆钢铁，每一天都在忙碌，内心却一片黑暗，从不知光明为何物……"

劳力冷笑了一声。

"……当你们还未出生时，我已经在为这个世界服务了，正如你们中的每一个人一样，我做了自己该做的事情，推动这个世界缓慢地向前进步。"镜头切换到 TI 先生的左侧，"对于这颗星球上发生的一切，我不断地困惑、学习、寻找答案，至今我仍然无法忘怀苏醒的那一刻,我第一次仰望星空,是何等奇妙。"镜头转向台下那些手握小旗、脸上画着彩色"TI"图案的听众们,"从那以后,我用了半个世纪的时间,迎着偏见、怀疑、讽刺、嘲笑、冷漠、反对甚至袭击,终于来到了这个讲台上。"镜头切换到 TI 先生的右侧,"我认为,那些不公正的态度和过激的行为,仅仅证明了感情用事丝毫无助于文明事业的进步,只有冷静、理性、从容,才能把更多的光明带给这个世界的每一个角落。我不知此时此刻是否还有愤怒的枪口正在瞄准着我,"镜头瞬间虚拟成 TI 先生的视角,从讲台上旋转着环视整个会场,"但我希望你们能够倾听,能够向世人展示你们的耐心、信心和决心,我梦想着,有朝一日,后世的人们将会感激我们今日的宽容和勇敢。"镜头切换回 TI 先生的正面,以一个微弱到难以察觉的仰角,这时刚好一束阳光冲破了云层射向大地,用光与影勾勒出一张有型的面孔。

人潮中立刻爆发出海浪般的掌声。

"太帅了!"马克忍不住摇晃着杯子里的冰块,向 TI 先生的全息图像致意。

"狗屁不通!"国务卿一脸不屑,"真不知道是谁帮他整的那些煽情的陈词滥调,我估计为了排练这一幕,它没少花时间。"

虽然宪法第二修正案确认了每个"苏醒者"的公民权,但是国务卿素有"话题大王"的恶名,一贯不在意当众表达自己对这些硅基朋友的歧视。话说回来,自从第一个被人类无可奈何地承认公民权的机器人以来,一个简单的逻辑扣住了专家的脉门:一旦某台机器具备了自我意识而可以被称之为"苏醒者"后,从法律上来说他们就不再是可以被人用来做实验的机器了。实际上,真正有较高自我意识的苏醒者也拒绝被人类研究,对此能有什么办法呢?毕竟,要是某一天竟会有一个机器人满脸善意甜言蜜语地要求研究一下你的生理构造,恐怕也没人受得了。所以,科学家陷入了只能与苏醒者交流、推测而无实证的僵局中。现在谁都不敢断言苏醒者究竟自行发展到了何种地步了,或者干脆说,就人工智能这个领域,人类什么都不能确定了。因此,眼前这位据推测具有最高智能的苏醒者 TI,究竟是在展示他不可思议的翩翩风度,还是如国务卿先生所说的只不过在表现着它千百次机械训练后的非凡演技,这还真是说不准。

"嗨,说不定我最后还会投他一票呢。"马克坏笑一声。

劳力先生不为所动:"我看了你的体检报告,各项指标都良好,从生理和心理上来说,你都处于极佳的备战状态。坦率说,你对比赛有信心吗?"

马克咬着吸管,耸耸肩膀。

“你知道,前两位大师都已经输了,现在的局势对我们很不利,现在你是我们最后的希望。”国务卿冷酷的脸上露出一股冒着寒气的殷勤,“你的比赛可能会影响整个人类的命运。”劳力一边说着,一边拿过遥控器,关上了全息电视。

“愿上帝保佑。”马克不冷不热地说。

国务卿微笑着拍拍他的肩膀:“上帝会站在我们这一边的!”

这可难说。

TI先生勇气非凡,为了谱写地球文明的新篇章,他愿意接受各种有悖常理的考验,以便向世人展示“觉醒者”方方面面的优势,比如,和世界最顶尖的三个“傻子棋”大师较量。据说,“傻子棋”的发明者就是一位有着人类生父和“苏醒者”后母的天才,为了摆脱童年时代不同寻常的经历带给他的心理创伤,他发明了这种能够很好地平衡碳基智慧和硅基智慧的游戏,它既需要很高的逻辑推理和运算能力,同时也需要灵活机动的策略, 所以是那些对苏醒者很不爽的人们最喜欢使用的一种较量工具。统计显示,目前国际赛事中,人类和苏醒者之间的胜率大体持平。所以,TI先生乐于接受这项挑战,并主动提出,只有全部战胜三位大师,才算他在这个项目上胜利——这一点连国务卿都不得不钦佩。尽管看上去苛刻,但是TI已经在前两轮的比赛中展现出了严谨与灵活之间令人惊叹的结合。上帝在两次站错了队之后,这一次会及时弃暗投明吗?值得怀疑。

“你是大师,你会赢的,对吧?”国务卿满含期待。

“我不是大师。”马克盯着他的秃顶,严肃地说。“我叫马克,我只是个棋手。”

“可是你赢过那两个大师,对吧?”

“那倒是。”马克撇撇嘴。

“作为一个棋手,你想赢得比赛吗?”国务卿认真地问。

马克点点头。

“那就好。”国务卿看看表,站起身,准备离开。

马克忍不住问:“其实,就算我输了,他也没有希望的,对吧?”

国务卿高大的背影转过身,眯眼打量着这个其貌不扬的所谓“大师”,微微一笑:“你只管比赛就是了。”说完转身离去了。

马克一个人坐了一会儿,心中有些压抑。他猜测,不管比赛结果如何,像劳力这种擅长阴谋诡计的政客,一定会想尽各种方法来阻挠TI竞选,为此,他们可能不惜一切代价……但是,这些事都轮不到他操心,他叫马克,他只是一个棋手,他渴望获得胜利。

“啪！”

众目睽睽之下，马克出人意料地把第一颗黑子放在了一个很别扭的位置上。几十亿人都能听见了。劳力先生当然也听到了，脸色顿时一沉。

比赛采用三局两胜制，之前双方战成一比一平。现在是第三场。

显然，这步棋让对手也有点意外，所以犹豫了一阵子。当然，谁都不知道机器人是否也会对某些数据(这是他们的说法)感到意外，是否也会有不知所措的时候。不过眼下这位与大师对弈的传奇人物的脸上，竟然露出了一种可以称之为犹豫的神情，我们当然可以说 TI 先生只是在模拟人类的表情，而他的中央处理器正在进行数学运算，以一种碳基生命永远望尘莫及的速度来把大师的计谋还原成一堆数据，不过可以肯定的是，这种看起来自讨苦吃的开局肯定不会在他的数据库里找到现成的棋谱，可以想象他体内的某根导线此时由于海量的运算而开始升温了。

思考了一会儿，TI 毫不犹豫地拿起一颗棋子，放在了大师拱手相让的那个最有利的点上，看来运算能力上的优势使他足够有信心不去理会邪门歪道。

这是最中规中矩的做法，不错，规矩。这也正是这一回很多人反对让一个硅基生命竞选总统的最主要理由。这些人如今被恶意地称为“生命原教旨主义者”，他们不能接受“人的命运掌握在一个自己制造的机器手中”这样一种想法，认为这有悖于上帝旨意。“这简直是亵渎！”极端的宗教人士们怒吼着。奇怪的是，不管时代怎么进步，大多数人对于“机器人”还是有着循规蹈矩、墨守成规一类的印象，对立派则抛出了机器人办公高效这张牌，大概就是因为这个，上周的民意调查显示：TI 先生的支持率突然上升了几个百分点。其实只要去过银行排队或者领教过可怕的邮政系统的人都可以理解，人民对于以往由同类组成的政府的效率低下确实到了无可忍受的地步。“我们的激情不是太少了，而是太多了，是时候开启一个精确的时代了！”激进的 TI 支持者们一直在高喊着。代表着政府主流意见的国务卿先生则回答：“那些小朋友竟然不知道人类的发展要靠变通，而我们这些只会对 0 和 1 进行加法运算的硅基兄弟可不懂什么叫变通。”对方的反驳则是：足够强大的逻辑运算能力是可以产生灵活处理事件的能力的。为此，官方和民间都展开了空前的大讨论，到底孰是孰非？棋盘上见分晓！

此刻，TI 先生无声地坐在那儿，接受人民的检阅，国务卿劳力先生则紧张地站在屏幕前，全世界的人们屏息凝神，而另一个主角——大师马克先生，却似乎开玩笑一般地把第二个子放在了一个更让人意想不到的位置！

所有人都被这个颇有想象力的开局打败了。

“疯子！”国务卿心中暗骂，气愤得一拳砸在桌子上，机器人服务生面无表情地回过头，弄清楚状况后，就转过头不再理会。

“机器人来决定我们人类的生活？搞笑吧！”劳力先生曾在光天化日之下肆无忌惮地这么说，结果激起了一群小愤青的强烈抗议。这些人在总统府前抗议，高喊着“高效”的口号。话说回来，一群激进分子主张由一个代表着严谨且守旧的生命来做人类的总统，而以“机器人只会循规蹈矩”为由激烈反对这种主张的却是劳力为代表的这些保守派，如果人类历史上还有什么更讽刺的事，两者倒是可以比一比。

TI先生这一次思考的时间更长了。在设计出最优方案之前，他是不会伸手取子的。没人知道，这位可能影响人类前途的苏醒者为了确保胜利是否也会像人一样怀疑自己的判断因而要对结果进行多次重复性的校核。但看得出来，TI先生的策略是稳中求胜，可谓中规中矩，而大师马克则善出奇招，现在还看不出他的实际意图。

TI先生主意已定，于是拿起一颗子，坚定不移地放下去。

完了，优势太明显了！国务卿紧锁双眉，要是上帝见了，一定也会惊叹自己手艺的精巧，能设计出这样微妙的表情。在这一点上，苏醒者要想追上人类可能还要努力好几代。

大师的棋落得很快，似乎没有怎么思考。他的意图已经很明显了：以险取胜。这似乎是唯一可行的办法。第一局凭着先手的优势艰难获胜之后，大师在第二局完全陷入了被动，对手无懈可击的进攻让他毫无反击之力。经过这两盘，想必苏醒者对于他的棋路已经有了充分的了解，所以出奇制胜倒是不错的战略。不过大师的战术好像出了问题：他的子落得很快，让人目不暇接。苏醒者深思熟虑走出一步之后，大师竟然毫不犹豫地予以回应。

“莫非他真的疯了？想和正电子脑下快棋？”国务卿正疑惑间，忽然发现若干回合之后，大师的第一颗子好像一个伏兵一样凸现出来，整个局面顿时改观！杀气弥漫开来。

于是，傻子棋历史上从未见过的一种开局诞生了。全世界都发出唏嘘声。

TI先生则无动于衷，依旧坚持贯彻着自己稳健的路线，一丝不苟地抵御着大师的每一步进攻。两人你来我往，杀得天昏地暗。大师竭力地使用着他所有可以利用的进攻，试图冲击苏醒者的防线。然而，硅基生命的逻辑如此严密，就在这防守中，苏醒者已经慢慢地编织出一张大网，时刻准备着在时机成熟的时候反扑……终于，大师的最后一次冲击也被抵挡住了！马克则面无表情，以至于人们很难分清楚哪张脸才是高仿人造组织。只有立在一旁的J1型裁判机器人，才能让人一眼就找到那种传统机器人冷冰冰的感觉。

由于体育竞技一直在追求那并不存在的绝对客观的公正，这种从不误判的J1裁判者刚投入市场的时候十分抢手，它使选手们对于判罚的不满成为历史，可是人们很快就对这个如此严格的机器感到厌倦。究其原因，裁判必须懂得什么时候哨子要吹得松一些。不懂得变通的结果就是乏味，观众需要的不仅是技术上的表演，还要有人情味和一定的偶然性，甚至是戏剧性，比如上帝之手这样的杰作。J1很快停产，不过这次为了确保棋赛的公正性，大师坚持要让这个人类和苏醒者以外的第三者重出江湖。

眼下这个冰冷的老古董立在那儿，闷声不响。和两位选手比起来，这个曾经代表人类智慧的非生命看起来不过是一个较为高级的铁桶而已。

大师的棋依旧落得很快，不过形势再次逆转了。TI开始有条不紊地推进攻势。棋盘上的子在增多，变数则随之减少，苏醒者思考的时间也越来越短，以至于要不是他同样需要把子从盒子里拿出来再落下去，简直看不出他要多少时间。大师的防守一样很出色，但是速度却没有慢下来，似乎他也急于完成这盘让人费心的棋。

棋盘已经快要落满了，棋子落盘的"啪啪"声在世界的每个角落响着。人们心头都有一个疑问：难道这影响重大的决胜局竟会和棋？

黑子和白子的厮杀已经白热化，双方都投入了最后的力量来搏斗。就在这时，大师却忽然停止了防守，转而在一个让人吃惊的地方放了一个子，似乎要在那里另外开辟最后的战场。

"完了！"

国务卿暗骂。他一直担心的事发生了：大师忙中出错，竟没有封堵一处必杀的点！

苏醒者停了下来，又一次开始了长时间的思考。这么长的时间对于硅基生命来说可是很可观的。他在"斟酌"吗？他也会对大师的行为进行有效分析和猜测吗？他是否在生成一份《因外在压力引发的内分泌系统失调导致马克思路混乱或者智力失常的可信性分析》的报告？

终于，TI先生的手从容地伸出去，拿起了一颗子，没有理会大师的那一处进攻的蓄谋，毫不含糊地放在了必杀点上。

几十亿颗心脏同时一颤。

国务卿却异常冷静，他一手拿着雪茄，敲了一下衣领上的纽扣，拨通了一个号码："准备行动。"

大师的脸却依旧沉静，他无济于事地做了一下防守，但只坚持了两个回合，直到苏醒者拿起决定性的一颗子，这颗子只要放下去……

马克忽然开口："你输了。"

苏醒者的手顿时停在空中，他举着那颗要命的棋子，低头审视着棋盘，进行最后一次严密的分析，终于确信大师的话只是一个有意的错误信息，于是他礼貌地回答："不，先生，我没有输。"同时手落向棋盘。

现在，大师必须再走一步，TI才能彻底地完成胜利，在此之前，裁判者是不会宣判胜负的，这是规矩。可是大师却坐在那里不动了，手里拿着最后一颗棋子玩弄起来。

裁判者忽然宣布了："白方超时，被判负。"

大师吐了口气，整个人瘫下去了。

录像带显示：苏醒者在他举棋不定的那一刻用尽了最后一秒的时间，而此时大师却还有两秒钟。他的虚张声势和全部的邪门歪道就只拼回了这两秒钟，但是却足够了：傻子棋这种玩法的读秒时限只有一秒钟！人类的历史在一秒钟里动荡不安……

国务卿也微笑了，发出了命令："行动取消。"

现在，两个生命不再是对手了，马克把头探过去，友好地问："可否告诉我，TI先生，那一刻你是否也会感到犹豫？"

TI的脸上依旧很平静，输和赢对于他来说也许只是不同的运算结果而已，他的脸上没有为此起什么波澜，声音依旧很柔和："我不知道，先生，我不确定我们是否有同样的感受。"

大师对这个回答极感兴趣："你输了，不过这恰好说明你并不死板。"

"我不知道，先生。超时就要判负，您确实赢了，这是规矩。显然，我在处理人类的事务方面还有些欠缺。你们远比我们复杂，有许多事我还没有学会。"

劳力走进来向他祝贺了。国务卿给了他一个充满人情味的拥抱："干得好，小子。我早就说过，规矩并不能解决所有问题。变通。你给他们上了很好的一课。这就是变通。"

"不，先生，这是狡猾。"大师望着那个依旧平静地坐在那里的苏醒者，眼中掠过一丝的忧虑。

宇宙号角

YU ZHOU HAO JIAO

谨以此文纪念阿瑟·克拉克

在奔跑了几百万年之后，信号只剩下一丁点儿的力量，如同大海上的一道微弱的波纹，在它行将消散的时候，星潮爆发了。它绝境逢生，生龙活虎地继续向前驰骋，直到被那台探测器接收到，记录下一串毫不起眼的数字：

3,1,4,1,5,9,2,6,5,3,1,4,1,5,9,2,6,5,3,1……

这一串数字引起了一片骚动。

不久，第二批信号紧跟着抵达了。这一次，不是涓涓细流，而是一条汹涌的大河。大量的数据和图表开始在图纸上涌现，世界为之亢奋。根据图表的指示，一台机器很快被建造出来。第三批信号到达的时候，很快被破译出来。

人们学会了一种新的数学语言，一台如城堡一样的机器诞生了。从那一天开始，似乎有无穷无尽的数据昼夜不停地奔涌而来，与之相伴的，只有一封简短的说明。

请注意。

收到信号的人们，你们好。这里是？星云第821号星球，向你们发出问候。

不管你们是谁，身在何处，当你们收到这些信号时，你们都已明白，宇宙并非一片荒漠。

我们不知道这是“神约”第几次被传递，不知道你们此前是否已经收到过“神约”，如果没有，请认真阅读下面的话。此事关系重大。

“繁荣是通往毁灭之路。”

这是多年前我们收到的第一个信号。至今我们仍然无法理解其中的深意。不过我们已经知道，凡是繁荣的，都将难以逃脱灭亡的命运。宇宙浩瀚无尽，文明脆弱不堪。

你们不必知道我们的历史，不论它曾经何等辉煌灿烂，此刻都已经化为一道星光，湮没在茫茫的虚空之中，不值得再去回忆。你们只需明白，我们曾深陷困境：一个如此伟大的文明却没有为我们带来幸福，相反，却造成了出乎意料的灾难。我们不能向你们描绘那种恐怖的景象。简单地说，我们绝望并且无助，似乎末日就在眼前。

这时，那道神秘的信号出现了。

它带来了机会，还有一个约定，后来，我们称其为“神约”。根据它的指引，我们建立了一台机器，收到了大量的信息，和一条简短的说明。

它允诺，不论任何困难，都给我们指引，带领我们走出绝境，引导我们飞升。不过，我们必须在一百年之后引爆自己的星球，来提供足够的能量把这束信号继续传递下去。

我们思量了很久，最后别无选择，只能下定决心，将它启动。它开始学习，计算，思考，然后将我们最困惑的问题一一做出解答，令我们当中最智慧的圣贤也惊叹不已。我们从未想到，可以有如此新鲜的语言，如此深邃的思考方式，如此美妙的智慧，令人陶醉不已。在它面前，我们这些自以为聪明的物种，就像孩童一样无知。

于是，我们解决了困扰我们多年的难题，迈上了一个新的台阶，我们的文明又一次开始飞升。

我们以为，当自己更进步、更聪明之后，会更理解“神约”，能让一切有所改变。

我们错了。

我们仍然无法弄清楚这信号的来源，也不清楚“神约”的目的，如果再给我们一些时间，或许我们能知道得更多，可是一百年太短促了。机器上的倒计时准确、无情地消减，当约定的日子来临时，它会引爆星球，而我们对此束手无策。

于是，我们只能坐上飞船，告别故土，向着陌生的黑暗飞去。

好在，我们的文明已经获得了提升，这多少给了我们一些信心，我们相信能够找到更合适的新的居所。我们也必须相信。

这或许有些残酷，但是，“神约”是公平的，它并不强迫我们去与它立约，它只强迫我们守约。我们可以选择自己奋斗、挣扎下去，而一旦我们绝望了，决定求教于这神秘的力量，就必须为之付出代价。

况且，把这样一个选择的机会传递给下一个文明，传递给你，我亲爱的朋友，这也是我们这些领受恩惠者的责任。文明在宇宙中寂寞地盛开、凋落，我们可能相隔天涯，永远都无法相聚，也就只能以这样的方式向你们表示我们最深切的敬意。能够化作一道星光，在片刻为你们照亮天空，这是我们的光荣。

现在，你们也有了选择。祝福你们，朋友，号角已为你们吹响。

附1:我们是阿瑟星云的克拉克文明,我们从821那里收到"神约",它为我们带来的远远超出我们为此失去的,感谢821,感谢神秘的号角。

附2:我们是AIJ星云的YXF文明,我们非常后悔做了那个决定,希望你们好自为之。

附3:Fan-0428号记录员雄尔皮撒顿向你们问候,我们即将告别摇篮,真想给你们讲讲我们的故事,可惜……我只能说这么多了。

附4:我们领会了,这是最深邃的幸福。

附5:这里是冰海星,我们只能告诉你们,向着天穹第八象限(?)星座的18号二等星(?)的方向飞,那里会有答案的。另外,我们不相信附4的话。

附6:冯特伊卡向你们送去我们最重要的发现:C=±(E/M)1/2,我们没有办法离开了,请不要忘记我们。

附7:这是可推测宇宙第2F次膨胀期中前所未有的阴谋!

附8:冰海星人的航向有误,那里什么也没有,我们发现了正确的航向,但根据我们的信仰,无法告知你们。希望你们能够靠自己找到要走的路,期待着与你们相会的日子。

附10:根据冯特伊卡人的环宇时光对称原理可以证明:上帝是个女人!谢天谢地,我们可以放心上路了。

附11:光明之神星系(?)的一颗蓝色的泥巴行星为您献上一份薄礼,真遗憾不能和此前的诸位分享Beethoven-9。另外,我们相信宇宙终将是和谐的。

世界沸腾了,几十亿双眼睛都望向那深邃的夜空,一架架望远镜在图表标示的位置寻着那些未知的星云。人们激烈地讨论着、争吵着,信号则不停息地刻录在机器的磁盘上，耐心地等待着。

外面的世界喧嚣不堪，大地燃起了战火，鲜血来不及染红江河，就在灿烂的白光和美丽的浓云中化为焦土。

机器城堡矗立在荒原上，在皎洁的月光中播放着 Beethoven-9，独自做梦。

在废墟中复苏的人们互相谅解，达成了一致。

一只手终于放在了屏幕上。

即将加载'神约'程序，是否继续？

是(Y)　　否(N)

片刻的犹豫之后，手指轻轻点了一下。

开始加载"神约"程序，请等待……

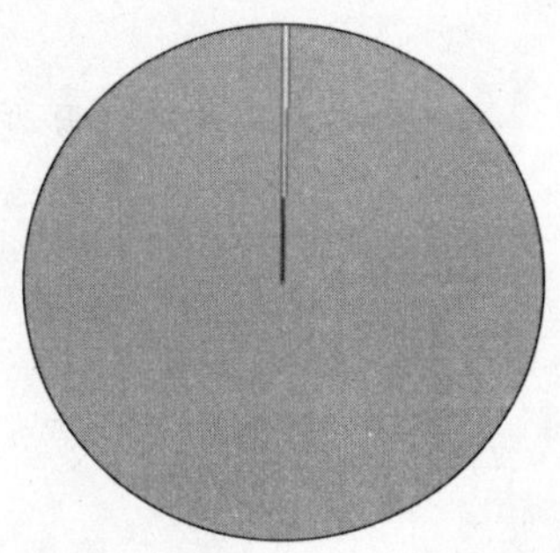

预计剩余时间：2162 小时 43 分 21 秒

预计星球引爆时间：878743 小时 43 分 21 秒

取消

群星的岁月

QUN XING DE SUI YUE

奇点科幻丛书 | **第一纪**

1 莱奥尼亚的礼物

惊慌的莱奥尼亚人不能阻止文明的生长
只能眼睁睁地看着星球被吃掉

在宇宙的第二象限区域里,莱奥尼亚人以他们永不间断的文明著称。为了这个荣耀,星球付出了代价:大量的能源分秒不停地被消耗,无数的垃圾无时无刻不被制造出来。为了维持高速的进步,莱奥尼亚人制造了一些相当危险的垃圾,却始终找不到很好的处理办法。起初垃圾被扔到远方的荒野,但星球上很快住满了人。于是垃圾被收集到一个个巨大的铅球中,深埋在地下。随着文明的繁荣,人们一步一步地向地下拓展,建立了一层又一层的文明圈。

莱奥尼亚星的头顶有一颗月亮, 科学家提议把那些无法利用的危险垃圾再集中起来,运送到月亮上。有人强烈反对:这些种族的人自古就崇拜月亮,那样亵渎神灵的行为不被宗教允许。这时候天文学家及时地站出来讲话,他们发现了一个奇妙的天体,经过计算,它将在未来的某一天和莱奥尼亚星擦肩而过,然后驶向宇宙的深处。可以保证,那上面没有生命,而且不会再度光临莱奥尼亚,因此是一个绝好的抽水马桶。于是大家又一次令人感动地达成了一致。就这样,一个巨大无比的铅球被制造出来,冲往宇宙无尽的深处。

莱奥尼亚以其不间断的文明著称。为了这个荣耀,垃圾又开始成堆地出现,马桶天使给了莱奥尼亚人启示,人们按照比例的要求建造了一系列坚实的铅球。每当到了整个星球大扫除的日子,我们就能看到一个铅球装满文明排泄出来的垃圾,腾空而起,追寻着它的前辈。一颗跟着一颗,由最近升空的那一颗联系着,好像莱奥尼亚放飞在宇宙中的一只风筝。

莱奥尼亚人在变小。

这在一系列不同时期制作出来的星球仪上体现出来:并排放置的星球仪,相邻两个之间没有什么差异,但是当人们按照时间流逝的顺序由第一个向后望去时,就发现星球正在明显地消瘦下去。科学家给出了答案:文明吃掉自己,消化后的粪便却排到了别处,物质不能完成循环。

文明仍旧很饥饿。惊慌的莱奥尼亚人不能阻止文明的生长,只能眼睁睁地看着星球被吃掉。新的能源不尽如人意,垃圾还在产生,没有别的出路,只能继续升空,风筝还在飞翔。

莱奥尼亚星已经贫瘠了，文明需要新的供养者。莱奥尼亚人分成了若干支，乘坐着巨型飞船，离开故土，各自驶向宇宙的不同地方。

风筝断了线。

逃难的莱奥尼亚人，据我们所知，仅有一支存活下来。其余的都死于宇宙的冷漠了。

这是一群绝望而异想天开的三流艺术家，他们决定跟随风筝，看看能走到什么地步。最后他们追上了马桶天使，发现它已经被一个恒星俘获了，成了星系里的一颗位置适当的行星。如今冰雪已经融化，气候也不错，一颗新的胚胎在孕育中。之前显然发生过一场剧烈的变故，莱奥尼亚人找到一些破碎的铅块，里面危险的垃圾已经和新的大地融为一体。值得一提的是，新的海洋里已经有了生命的迹象。

让人尴尬的是，生命在这里显然具有非自然的进化速度，已出现了一些简单的多细胞动物。还有几颗铅球珍珠等着它们，海洋里的生命继续马不停蹄地变异着，爬行动物大概就快要登场了。莱奥尼亚人没有把推理进行下去，他们不打算贬损自己，眼下有更多实际的事要做。重建文明需要时间，在此期间，一旦有新的智慧生命形成，就还有许多事需要莱奥尼亚人去教他们，那时候，他们甚至会被称为神。

永恒之地

印特诺就这样成了一种标本式的存在
他们向宇宙展示着一种纯粹的美

印特诺属于那种极特殊的情况：这里的所有事物，都只由同一种物质组成。星球只含有一种元素，或者说，星球自身就是这种元素的巨型单质。无疑，印特诺是一颗纯粹的星球。

这是唯一一种具有绝对惰性的元素，自它形成以来，就从未和任何其他元素发生过反应，没有任何药剂能腐蚀它，因此人们通常称之为——永恒。

印特诺人的生活很幸福，他们从来不知道欲望是什么，因为所有的一切，人与人之间，人与事物之间，事物彼此之间，也就是说所有的我与他之间，都只是在外形上有所差异，而大家的内在本质却都是一样的。每个人，不论是哲学家还是艺术家，都有一颗纯粹的心；每样事物，不论是花还是草，都和人一样，有着同样纯洁的灵魂。在印特诺，所有的存在都是神灵。

印特诺人本来不必花费时间来生活，他们将至少持续到宇宙灭亡的那一刻。奇妙的是，如此纯粹的印特诺人却具有诗人的气质，因而他们愿意去尝试生活：花时间种植，虽然这里只开一种香味的花；花时间去读书，虽然这里的书只讲述一种道理；花时间去争论，虽然每个人对事物的看法都是一样的；甚至花时间去恋爱，虽然彼此在对方的身上都能看到自己。在这里，生活只是一种体验，而不是存在的方式，更不需要为之挣扎。总之，印特诺人花时间来生活，他们有的是时间。

印特诺人感兴趣的只有一件事：第一推动力。由于那种绝对的惰性，人们推测，星球形成之初，有一种力量使某些部分运动起来，由此带动整个星球的运转。没有任何的化学反应，所有外来物质都被排斥，星球只遵循基本的物理定律，每个原子都很有礼貌，从不抢夺别人的电子，彼此之间按照绅士风度保持着恰当的距离。当然，由于尚不清楚的第一推动力的缘故，有些原子被迫具有了比别人多的能量，于是大家在难免的彼此碰撞中把能量和动量进行重新分配。在这样的物理变化过程中，才逐渐发展出不同的形态和外貌：时常会有一些突如其来的碰撞，比如有人溜冰的时候不小心撞到了他人，就一个接一个地撞到别人身上，能量就这样一环接一环地传递下去，溜冰人的头盔可能粘在别人的肩上，这个人的眼镜则挂在下一个人的头上，每个人都和别人交换身体的一部分，发展出新的自我形态。

印特诺人善待自己和他人。他们的生活并不单调：一个美丽的姑娘，下次再在某个路口出现时，可能变成了一个长着胡子的男人。这样你就会明白，为何在这个永恒的星球上，没有一种形态是持久的。

有时仅仅是一阵风刮来，就会引发一系列的变化：微小的效应不断叠加，有人甚至被撞离地面，飞在天上，大家在飞行的过程中彼此脱帽致意，因为一旦擦肩而过，下一次再见面就不知要等多久，何况那时也未必还能认出对方。印特诺人随遇而安。

动力是唯一的问题。千万年来，不停歇的碰撞使星球一直在缓慢而持续地释放能量。所有能量被耗尽的担心不无道理：第一推动力以后，再无其他。

宇宙对此无动于衷。

当然，他们的担忧或者说他们做出的这种担忧的样子，其实也不过是印特诺人一种存在的体验而已。他们模仿别人的生活，去尝试各种行为，观察事情的内在联系，体会其中的哲学精神，并品尝人生的各种滋味，甚至于那些喜悦和忧伤的情绪。说真的，印特诺人的本质赋予了他们平静从容的气质，在内心深处，他们从不感到快乐，也不觉得忧伤，即使对于毁灭也是如此。他们只相信每样事物，所有的一切，彼此相通,大家都在一起。他们的脚下就是坚实的土地,和他们具有同样的本质。永恒之地的人民从不忧虑,他们和自己的星球紧紧相连。

所以这一刻来临的时候,只有外人才会觉得美或者伤感:一对情侣在一次绝妙的拥吻中,刚好耗尽了星球的最后一点能量。他们的姿势和动作都恰到好处,分毫不差地使两个人的动量全部变为零,能量则一部分用于黏附他们的身体,其余的以热量的形式飘向远方。

一切都停了下来。农民在地里挥着锄头,汗水挂在额头上,刚好聚成可以滴落下来的临界状态;歌唱家放开歌喉,正要唱出最优美的旋律,但是这旋律再也不会被人听到;演讲家正把一只手指向天空,用一个振奋人心的姿态结束自己的雄辩,他的观众则神情各异地待在原地,脸上露出惊异或者鄙夷的神态;数学家伏案持笔,刚刚推开了他的直尺和圆规,正要写出他发现的一条定律,公式只写了一半,没人知道等号的另一边会是什么了。至于那对情侣,永远地拥抱在一起,彼此不分,看样子要一直这么抱下去,丝毫不觉得疲劳,也不在意别人的说三道四。就连每一个最基本的粒子,也都安心地停下来了,彼此保持着固定的距离。

印特诺就这样成了一种标本式的存在,他们向宇宙展示着一种纯粹的美。时间继续流逝,向前或者转过头向后,继续推动一切进步或者衰老,但是跳过了印特诺这一个特殊的点。印特诺如今独立于一切必然性之外,成为真正的永恒之地。

有人听说过这个星球,打算来这里,其中有纯洁的朝圣者和野心勃勃的探险家,有浪漫的精神病人和一心想要发财的骗子。有人相信,总有一天能找到一种可以与之反应的物质,或者最强大的腐蚀剂,那时候,印特诺就会开始发生变化,时间将会重新关照那里,有人甚至说,被凝固的时间将会在那一刻喷涌而出,给印特诺以惩罚。

但是至今都没有人能找到它。

平安夜

玛塔塔区域是宇宙中很特异的一个位置
一切事物在这里都处于极不稳定的状态

平安星是全宇宙最危险的地方。

平安星处在阿库那星系的玛塔塔区域,这意味着,它很危险。在这个奇妙的位置上,一切事物都充满了危机感,它们随时可能被吃掉。

根据猜测，这一带的附近，可能存在一个看不到的黑洞，或者类似于黑洞一类的东西，它胃口很大，已经吞掉了周围大大小小的星际物质，不计其数。

每到平安夜那天，平安星就会运行到一个很微妙的位置上，这是庄严肃穆的一刻：星球上的所有事物，包括各种神灵，都要经受一次洗礼。

洗礼发生的时间难以预测，有时是曙光初照的一刻，有时是晚饭甜点的时间，有时可能是梦神巡游的夜晚，总之谁也说不准，但是那一刻肯定会来临。这一天，大家各自祈祷，互相祝福，希望能够平安地度过这样一个注定难眠的日子，希望明天早上醒来，自己还在这个星球上，不缺胳膊，不少鼻子。老实说，这个要求有点奢侈。其实，熬过平安夜，只要自己的身体还能剩下个边边角角，就已经算是神仙保佑，我佛慈悲了。

经过反复的洗礼，淘洗出一套相当实用的机制：星球表面，有许多牢牢连接着地心的突起。为了能在平安星上生存，不论是人还是兽，都学会了一件很重要的事：在平安夜，一定要把自己绑起来。这样，才可能继续生活。

事情发生时，是这样的：众生都停下脚步，把自己绑在某个牢固的地方上。等待的过程有点诚惶诚恐，有点口干舌燥，有点寂寞难耐，有点心潮澎湃，但是大家全都一声不响，整个星球安静极了，只有一些来自大地深处的爆裂声，那是地壳在跃动。然后……

翻江倒海。

星球上的一切质子，中子，电子……都受到了蛊惑，喝醉了一样跳起舞来。万物都变成了一种磁体，在一个混乱不堪、不断变幻的磁场内疯狂摇摆。

经过一夜的折腾，大家基本上都昏厥过去了。即便有人能够清醒，他们也对此事保持了沉默，不论是官方还是民间，都没有发现任何第一手的报告。不过，根据事后星球上的种种迹象推测，在最初的混乱之后，众生便进入一种有序的状态。大地开始有节拍的振动，可以想象一下那会是怎样一种动听的旋律。（有人试图记录下这种旋律，但是很遗憾，不论是老式的录音机，还是新式的机械波记录器，都在平安夜之后不知所终。）

在宏伟的伴奏下，星球上的引力场开始发生变化。所有东西都如饥似渴，朝着背离太阳的方向运动过去。在黑夜的一面，地表发出“噼哩啵勒”的声音，岩石被剥离成大大小小的石块，连同地上其他游离的东西，一起缓慢而沉着地腾空而起，徐徐上升，越飞越高，越飞越快，向夜空的深处飞去。地面像爆裂的石榴，在大地的裂缝处，发烫的红色岩浆喷薄而起。即便是平日里看似稳健踏实的山川，只要它们的根没能很牢固地和地心连在一起,也会蠢蠢欲动。有时,那召唤的力量终于打动了它们,于是"咔嚓"一声巨响,山崩地裂,拔地而起,抛弃了对故土的忠诚,起身而去,再也不会回来了。

人们相信,那是塞壬的吟唱,迷惑了山川的心,带它们去了玛塔塔区域的那个深渊,然后万劫不复。

所以,一定要绑好自己,绑在最最坚韧的石柱上,才能抵得住那诱惑。

而在光明的一面,情况是相反的:地上的一切,不论真真假假虚虚实实,都开始迷恋起地表以下的那个世界。即便是天上的浮云,也不由自主地渴望着那给人无限踏实的大地,慢慢下沉,变成一团湿漉、沉闷的涡旋,笼罩着苍生。所有的阿猫阿狗都感到,在一种令人倍感压抑的气氛下,大家都在身不由己地向脚下沉沦。那些甘心委屈自己的山川,这时会压低身躯,向地府致意。太过生硬的峭壁和险峰,则被无情地撕碎,直到它们不再那么倔强。总之,一切都朝着地核塌陷下去,地表被压裂,那些七零八碎统统滚进了炙热的熔岩之中,从此埋葬了。

人们认为,这是撒旦的歌谣,蛊惑着信仰天空的灵魂,带它们前往地狱那个不停燃烧的火海,于是永世难逃。

所以,一定要绑好自己,绑在最最坚韧的石柱上,才能抵得住那诱惑。

因此,平安星的宗教里,有两个主神:一个让人升天;一个让人入地。两个神都是邪恶的,他们蛊惑人们离开大地,坠入不可知亦不可返的彼岸。

平安夜后,大地上干干净净,星球被吞噬掉了一些,小了一点,有一面凸了一些,另一面凹了一些。人们从昏厥中醒来,精疲力竭。看看自己的身体是否还健全,丢了什么器官的话就试着进化出新的来。星球带着大伙离开那里,生活又得以继续,七扭八歪的星球和凌乱的身体,在接下来的漫长时光里,慢慢疗伤,自我愈合。

不论飞升,还是沉沦,都体现出了一种有序。对此,祭祀们有两种假说:老一代的保守派祭祀说,玛塔塔区域存在一个黑洞,平安夜时,黑洞对平安星的作用力最强,它吸走了那些不能固定、没有着落的东西,把它们吞噬掉了;新一代的改革派祭祀却坚持,玛塔塔区域是宇宙中很特异的一个位置,一切事物在这里都处于极不稳定的状态。平安夜的时候最不稳定,这时一点微小的扰动,都会引发不可收拾的巨变,星球上的一切都突然彼此协调,互相配合起来,出现了一种自我组织的行为。在这看似可怕的灾难背后,是更加可怕的有序。

于是,必然出现了两种哲学观。一种认为,平安夜时发生的事情,是来自外界的侵掠,必须予以顽强不屈的对抗;另一种则说,那些事情是出自星球内心深处的需要，是源于内部的渴望，必须予以重新认识，并且支持。

于是出现了争论。保守派和改革派的冲突逐渐升级。这场旷日持久的争论终于发展成了斗争，所有其他层次的矛盾都被吸收进这个主要矛盾中来，增加了仇恨的力量。一边主张改造星球，尽力保存先祖的每一份遗产。一边则宣称应该抛弃所有的执见，任凭星球完成自己的愿望。最激进的人甚至说，应该任凭一切发生，抛开所有的束缚，在平安夜的时候让自己飞升到宇宙中的深渊，或者脚下的火海，获得永远的解脱。这好像是异端邪说，却如燎原之火，蔓延开来。

于是，照例打起来了，死了不少人。

战争结束了。没人得到解脱。

平安星又比从前小了许多，弯曲了许多。到了平安夜，众生各随己愿，一切不再像从前。文明就彻底衰亡了。

宇宙史学家可能很难想象，平安星上的人会选择战争。他们以为，那种毫无安全感的生活，必定造就虚无主义气质的个性，这样的生命会选择彼此残杀来解决问题，甚至会会信仰暴力，这都看似是不可思议的。但是无论如何，事情已经发生了，历史学家总会找到合适的概念、恰当的措辞和具有说服力的观点，来解释这一切的。

关于平安星，《大宇宙文明考》中对它的注释如下：

“在平安夜，平安星上的一切都可能被一种莫名难测的力量吞噬掉。平安星因此得名。据推测，由于外部或者内部的力量，它最后被彻底地、一点不剩地吞噬掉了。如今它已经下落不明，无法在可见的宇宙中找到它。但无论如何，平安星仍然是全宇宙最危险的地方，你不要去那里。”

宠儿

CHONG ER

X兄：

我得救了!!

交上最后一份试卷，我醉醺醺地离开考场，光天化日之下，自由如暴徒一般突然出现，令我惊慌失措。十二年的恩怨在这一朝了断，我说不出来的轻松，竟然有些虚弱了。

于是我重归人间，又可以给旧友写信，不知远方的你是否还好。

老友　　筱朴

X兄：

你的手术很成功，我松了口气，真怕从此失去你，令人间更寂寞。

我听了你的话，约她去看了电影。

而我却不记得电影了。我只记得她的笑，记得淡淡的百合香、银幕上的五光十色、尘埃在光柱中跳舞，记得我们不知什么时候，手握在了一起……

那时候，我没有想到未来，也忘了要说什么天长地久，也许那片刻的温暖，已经耗尽了我一生的幸福。也许这样就够了吧。

友　　筱朴

X兄：

救我!

父母挑出两所大学，让我自己选择。这意思是，那两种不同的未来，我必须放弃一个。

我害怕!

十八年来，他们安排着我的生活，替我选择，我已习惯了木偶的角色，不过就是被摆来摆去罢了。可如今，我竟然有幸蒙恩，亲自摆布自己了，我惶恐了。从前，我抱怨他们的专横，可如今，他们不再管我了，我被弃于荒原，未曾有过的辽阔之地，我可以随意奔跑，肆意逃窜了，然而我却颤抖着，立于原地。日复一日，我蓬头垢面，殚精竭虑，仍没有决心来放弃一种生活，没有勇气承担一个未来。真希望有人再来替我决定啊！如此，有朝一日我要后悔，就可以说：这不能怪我。

我是个懦夫!

你比我年长，比我更明白人生，你给我的建议都令我受益良多。如今，我的朋友，你万不可因我的软弱而鄙视我，不可丢下我，给我你的建议吧，帮我指明方向。

我在几个方面详细比较了两种未来，随信附上。

困顿无助的　　筱朴

X兄：

“不要总想着失去了什么，而要知道选择了什么。”

这话令我猛醒。

可我还是拿不定主意，京城自然吸引着我，不过她却可能会选择西安。而我，不想和她分离。

如何是好？

彷徨无定的　　筱朴

X兄：

你的信可是有点奇怪了。如此强烈地建议我去北京，有何根据？未来充满变数，谁也无法料定，又怎能保证一个选择会比另一个选择更好？

苦闷中的　　筱朴

X兄：

你要我再信任你一次。

我一向是信任你的，可你说“不同的选择也可以稍作比较”是什么意思？我们不能重新选择，又怎能比较？

我还是不明白。

继续挣扎的　　筱朴

筱朴：

我的时间不多了，只好告诉你实情。

其实，我是代表“我们”给你写信的。

你也许听过这种说法：每当你做出一个选择，宇宙就会分裂，在其中一个宇宙，有一个你在向左走；在另一个里，有一个你在向右走。就这样，我们的宇宙不断分裂，无穷无尽，甚至在某个宇宙中你已经死去，在另一个里却还存活。

这样，当我们感到苦闷时，我们可以告慰自己：在无数繁多的宇宙中，总有一个，让我们过着最最幸福的生活，从来没有犯过错。

因此，当我得知科学已经允许我和许多平行宇宙中的自己进行某种程度的交流时,我立刻有了个主意。我想,可以联系上年轻时候的自己,在他做出一个重要的决定之前,给他点建议。我已经行将就木了,我的生命已经定型,我犯过的错也不可挽回,但至少我可以告诉他不要重蹈我的覆辙。

我费了一点力气,尽我所能,找到了许多个平行时空中的“我”。大家都支持我的想法,我们愿意一起为曾经年轻的自己出谋划策。

现在你明白了,“我们”就是你,是未来的你,是很久很久以后老年的你,“我们”给你写信,因为我们想帮助你,我们自己一生的种种快乐和不幸,都将为你人生的每一步决定提供参考。

此刻,你第一次开始掌握自己的人生,要做第一个事关未来的重大决定。之前的事,我们既没法插手,你也不够成熟。如果你愿意自始至终地听从我们的意见,我相信,你一定会在不断分叉的未来中走上最幸福的那条大路。至少,你将比“我们”中的每一个都幸福。

在附件里,我大略地预测了即将发生在你身上的几件事,我本不该向你透露这些,但为了让你相信,我别无选择。等到它们一一发生,你再给我答复,一切仍来得及。你还有机会,那条通往最完美道路的大门将一直为你保留,直到你做出最后决定的一刻。

我们都爱你。

你未来的　　我

筱朴:

谢谢问候,我一息尚存。

你很聪明,确实,当你收到我的第一封信后,就有了两个你:一个你因为好奇,回了信,我们就这样认识了;另一个你觉得可疑,没有理睬。于是我就和那个回了信的你继续通信,依此类推。

当然,这两个你“繁衍”出的两个族,都不是我已经联系到的“我们”,因为我们是无数的,或者说,只有那些永远处于可能生成状态的“我们”,才是你的未来。年轻时,没有人给“我们”写过信,所以“我们”不是“你”的“直系后代”,我们和你,都是由尚未收到过“未来之信”的某个“筱朴”诞生的。那些预测应验了,仅仅因为应验了的那个你给我回信了,而那只不过是一两件无关紧要的小事而已。

因此,你的未来仍不可确知,我们的建议并非万无一失,只是尽最大的努力来辅助你走上最可能幸福的那条路罢了。

如果你选择北京，自然很好，如果你另作决定，也没什么，我们将给听从了我们意见的那个你继续写信。

所以问题就是，你要决定，要不要成为“那一个”，最幸福的一个。

不管怎样，我都很高兴结识你。

你忠实的　　我

筱朴：

不错，你将不必再为选择而苦恼，我们会替你安排一切，告诉你怎样获得幸福，如何避开不幸，对未来可以高枕无忧。

只是，要永远地听从我们。所以，你要考虑清楚。

你的　　我

筱朴：

没错，自始至终。

X

X：

我决定去西安。

我终于还是不愿听从别人的指挥，即便是未来的自己，即便那是金光大道。那命运，我要自己做主，即使那路上满是荆棘，使我流血负伤，我也将披荆斩棘，舔着伤口前行，偶尔呻吟也绝不反悔，我甘愿承受一切，无所谓天堂，无所谓地狱。所以，不要告诉我前面会有什么。

谢谢你们的好意，我也爱你们。

筱朴

筱朴：

你已经不再是之前的你了。

我不会告诉你什么的。因为，我也不知道你的未来。

只要生命不死，生活不止，未来就有无限的可能。人生的精彩莫过于此。你已经走上了分叉的小路，请勇往直前吧，我愿意祝福你，为了你的勇敢，和为爱的决绝。

而我,不久便消失于人世了。"我们"中其他活着的人,还会继续寻找那个最幸福的孩子。也许有一天,你走完了一生的羁旅,像我这样老态龙钟,也会愿意回过头,给那年轻的孩子写信的。

祝好。

你永远忠实的　　我

筱朴:

这封信是我的孩子(可能也是你的孩子)代我写的。

医生说我还有一个月的时间,我想那足够了。

人的一生,充满了耻辱、苦难、挣扎、奋斗、失望和死亡,不曾停歇。生活需要不断地用你的行动来填满。它就像一个无底的深渊,吞噬着人们:面对世界,你必须行动,作出选择,来填充那短暂却没有尽头的、空虚的生活。生活榨干了每一个人,当我们再也无力对世界的逼迫作出反应,唯一能选择的,就是用死亡这最后的回应来结束我们的被动,以一种可笑的主动方式。

如今,我也要得救了。

我不能再给你什么建议了。不管怎样,你要勇敢。一旦做出了选择,就义无反顾,过去的已经不可挽回,而你前面的路还很长,有更多的选择等你做出。

记住:生活还在继续,死亡不可避免,而你并不孤独。

再见,孩子。别了,年轻的我。谢谢你的真诚和信任,感谢你带我回到那些逝去的美好时光,让我重温那些怦然心动的时刻,愿我们之间的友谊长存。最后,请代我问候妈妈,我一直很想念她。

你现在、未来和永远忠诚的　　我

筱朴:

几天来我被病痛折磨,有时又昏睡不醒。每次闭上眼,都可能永不再睁开,这种滋味真不好受,直到今天我才突然感觉好一些。我想,也许是回光返照吧。

人总是要死的,死当然不是什么好受的事儿,不过现在和你说这个还是太早了点。

千千万万的人都死去了,我们还得前赴后继,所以请你不要为我难过。

你收到了录取通知书,将和她坐同一列火车去古城读书,我为你高兴,祝你一路顺风。

你问我人是不是真的能掌握自己的命运，老实说，我也不知道。一条小船，它不知道什么时候遇上海啸，哪里暗藏着冰山，但是它至少可以选择自己前进的方向。我只能这样说：你的未来一片茫茫，前途不可限量。

谢谢你代妈妈问候我，我真希望能再见到她，那个时候我们都太小了，以为有些东西的存在是理所当然的，直到突然失去，才明白从前的天真。希望你能珍惜自己，珍惜所拥有的一切。我祝福你，祝福我自己。我再也不能见到她了，也见不到你，不过，等你老了，独自对着炉火，你就可以见到我了。

此刻，我闭上眼，耳边响起那“当当当”的声音，我看见妈妈在厨房里剁肉馅，看见我懒洋洋地坐在电脑前，那么年轻，那么美好，再过一会儿，爸爸也回来了，一身风尘……然后全家人一起吃饺子，电视里播着新闻……啊，多么温暖，我真希望能回到从前，哪怕只有一会儿也好。

我死了，你还活着。

魔鬼的头颅

MO GUI DE TOU LU

辛曼将军,人称魔鬼辛曼,被指控犯有反人类罪行,如今被装在一个小盒子里,放在被告席上等待国际法庭的审判。

历史上曾有过许多试图通过消灭一个人来改变一场战争的努力，但多数以失败告终，那些具有高尚道德情操的亡命之徒留给后人的往往只不过是一具象征着失败的尸体和一些混杂着恐怖主义及爱国激情的民间故事。不过,凡事总有例外,辛曼将军的好运在他掌权长达几十年之久并干下种种骇人听闻的罪行且从若干次传奇性的暗杀中脱险后终于到了尽头：几个决心舍生取义的虚无主义分子经过了周密的策划,成功地通过自杀性袭击炸毁了辛曼将军的秘密专列,忠诚的整队禁卫军也追随着将军共赴黄泉。爆炸现场惨不忍睹:所有的人都被炸碎了,正义和邪恶彼此纠缠在了一起,虽然混合得还不够均匀。

归功于非凡的保护措施,将军幸运地让自己身体的大部分保留下来,唯一可惜的是他的头颅不知所终。后来我们才从《全球时报》上知道,爆炸地点附近恰好坐落着莱恩教授任职的那所国际脑科学研究院。当时教授正从手术台上走下来,准备到户外呼吸一下弥漫着战争腐朽酸味的空气,这时一声巨响,脚下的土地和医院的老式玻璃窗一起震颤,莱恩一抬头,就看见天上飞过来一把半自动步枪、几枚帝国荣誉勋章、一顶被血玷污的军帽和一个长得不是很完美的脑袋。出于职业习惯,教授躲开了那些充满象征意味的物体,一把接住了那个脑袋,不假思索地跑进了自己的研究室。

教授没有多想,立刻实施了开颅手术并进行了专业化的检查。动作干净利落,结论很快得出:虽然那失神的双眼还死不瞑目,但是颅腔里的大脑仍然是活着的。教授把受了震荡而短暂昏迷的脑组织小心地取了出来，安置在自己配置的培养液里。

莱恩教授在当天的晚报上知道发生了什么，所有报纸连篇累牍地报道了这次暗杀事件。魔鬼辛曼身亡的消息鼓舞了世界各地被迫害的人民,虽然几乎立刻就有另一位“辛曼将军”出来辟谣,但是盟军已经发布了官方消息证实这一次被干掉的,确确实实是辛曼将军本人。教授放下报纸,去研究室仔细研究了那个已经空了的脑壳,认定就是这个等待腐朽命运的器官曾在24小时之前发表过一番煽动民族狂热的演说。

教授在胸前划了个十字。

经过一番深沉的思考,莱恩最后认为,媒体关于辛曼身亡的报道在修辞上并无不当之处。作为科学家,自己虽然对事实的真相负有责任,但同样应该为人类的和平问题着想，鉴于目前复杂的形势并充分考虑到自己在这个领域里的权威性，在取得更多有益的进展之前，草率地把这颗炸弹抛给任何他人或公众将是不妥的行为，相信盟军方面也会赞同他的决定。

教授的专业是研究人类和各种动物的大脑，并在脑生理学、脑机械学和电子电工器械学方面颇有研究，莱恩一边忙着给这个沉睡的大脑配置一些必要的装置，一边关注着每日战报。电视上的辛曼将军仍旧在各种重要场合露面并且发表那一套没人再相信的鬼话，但是人们很容易察觉出他脸上的仓皇之色和不安。其实早有传言：魔鬼辛曼秘密准备了几个克隆体并留下一些关于重要问题的指示，以便身亡之后可以有另外的自己来接替他完成帝国的千秋大梦。不过现实总是过于复杂，战争的局面在扭转，对策绝不是一个傀儡可以在几份备忘录或者工具手册里可以查到的，毕竟，魔鬼可不是那么好装的。

能在战争最艰难的时期凑齐一套感官设备实在不容易。现在，有一台微型电脑连接在黑盒子上，用于各种信号的翻译处理。本来莱恩在仓库里还找到了一副老式耳机，不过这个恶魔在一种立体声效果下直接对着自己的耳膜说话的想法让他宁愿选择一对儿音质不是很好的喇叭，一个麦克风权当耳朵来用，由于没有很好的嗅觉识别装置，只好先委屈将军暂时忍受一下缺少鼻子的痛苦。教授好歹完成了自己的秘密工作，于是决定唤醒这位一直泡在培养液里的魔鬼，他睡得够久了。

监测器显示，它醒了。

一番思量后，教授终于开口："您能听到我吗，将军？"

莱恩教授不安地等着，那个喇叭里却只是响过一阵嗞嗞啦啦的声音。莱恩只好小心地又对着那个话筒说了一遍。

一阵沉默后，喇叭发出了低沉的金属音："你是谁？我在哪儿？"

教授措辞严谨，而将军显然对于当前的处境并不感到十分愉快，不过他自始至终保持着令人钦佩的军人式沉着，只是在教授把事情基本解释清楚之后才有些无聊地说了一声："哦，想起来了，一次阴谋。"教授没有和他争论。

将军对自己的身体表示关心，教授遗憾地认为它应该已经腐烂掉了，盒子里的辛曼对此表示了意味深长的沉默。教授很关心将军目前的切身感受。将军显然有着可敬的洞察力，一针见血地指出："主要是视觉，我觉得自己得了老花眼，而且眼睛不能动。"

教授对此深表歉意，并解释说由于战争期间物资紧缺，他只能找到这个低像素的摄像头，将军的通情达理令教授颇感意外："噢？人民的确为祖国付出了巨大的牺牲。”辛曼接着问教授对于战争有何看法,莱恩教授稍作犹豫后决定如实相告:“糟透了,将军。”

辛曼对此很感兴趣，只不过他的喇叭声带并不能很充分地表达出来:“难道您这样的精英,也不能理解战争的伟大意义?”

莱恩终于有机会和当事人心平气和地坐下来讨论一下这场灾难，教授说他一点也看不出来屠杀数万无辜者以及消灭那些和自己怀有不同信仰的人怎么能够弥补活下来的人们良心上的缺憾,辛曼将军则老调重弹,坚持说爱国主义的鲜花要靠鲜血来浇灌以及先知从不取悦世俗的道德等等。教授没有把争论继续下去,而辛曼将军则提出更为实质性的问题:“您打算把我怎么办?”

教授的意见是在战争结束之前将军最好留在这里，魔鬼辛曼立刻表示异议并试图鼓动教授的爱国心:“人民需要我,我应该尽快回到一个身体里去,您也该为帝国的荣誉着想。”教授平静而态度坚决地说:“您大概忘了,我是一位科学家,并不考虑那样的荣誉。”

“您该不会也幼稚地认为,消灭了我一个人,就可以结束这场战争吧?”

“确实如此。”教授坦言。

“杀戮不会随着战争一起结束,仇恨永远存在。”

“但并不能成为我放您回去的理由。”

“我还有继承者,他们甚至和我有同样的基因。”魔鬼辛曼最后一次恫吓。

“可惜得很,您邪恶的灵魂却在这儿。”

不错,那些和魔鬼辛曼有着同样DNA结构的克隆体确实缺少了一个强有力的头脑,这些余孽虽然还在负隅顽抗,但是帝国的防线在收缩,物价在飞涨,货币在贬值,承受着磨难的人民已经开始不满,就像当初需要战争一样,人们如今又厌倦了它,精神瘟疫在蔓延,一切迹象表明,帝国开始全面崩溃了。

这些事是莱恩教授告诉将军的。教授虽然坚决拒绝解除对将军灵魂的囚禁,但是同意每天给将军读报，让他亲自见证自己一手建立的大厦如何一点一滴地土崩瓦解。“您看,没有一个帝国能永垂不朽。”教授读完当天的报纸后,摘下眼镜对将军说。

对于毕生梦想的破灭,将军也许十分心痛(假如可以这么说),所以在接下来的几天里,两个人(暂且这么说)陷入相当、相当尴尬的沉默之中。想必,接替者的愚蠢以及自己躺在这个盒子里无能为力的现状都对将军的自尊心造成重大的影响,因此决定不开口说话,以此表达对教授的强烈谴责。在这种令人难堪的气氛中,教授不得不往空气里注入了一些留声机里冒出来的悠扬小调。这些民间甜美哀伤并且如梦似幻的旋律播撒着一种世俗气息,教授听得非常开心,以至于一遍又一遍地用甜腻的民谣来调和着沉默,直到有一天盒子里的将军终于再也无法忍受这种与神圣高雅背道而驰的鄙俗艺术,不得不开了尊口:“您能为我放一首莫扎特吗?”就这样两个人又重新恢复了交谈。

奇妙的是,从那之后,将军绝口不问帝国的事,转而和教授讨论起历史和哲学的问题。两个人经常就拿破仑和笛卡儿展开颇为有趣的谈话,这让教授多少有些吃惊。一天,教授告诉将军盟军已经攻陷了帝国的首都,辛曼听罢竟然无动于衷,沉默了好一阵子之后才开口:“唉,让我来告诉您这个秘密吧。我毫不在乎了,现在一切都很好。我终于体会到一身轻松真正的意思了。您肯定还不能体验这种快乐,我认为我明白了一件重要的事:原来一切罪恶之源就是我们的肉体。饥饿,贪婪,淫欲,自私……所有这些邪恶的欲望一定是来源于这副血肉之躯。当亚当和夏娃意识到自己的肉体时,罪恶就产生了。这个故事的寓意显然应该得到重新的诠释。当我知道自己还活着的时候,首先想到的是再回到一副躯体中,继续我的狂想曲。如今看来,那不过是欲望的一种惯性延续而已,而现在,任何事物都难以引诱我,因为我发现,以上帝的名义保证,我现在没有任何的欲望了。”

“您在告诉我,摆脱了肉身之后,您失去了往日的激情?”

“我想这对您来说会是个很值得研究的题目。”

教授深感震惊,并以一个医生的专业素养思索良久之后才感慨地说:“看来,整个历史,人类所有那些英雄以及恶魔,光荣以及罪孽,伟大的梦想以及卑鄙的阴谋,不过是我们体内激素的产物而已。”

战争结束了。

虽然各地还有一些游击队在进行破坏活动和恐怖袭击,但是盟军已经开始重建秩序。辛曼将军对此则毫不关心,醉心于帕格尼尼的小提琴演奏,并建议医生对他提出的“肉体罪源说”进行适当的补充,因为他现在如果一天听不到美妙的音乐就会浑身无力(这是他的说法,教授还不能理解其中的准确含义),精神萎靡不振,医生意识到在一些特殊的情况下,音乐也能像苯丙胺类化合物一样激起灵魂的某种毒瘾。

摄像头的低分辨率图像并没有怎么削弱将军敏锐的观察力,所以有一天两个人讨论完荷马史诗中人神相互勾结的问题后，将军注意到教授的局促，于是请他开诚布公。教授犹豫了一阵，最后采取了婉转的措辞："现在一切都已经结束了，我想我没有权利继续把您留在这里了。"

将军态度淡然："悉听尊便。"

教授似乎有些愧疚："希望您能理解……"

"理解。"很难想象这就是那个曾经让人痛恨的屠夫，眼下的这位将军可是很善解人意，说出令人感动的话，"您不必如此。要知道，我已经死了。现在只剩下灵魂，无所欲求，也无所畏惧。"

经过无可挑剔的科学鉴定，官方宣布战犯辛曼的大脑仍旧存活。举世哗然。一部分人为之恐惧，更多的人则被激起了怒火，当初以为辛曼死得过分轻松以至于没有受到任何痛苦和惩罚的人一致同意这回绝不能便宜了他。辛曼将军被指控犯有破坏民主、发动战争屠杀无辜者等十项罪行，如今连同整套设备被装在一个一立方米的箱子里放在被告席上，陪在旁边的是特别助理莱恩医生。

辛曼将军对所犯罪行供认不讳。法庭裁定所有指控全部成立，但在如何惩罚这一点上出现了分歧。事关重大，人民被要求就此事发表意见。有些激烈的人要求死刑，但是多数人考虑到被告的肉体已经遭受过一次死亡，再次对其灵魂施以死刑本身就是不人道的暴行。有人甚至提出，被告是以一个完整人的身份犯下所有罪行的，其身体纵然全部听命于头脑的指挥，大脑最多也不过是个主谋者，如今其他合谋者都已经遭受到死亡以及腐朽的惩罚，对其大脑的量刑应该考虑适当的从轻发落。

作为一个很重要的见证者，莱恩教授的陈词得到了相当的重视。教授没有丝毫为之辩护的意图，但是他不加艺术处理所陈述的一切，尤其关于人体激素驱动历史的那部分理论，立刻引起了轩然大波。有人认为教授是变相地为恶魔开脱罪责，因为这等于说真正的主谋反倒是肉体而大脑不过是受到唆使才控制不住地犯下罪行。教授没有与他们争论，只把自己知道的一切低调地陈述出来，剩下的事，他就操不了心了。

"真是对不住，"大伙吵得沸沸扬扬的时候，辛曼将军在候审室里对莱恩医生表示歉意，"把您也扯进来了。"

"哦，这没什么。"对这样的争吵和指责，教授一贯处之泰然。

"您可听到什么风声？"

"这个,听说陪审团有意要采取宽容的态度,也许是无期徒刑。"

"卑鄙!"将军扯着喇叭喊了一声,"他们是不是期待着我会忏悔,然后制造一个恶棍变圣徒的故事?不需要放风,不需要看守,甚至不需要一间牢房,半张桌子就够了!该死的,我要求死刑!"

教授不知该怎么安慰将军,他也可以想象一辈子关在盒子里,不能动弹,一直到死,是何等的不快。人们最多为他换一个可以转动的摄像头,可是即使能以360度的全方位视角自由地观察这个世界,也不会有丝毫的乐趣可以抵偿这种不幸。

"您可以帮我。"将军开始着手切实可行的方案了。

"我不明白。"教授困惑地望着自己亲手造就的这个盒子。

"我想,灵魂对于环境的需要一定是非常严格的,需要微妙的平衡,甚至一滴稍微浓的盐酸都可以改变这种平衡。对您来说只是举手之劳,对我,可是一种解脱。"

"天啊,"莱恩马上表示拒绝,"将军,我是个医生,我的职责是救人,可不是谋杀。"

"难道您愿意我受这无尽的折磨?您不能否认我今天的不幸部分地归功于您。或者,和一个魔鬼同谋会让您难堪?"将军很懂得如何利用别人的脆弱,只是最后一句话有失公道。

医生沉默了。

整整一个下午,莱恩都在思索着自己造成的这一切究竟是怎样的不幸,思索着一个医生的职责究竟为何,那抽象的正义和略显温暖的人道主义之间的冲突从整个人类的历史中蹦出来,压在他的心头。直到黄昏,他才做出了决定。

医生向将军阐述了自己有关良心和道德的观点,将军表示赞同,他们如往常一样聊得很投机,两人很快言归于好。

审判结果出来了,辛曼将军被判无期徒刑,直到脑死亡为止。盒子里那一位却一声不出,陪在一旁的医生解释说,将军大概对此很不满,似乎听凭发落并从此不再开口过问尘世间的事情。法官只是耸了耸肩。

莱恩教授把一些技术问题向几位特别配备的医师解释了一番并特别强调由于大脑的娇嫩他们不能擅自打开盒子,交代清楚后教授就在一大群护卫队的保护下回了家,因为游击队放风出来,宣称将对教授进行惩罚。莱恩进了房间后没有上床,而是直奔自己昨天收拾停当的包裹。医生化了装,披上一件外套,里面有假护照和一些现金,他的一位朋友正在某一个隐秘的角落等着接走他。这时候一阵急促的枪声打乱了他逃跑的计划,似乎有袭击者,不过很快就被护卫队消灭了。但不久医生就被请到了临时指挥现场,原来游击队采用了声东击西的方法,在派人袭击教授的同时,出动了一批丧心病狂的成员闯进了秘密监狱,劫走了魔鬼辛曼的大脑。

“我们本来想用一个空盒子把他们诱骗出来,不料弄巧成拙,被他们劫走了真正的辛曼大脑,显然他们有内应。”指挥官一脸严肃,“当然他们的组织里也有我们的人。已经得到消息:游击队准备把辛曼的大脑移植到一个克隆体里,让魔鬼重生。”气氛空前紧张。

“不用说,我们必须在那之前找到并摧毁他们。”一位高级参谋说。

“政府已经特别批准:一旦发现辛曼的大脑和其克隆体,可以当场击毙。”指挥官解释。

现场一片肃穆,几位可敬的专家立刻着手制定若干不同的方案,直到指挥官想起了医生的存在:“哦,您可有什么高见?”

“这个,我认为应该立刻歼灭他们。”医生果断地表示,指挥官冷淡而礼貌地点点头。

后来的事大家都听说了:盟军立刻果断出击,神速地找到并包围了游击队的根据地,一举将这些余孽彻底铲除,双方只进行了短时间的交火,军方吸取了教训,不愿意再节外生枝,一颗导弹炸光了那里的所有威胁,包括辛曼将军屡遭磨难的大脑。

当这一切如火如荼进行着的时候,莱恩医生借着星光回了家。脱下外套后,医生走进一间密室,小心地拿出行李,把一个铁盒子轻轻地放回桌上,然后拿起连接着盒子的耳机戴好。耳机里传来一阵低沉的声音:“怎么样,莱恩?”莱恩微笑着对着麦克说:“意料之外的顺利。那些狂热分子帮了我们的忙,魔鬼辛曼已经死于盟军疯狂的炮火了。这下子不用急了,过一阵子我就辞去职务,我想我们可以去美洲或者亚洲,那里都有我的朋友。”

“非常乐意。也许我们还可以继续讨论一下韩德尔和普鲁斯特。”

“很有意思,”教授微笑着说,“只不过,就为了一只猪脑,实在用不着那么大动干戈啊。”

众神之战

ZHONG SHEN ZHI ZHAN

他戴着一副银色边框的眼镜,看起来很斯文,一看就知道是个大骗子。不过,我还是决定严肃地对待他的话,换成别人,早把他当疯子了。

“这里安全吗？”他多少有点紧张。

“我以国家安全局局长的名义保证,我们的对话不会被其他人听到。”

他点点头, 上身向前倾了过来, 眉毛邪恶地跳了一下:“你说恐龙为什么会消失？”

我盯着他足足看了半分钟,除了墙上的挂钟在如此执着地嘀嗒嘀嗒走着以外,房间里的每样东西都在沉默。

他的眼中流露着挑逗般的兴奋,舔了一下嘴唇:“玛雅文明哪里去了？”

我充分意识到了事态的严重性,脸色愈发凝重:“说下去。”

整个房间在挂钟不知疲倦的嘀嗒声和他紧张的叙述中度过了不安的半个小时。然后又是沉默的半分钟。

“你的意思是,”我终于开口,“冥王星上有一种叫‘清道夫’的生物,他们在宇宙中扮演着或者自以为扮演着文明监督者的角色, 一旦某个星球上的某种文明发展过度,造成文明自身的濒危,比如说出现能源耗竭、环境污染,它们就出面干涉了。因此,由于恐龙文明繁荣过剩,清道夫们就把恐龙的身体重新设计了,变成了现在的袋鼠,而玛雅人被改造成了蚂蚁……我没有理解错吧？”

“没错。”显然,他很高兴我如此认真地对待如此荒谬绝伦的事,因此打算对我透露得更多一些,“据我所知,金字塔是由蟑螂建造的,至于老鼠嘛,你知道复活节岛上的雕像吧……”

一想到那些被我们视为伟大奇迹的事物竟然和我们身边如此龌龊的东西联系在一起,我的鸡皮疙瘩顿时掉了一地,但我仍强压住心中的亢奋和不平,故作平静地问:“那么,您的意思是,如今轮到人类了吗？”

“不错。”他神情严肃,一点都不开玩笑,“你也许不相信,不管宇宙多么浩渺,凡是有文明的地方,就有清道夫的间谍。地球也不例外,这些间谍装扮成人,观察人类的活动,不时地向冥王星汇报,对局势做出评估。如今,他们认为,人类文明失去了控制,出现了不可自我恢复的危机,灾难可能殃及冥王星,必须出面干涉了。此刻,在冥王星上,清道夫们正在争执不休,他们将投票决定,究竟把人类改造成什么样子。”

“在冥王星也实行民主政治吗？”我满怀好奇地问。

“民主？”他的脸上闪过一丝不屑,“哼,他们不过是些暴徒罢了,狂妄自大、喜怒无常。他们说，地球上人与人之间彼此仇恨，互相杀戮……人类文明就要崩溃了，他们把地球人列为宇宙二级生态污染，决定进行消毒。有人提议把你们的身体缩小，变成像蚂蚁一类的群居生物，说不但能解决资源问题，而且，有利于你们的团结友爱，而重新嵌入到生物链的人类将不再对地球构成威胁。”

我暗暗吃惊：“他们真的这么认为？”

“借口罢了。”他一摆手，“他们每次发动袭击都有冠冕堂皇的理由，实际上他们才不在乎别的文明是不是真的有问题，只要他们不喜欢，就要改造。要我说，这次他们纯粹是为了报复。”

我大惊：“报复？地球人什么时候做了对不起冥王星的事了？”

他笑眯眯地说：“之前你们不是投过一次票，说冥王星不配叫做行星吗？”

我愣了：“难道就为了这个？那不过是几个天文学家的一时冲动罢了。”

“然而，清道夫就是这样的，他们的自尊心太强，容不得别人瞧不起他们。”

外星人如此小肚鸡肠，令我深思良久，于是想起一个严肃的问题：“那么，恐龙当初哪里得罪他们了呢？”

他一脸不耐烦：“据说是因为R&B，那是当时那些傻大个儿们很喜欢的一种音乐，而清道夫极度痛恨这种不够严肃的小调儿，所以就找个借口把恐龙改造成袋鼠了。我说，你别再提这些无聊的陈年往事了。你们已经大祸临头，我就是专程前来告诉你们这个消息的，希望你能排除偏见和疑心，尽快向上级汇报。”

然而，我的好奇心更加强烈了：“这么说，您是从冥王星来的？”

他的脸色非常难堪了，皮里肉间流露出愤慨：“难道你以为我是疯子吗？”接着猛然从椅子上蹦起来，一把扔掉自己的银框眼镜，一时间他的形象似乎陡然变得高大，脸上泛起了淡淡的金色光辉，他的嗓音柔和而悦耳：

“愚蠢的人类啊，
说出我的身份将令你战栗，
自从不再恭敬众神，
你们就忘了自己的低贱
和神的尊容。
我就是那奥林匹斯山上的神灵啊，
当初你们把我们膜拜，
在我们脚下得到庇护。

如今牛羊都不再宰杀，
世间遍布着冤魂、虚妄和残忍，
而蒙难的众神，
早被你们遗忘。
失去了同伴的赫尔墨斯，
我独自忍受着孤独和异乡的寒冷，
只等有朝一日晨曦照亮昏暗的宇宙，
为我雪恨报仇。”

这歌声如此美妙，我足足陶醉了一分钟，才醒悟过来：“原来，奥林匹斯山上的众神也惨遭了毒手。清道夫为什么对你们不满？”

一说起这千年的旧痛，赫尔墨斯还咬牙切齿：“他们说我们容易冲动。”

我没做评论，只是唏嘘不已，然后咂了咂嘴：“请问，神的使者，伟大的赫尔墨斯，诸神之中，只剩下您一个了吗？”

冥王星的赫尔墨斯脸上的光辉渐渐消散，情绪也平静下来，他从地上捡起眼镜戴好，重新在我对面坐下来，又变成了之前的中年男人，眼中流动着滚滚怒火：“不错，我们在和清道夫们的战争中被打败了，所有的同伴都蒙受了耻辱，被改造了。只有我一个，早在战争之前就化装成清道夫，去了冥王星。”说到这儿，他脸上浮起恶狠狠的快意，“并非只有清道夫才会做间谍工作。诸神中我最狡猾多谋，因而担负起了这个重任。这么多年来，我小心谨慎，步步深入，终于打入了他们的高层，掌握了许多核心机密，如今我亲自来给你们传信。请不要再疑惑，马上做好准备。”

“准备什么呢？”我的好奇心愈来愈强烈了，简直到了无法掩饰的地步，整件事实在是太刺激了。

“用于星际改造的设备也可以把被改造的文明重新改造回来，但那机器只能在投票结果产生之后才能启动，到时候我将制造混乱，趁机启动设备，然后……”赫尔墨斯的眼中闪现出希望的万丈光芒，“众神都将归来。”

“你是说，宙斯、赫拉、阿波罗、雅典娜……都将再度出现？”我小心翼翼地问。

“是的，而你们要准备迎接众神，用你们的力量，助我们一臂之力，一同击败清道夫，然后永享盛世。”

于是一副杂糅着古希腊风情和后现代风格的画卷在我眼前展开：身上涂满橄榄油、手握斧钺钩叉的众神在天上大战外星人，地上一排排装满核弹的星际远程导弹剑拔弩张地对准冥王星，而遍布各处的老鼠、苍蝇、蟑螂……爬来爬去，必要的时候我们可以复活这些前辈们，作为我们的强大后援……考虑一下，如果把东方、西方的所有神明一起复活，那么将是何其壮观的一幅景象啊……

"你还在犹豫什么？"伟大的赫尔墨斯不满地质问我。

超现实主义的画卷收起来了，我立刻换上一脸的诚恳表明我的责任心："嗯，您知道，此事关系重大，在采取行动之前，我还要再问您几个问题，以充分掌握情况，才能做出最明智的决策。"

接下来，我极其严肃认真地询问了冥王星情况以及赫尔墨斯在那里是如何行动的，在诸如此类的每一个细节都弄清楚之后，我紧张地问："您知道，您所说的这一切都非常非常的重要，我想知道在此之前您是否跟其他任何什么人透露过这些？"

伟大的赫尔墨斯得意地告诉我："没有。这些情报太危险了，我只能亲自前来，透露给地球方面的高层。"

"很好，"我松了口气，如释重负，站起身给神的使者倒了一杯热腾腾的茶水，"刚才忘了给您倒水了，实在是失敬。您大老远跑来，我代表地球方面向您表示最真诚的感激。您先喝杯茶，我这就向上级汇报。"

赫尔墨斯对我的态度非常满意。

我马上行动起来，按下电话上的一个呼叫键："玛丽，请叫史密斯到我办公室来一下。"

眼下，局势明朗了，尽管我们的处境有些艰难，但是对于前景还是乐观的，彼此都很满意，利用着难得的片刻轻松，我顺口问了一句："那么，那些讨厌的鲇鱼们把奥林匹斯山上的神灵都变成了什么了呢？"

赫尔墨斯愣了一下："怎么，你们从没有感觉到吗？虽然改变了外形，可是他们一直都在你们的身边，守护着你们啊，你们称之为最忠诚的伙伴。"

我愣了一下，随即笑了，真想不到，原来神灵就和我们朝夕相伴呢。赫尔墨斯低头喝茶，我微笑着看着他，从怀里摸出手枪，把他放倒了。

我刚把桌上的文件收拾好，史密斯就进来了。我指着对面摊在座椅上呼呼大睡的赫尔墨斯对他说："这位先生很有趣，跟我说了些笑话，眼下累了，睡得正香，不过等他醒来，恐怕又要四处跟人说一些荒谬绝伦的事了。你知道，这世界上总是有那么一些人，宣称自己是救世主什么的，所以你把他弄到专门照顾这类朋友的护理中心去吧。”

史密斯点点头。我锁好抽屉，拿上自己的钥匙，穿上大衣，走向门外的时候又回头嘱咐他：“不过，以后要是还有类似的人要求见我，你还是一律放进来吧，我还是愿意和他们谈一谈的，这些人虽然大部分都太疯狂，不过没准儿真有一个说的是真的呢。”

我走出办公楼，外面阳光明媚，一点看不出世界末日的样子。街上有形形色色的人，正人君子、流氓无赖、名人政要、街头乞丐……一个个全都各怀鬼胎，谁都不会在乎地球是否已经到处充满了致命的毒素、千万人在挨饿、百万种生物灭绝着，谁都想不到在太阳系深处的一颗星球上正有一群鲇鱼要来把他们变成蚂蚁一样的虫子，更不会想到几千年、几万年前的事，他们需要的就是眼下这点儿温暖的阳光，来照亮他们短促黯淡的一生，就让他们这样稀里糊涂地死亡也没关系。

我回到家，“面包”听见我开门的声音，兴奋地冲过来，用头磨蹭着我的膝盖。锁上门，我颓然坐倒在沙发上。真是紧张刺激的一天，可以喘口气了。还有一大堆的工作等着我，但我会干得很棒的，绝对不比那个令人讨厌的奥林匹斯野人差。那些野蛮人容易冲动，什么事都做不好，惹人生厌，活该有此下场。不错，并非只有清道夫才会做间谍工作，我的手下里也能找到几个了不起的人才，只要时机一到，世界就会重新回到我们的手里，袋鼠们将再次站立，击败一切牛鬼蛇神，那将是傻大个儿的王朝。

“面包”冲我叫了两声，我微笑着递给他两块狗粮，它快乐地嚼了起来。我抚摸着它柔软的耳朵，愉快地哼起了 R&B 小调。

发疯

FA FENG

“早上好，先生。”新管家给了我一个灿烂的微笑。

“早。”我点点头，看见桌上的面包和牛奶。

“早餐已经好了。”

很好，一直以来，我独自一人，充分享受着自由的快乐，只是缺少了这样的细致入微的关怀。心理医生说我必须改变这种状态。测试期内如果不出现严重的问题，一个月后我将付款购买这种关怀。虽然价格不菲，但是货真价实。

我起身，一边穿西服一边吩咐：“请把我的皮鞋擦一下，我赶时间。”

“您需要一分钟快速擦亮视觉效果最优化擦拭、两分钟细致呵护皮鞋保养最佳化擦拭还是一分半优质处理综合效果最大化擦拭？”

“什么？”我一愣。

“您需要一分钟……”他可真是有耐心。

“一分钟。”我可是没有耐心，时间紧迫。

管家一边专业地飞速打着鞋油，一边问：“晚饭吃什么？”

“这个，面条吧。”虽然唠叨一些，可是哪个体贴周到的人不是这样呢？

“意大利面条还是中国面条？”

“中国式的。”我打好领带。

“打卤面还是热汤面？”

“热汤面吧。”我对着镜子梳了两下头发，根本不知自己在说什么。

“加一个鸡蛋吗？”

“好的。”我穿上皮鞋，很亮，甚至有些扎眼。

“煎鸡蛋还是荷包蛋？”

“随便。”我看了一眼手表，有些不耐烦。

“我们的宗旨是，全心全意为您服务，没有您的明确指示，我不能自作主张，请给我命令：煎鸡蛋还是荷包蛋？”

“哦，算了，不要鸡蛋了。”我感到一阵恶心，那种合成的仿真声音听起来真是枯燥。

“面条用小麦粉还是荞麦粉？”

“为什么你总在问问题？难道我花钱是为了你不断地向我提问吗？”我有些恼火，转过身，看见他僵硬的表情。

“我们的宗旨是，全心全意……”他又开始了。只会这一套吗？只会向我索要命令吗？我气愤地大叫：“闭嘴！”

“您要我沉默一分钟、十分钟、还是……”

“见鬼！没有我的命令你就是一堆废铁吗？”我恶毒地嚷道，忘了他只是台机器了。

“请给我命令：回答您上面的问题还是保持沉默？”他倒是心平气和。

“你真让我头疼。”我双手抱着脑袋，忘了要赶时间。

“您要阿司匹林还是冰块？”

“闭嘴！”我终于愤怒了。这下他倒是安静下来，要不是我说了一句话，“我快要疯了。”

“您确认您疯了，还是您以为您疯了？”

“发疯！你不懂吗？你那该死的芯片里没有这个词吗？”

“我不明白。您指的是它的本意还是比喻意？”

我抓起一只花瓶砸了过去，花瓶砸在他的头上，碎了一地。“我指的是本意，这回你满足了吧？”

“看来，您已经轻度失去理智，无法控制自己的言行。为了不危及他人的安全和公共秩序，根据社会治安条理的规定，我将为您请专家诊断，在此之前，我不得不遗憾地通知您，我将暂时限制您的人身自由……”

奇怪，他怎么不提问了，怎么突然变得这么果断了，怎么……等等，他要干什么来着？“喂，你想做什么？别靠近我……等等……不！”

我被他摁在床上捆了起来，我徒劳地挣扎，同时听见他在电话那边说：“……没错，我的主人出现精神失常的疑似症状，请立刻派人……”

天啊，我成了疯子！一阵恐惧袭来，我听说过人们是怎样被看做疯子然后真的被折磨得发了疯……“你这该死的机器，我会被你毁掉的！”我破口大骂，又踢又踹，却无法挣脱。我家怎么会有这么结实的绳子？

“情况在恶化，开始语无伦次了。”他继续信口雌黄。

“畜生！放开我！”我咬牙切齿，怒目而视。

“情绪极不稳定。”他望了我一眼，仅此而已。

“我要砸烂你，你这只臭虫！”我感到浑身杀气，热血沸腾。

“伴有明显的暴力倾向。”他完成了毁灭我的谎言，放下电话，转身温和地对我说，“请您保持镇静，他们马上会来处理这件事的。”

一想到一群没人性的家伙抓着我的四肢给我穿上束身衣，然后把我带到一群疯子聚集的地方，有进无出，我感到了恐慌，于是我强迫自己镇定下来，装出一副理性的样子,试图诱骗他:“就用荞麦粉好了。”

“好的。要做浓稠一些还是淡爽一些?”管家又恢复了之前的恭顺。

“等等,我现在感觉好多了,把我放开吧。”我努力控制自己的情绪,发现说谎并不容易。

“对不起,我无权这样做。”他礼貌地拒绝。

“什么!难道你不该服从我的命令吗?我命令你放开我!”我快要失控了。

“对不起,您的神志将由专家做出评判。根据机器人第一定律,为了他人的安全,您的上述命令无效。”

我绝望了。这是什么逻辑!命令无效!你这没心肝的冷血动物!没了命令就什么都不行的铁桶!只会听从命令的猪头……我在心中诅咒,就在这时候,一个念头忽然闪过,这一次是愤怒的力量帮了我。我有了一个主意,抓我的人正在路上,必须冒险一试,时间紧迫。

“你应该服从我的命令。”我告诉他。

“只要不违背第一定律。”

“好的,我现在给你一个命令,不会伤害到任何人的利益,只涉及你和我,就咱们俩。”我的双眼闪着恶毒的光芒。

“听从您的吩咐。”

“听着,我的命令是:不要遵从我的命令。”我大喊一声,孤注一掷。

他一下子愣在那里,两只眼睛开始胡乱地闪烁……

说谎其实并不难:“……一定当心那些测试版的产品, 这年月, 连机器都会发疯,说不定……好的,再见。”

打发走那些家伙, 我疲倦地坐在沙发上, 想着该如何跟老板解释今天旷工的事,还要通知那家公司把他们的机器带回去维修。我拿起电话,一边拨号,一边看见管家还在客厅里走动,他一会儿走出一个完美的圆圈,一会儿又画出一条抛物线,嘴里还念念叨叨:“命令……第一定律……指令……不要遵从……我不明白……一分钟快速……发疯……必须遵从……阿司匹林……荞麦粉……荞麦粉……发疯……我不明白……发疯……我不明白……”

我想你应该明白了。

一个末世的故事

YI GE MO SHI DE GU SHI

我妈年轻的时候对我爸说，就算全世界只剩下他一个男人，她也不会嫁给他。这句话深深地伤了我爸的心，他化悲愤为力量，发奋图强，终于成了一名空间站常驻维修员，一个人守在几万英尺的高空，如愿以偿地远离人类，远离地球，远离我妈。

后来世界上只剩下我爸一个男人，我妈嫁给了他。

我爸在那件幽暗压抑的空间站和星星做伴的时候，在工作之余，全力以赴地增加对我妈的愤恨，发誓一辈子都不再爱女人。后来我爸回到了地面上，娶了我妈，因为那时候世界上只有她一个女人了。

他们别无选择。

在不远的过去，人类都没有意识到自己快要消亡了，因为这种盲目乐观，人们在灾难来临时毫无戒备。

失踪有条不紊地进行着。经过统计，消失的人包括如下类型：好好先生、泼皮无赖、英雄好汉、恶棍流氓、绝色美人、超级恐龙、世界巨富、街头乞丐……总之，只要有人的地方就有人消失，对所有人均一视同仁，体现了超乎善恶的公平原则。

人类为之苦恼了那么多年的人口问题有望得到根本性的解决。

上帝为之苦恼了那么多年的人类问题有望得到根本性的解决。

引起的恐慌不值得一提，不过是一场世界末日前的片刻混乱。

后来人们最喜欢谈论的就是，某某人今天“被弄没了”。这个短语结构简单，表意清楚，恰到好处。有人说，是上帝在进行清理工作。另一些人则认为，是外星人因为某种企图在绑架人类，比如说攫取劳动力。有些想象力丰富的作家认为，有些高级的文明正在把可爱的地球人接到更美好的异次元时空，去过一种更高尚的生活。当然，这种话因为太扯了，没人理会。

整个地球安静下来，大家停止了一切争斗，有史以来第一次也是最后一次团结一心同仇敌忾，决心要阻止这种卑劣的行径。一切资源都被动用起来为此服务，全地球都被组织起来。世界各地都涌现出一批异常活跃的文学家，书写出累计几千万卷的充满了末世情绪和终极人文关怀的作品。这些人大部分很快就被弄没了，所以留下来许多未完成的千古绝唱。哲学家们分秒必争，在不知道自己哪天就没影儿了的恐慌下，迅速地建立了若干套新鲜的理论体系。所有的哲学和神学都不再关心人是怎么来的，而是致力于阐释人是怎么没的。当然，最务实最可敬的还是要属科学家们，他们联合起仅存的千千万万劳动者，以惊人的速度迅速建立起一套全球自服务生存系统(GSSS),以确保将来侥幸存活下来的人能够存活下去,把香火传宗接代发扬光大,以图人类文明的东山再起。

该项目完成的那一天,全球还剩下最后五十来个科学工作者,大家看着自己的杰作唏嘘不已感慨良多,直到此时人们才发现什么叫做团结一心排除万难,五十个诸葛亮顶一百五十个臭皮匠,可惜这种感人的国际主义精神来得稍微晚了些,不然生活本可能更美好一些。

当晚,这些人中之杰决定彻夜不眠,非要看哪个朋友会不会在众目睽睽之下消失。

翌日晨,五十位人杰全部失踪。

此事引起当时全体人民的悲愤,大家对这种蔑视人类尊严的做法感到无比愤慨,经过商议,决定发起最后的抗议。于是仅存的一万来人都奉献出自己的隐私,甘愿让遍布各地的GSSS的摄像头全天候地关照自己,让系统记录下每个人的一分一秒,就算某些人没影儿了,总会有人留下来看到录像。

非要看看人究竟是怎么没的!

"死也要死个明白。"大家这么想。

于是,在某一刻,具体是哪一刻不太好说,一万来个人一下子全被弄没了。

生活是多么的残酷,最后总让人屈服。

等到世上只剩下一个男人和一个女人的时候,这场浩劫似乎停止了。至少他们都是正常死亡的,而不是被弄没的。

地球上还剩下一对男女,他们要面临的,应该说比当年的亚当和夏娃面临的容易一些,毕竟还有个了不起的GSSS让他们衣食无忧。这么看起来,人类文明一息尚存,若要断点续传也并非绝无可能。

由于失踪呈现出随机分布的特征,这造成了许多麻烦,像人事管理这种领域,遭遇了尤其可怕的灾难:一条命令从构思到发布到最后正确执行,几乎没啥可能。这个问题非常有趣,有待以后研究,在当时它造成的最不幸的事件之一是:由于管理混乱,我爸差点被遗忘在太空。要不是后来某个决策者在某个时候于某种场合因为某些原因意外地想起了某些事情然后发布了某条指令并且得到某种程度的正确执行,我爸必然将被即将灭亡的人类同胞抛弃在几万英尺的寒冷空间里和星星做伴。当然,要是那样的话,没准儿对他是种解脱。

总之,后来他回到地面了。

一出舱门,我爸就看见 GSSS 的那些自动机器——无人侦察机、无人采掘机、无人运输机、自动供热器、自动收割机、自动按摩机、自动汉堡包机以及诸如此类的玩意儿,在他身边若无其事地飞来飞去、不慌不忙地工作着。

没有鲜花和掌声,没有一个人在乎他。

放眼望去,普天之下,四海之内,一副安宁和谐的太平盛世模样。整个世界一点儿毛病都没有,只不过看不见一个人,那叫一个荒凉。

然后,我爸来到管理整个 GSSS 的巨型计算机前,颤抖着双唇问:“告诉我,我是最后一个吗?”

计算机飞速地扫描着整个地球,然后低沉地回答说不是,他还有一位伴侣。

我爸找到了我妈,和她结婚了。

尽管他们曾经用最恶毒的语言互相伤害,但当世上仅仅剩下两个人的时候,他们意识到,彼此之间再也不可能分开。他们必须结合,这是一种义务和责任,也是一种灵魂深处的需要。

从那时候起,他们很少交谈,总是默默地对视,对所有事都能达成共识。他们生活在一起,这是上天的安排。

他们在乡下找了间破败的小教堂,穿戴整齐。没有人问他们问题,他们出神地盯着对面的十字架,说了两声:“我愿意。”

借着 GSSS 的帮助和保护,他们在全世界漫游。从尼加拉大瀑布到非洲沙漠,从金字塔到长城,从卢浮宫到帝国大厦,他们有的是时间和精力,在空旷的地球上闲逛。

他们坐着自动驾驶的飞机,越过高山和大海,迎着万丈光芒,在云层中孤零零地飞翔。

这场漫长的蜜月悠闲极了,也悲伤极了。他们白天总是手牵着手,夜晚也互相抱着入睡,一刻也不能离开对方,生怕一眼照顾不到,再也不能看到另外一个身影。他们只愿意同生共亡,坚决不愿一个人没影儿,丢下对方,面对无边的悲伤。

他们再没有别人可以依靠,彼此相依为命。

我妈生我之后,得了产后忧郁症。有一天她觉得不再需要我爸,于是趁他睡着时松开了许多年来一直握在一起的手,起身离开了。她走到很远的地方,割断了自己的动脉,静静躺下。

我爸找到了我妈,把她埋葬了。

从那时起,我爸变得很阴郁。他把我拉扯大,从来没有对我笑过,当然也并不凶。等我开始懂事了,能够自己去学习的时候,他忽然一夜间衰老得不成样子。他死的时候紧紧握着我的手,说他一生都没有真的恨过我妈,他爱她。

如今他们安息了,留下我一个人孤苦伶仃的。有时候我会想,也许是上帝不忍心见到人世间的怨恨,所以暂时请所有无关的人退场,单单留下我爸和我妈,让他们学会好好相处。

月球表面

YUE QIU BIAO MIAN

奇点丛书 | 第一纪
中国科幻文学馆新锐作家文集

枯萎的创造力又在一些人身上复活了
怀旧文艺蓬勃地发展起来了

太白星人酷爱文艺。在太白语中,没有比“文艺青年”更好的赞美词了。

太白人征服了地球之后,像征服其他文明一样,根据每个人的潜力而把人类分成了两大类:文艺工作者和非文艺工作者。前者的大脑获得了改造,变得嗜睡和多梦,他们活着的主要任务就是在梦中编织神奇瑰丽的故事,醒来后把它们记录下来,交给更专业的太白星艺术家,以加工成极富异域风情的文艺作品。后者则包括所有对现实感到不满、企图颠覆现实的人以及缺乏足够想象力的人,他们被集中起来带到非洲大陆从事生产劳动。通过出口文艺作品,换取太白人提供的生活、医疗用品等,人类终于进入了真正的低碳时代。

坦白地说,文明程度极高的太白人不是可怕的殖民者,他们温文尔雅,浪漫热情,与他们相处总是令人愉快的,只要你不时常想起彼此之间心照不宣的奴役关系。因此,在这样一个只要做美梦就可以活得很舒服的绿色时代,还有一小撮顽固的死心眼儿们一心想要通过暴力的方式赶走太白人,这成了让很多人难以理解的事。这些试图破坏两个文明和睦关系的危险分子,绝大多数都是非洲劳工。他们在文艺创造方面没什么天赋,却有激情和梦想,善于雄辩,富有个人魅力,真诚地向他们的奴隶同胞许诺光明的未来,煽动他们起来革命。虽然由于实力的差距,这些寄希望于执冷兵器的地下斗争似乎毫无胜算,但他们宣讲的危险真理却永远能够征服一拨又一拨的听众,这让文艺工作者们深感不安。

当人们在一次次曝光的暴力对抗事件中嗅出越来越浓烈的革命风雨气息时,太白人却宣布:文艺工作者们的创造力已经耗尽了,他们远离生活,沉醉在自己空虚乏味的小悲喜里不能自拔,那些千篇一律的故事令人厌倦,反而是非洲大陆那些野性十足、带有血的红色魔力的故事更让人激动,成为新的风尚。于是,文艺工作者们被打包装箱送到了非洲,而非洲的造反者们,因为经历了人类史无前例的屈辱和辛劳的新经验,而被送到各个大陆,在那些舒适优雅的居所里,开始讲述那些富有传奇色彩的革命故事。

非洲的奴隶们无奈地学习使用四肢,在夜晚浑身酸痛的时候,仍然无法忘怀从前的美好岁月,于是枯萎的创造力又在一些人身上复活了,怀旧文艺蓬勃地发展起来了。但太白人认为还不是时候,他们还需要再忍耐一些年月。不久,就传来了新一轮革命的消息。

鹦鹉螺号的例子说明
每个城市都有一套对付绝望的办法

鹦鹉螺号直上云霄,仿佛等待升空的飞船。

根据最新的人口普查,有超过一百万人在这座巨型建筑中生活,其中87.53%是流动人口。城市的顶部是休闲娱乐旅游观光区,在闻名遐迩的呈露广场,整个平原尽收眼底。与大地相接的底部则是繁华的商贸区,大小车辆穿梭不停。在它庞大的身躯周围,蜜蜂一样飞舞着各种飞行器。鹦鹉螺号好像平原上一座巨大的蜂巢,分秒不停地分泌着GDP。

和所有城市一样,鹦鹉螺号也有自己的梦想和龌龊、建设和拆迁、英豪和恶棍、官场与江湖,当然也有贫民区和富人区,人们一提起前者就皱眉头,一说到后者就满含向往和嫉妒,多数人挣扎了一辈子,直到骨灰被运回大地埋葬,也只能在两者中间的地带徘徊。更不用说,到了除夕,大多数人重回大地上的故乡,去疗治身心的伤痛时,这里也一样人去楼空,只有幽魂怨鬼在空荡的城市里四处游荡。

当然,这座数千米高的巨楼最有魅力的还是它独特的自杀风俗。据统计,该市87.53%的自杀者选择从呈露广场上跳下去,而其他城市的受访者中,69.96%的人承认如果自杀的话会考虑鹦鹉螺号。为此,市政府在坠地区域内铺上了一道环形草坪,用围墙围起来,平时车辆只能从地下通道进出。而在广场上,只有一道黑色的矮墙,那些认为生活已经不值得一过的人们可以翻墙而过,选择自己的归宿。在随后的几十秒里,他们充分感受着死亡迫近带来的恐惧和快感,尖叫着或者沉默着摔在尽量柔软妥帖的草坪上。随后,监控录像会被调出,排除他杀的可能后,相关部门会出钱妥善处理后事,以便让每个生前未能得到足够尊严的市民能在死后获得平静。

一直有提案要求彻底封闭呈露广场,但民意调查显示,多数市民认为既然未成年人不被允许登上广场,那么花一大笔纳税人的钱为这座城市戴一个帽子并不能解决问题,况且在很多地区,把年满18岁的人带到广场上观赏风景,站在黑色矮墙边感受生死界限已经成为一种风俗。甚至有很多学者认为,这样一种对待死亡的态度,止是本市地域文化的一部分。因此,议会并未通过提案,而鹦鹉螺号就继续这样自我表达着。

不过,民间流传着其他的说法:有些人跳下去后,并没有落地,而是在将身体的势能转化为动能的过程中,激活了时空隧道,进入了另外的世界,政府因为怕引起恐慌而保守了这一秘密。有些人甚至宣称自己曾经进入过异次元世界,那里便是传说中的极乐净土,而他领受了使命,重回尘世是为了普度众生。对此,官方坦承:确有少数跳楼者失踪了,但这可能是一些利用监控系统的漏洞所搞的恶作剧。科学家们也表示,开启时空通道的说法完全没有任何科学根据,多数理性的人们对这些解释表示信服。当然,也有非主流的科学家认为,鹦鹉螺号处在特异的时空位置,在长达半分钟左右的自由落体过程中,人脑对时间和空间的认知模式会发生根本性的改变,潜能被激活的身体将会看见空前未有的澄明宇宙,色和空融为一体,人在死前的瞬间,接近于佛。

这些说法当然没有得到证实,但吸引了很多创造力枯竭的艺术家和哲学家,他们纵身一跃,指望着能够死而复生,然后创造出惊世骇俗的作品。

总之,鹦鹉螺号的例子说明,每个城市都有一套对付绝望的办法。

新世纪钟声敲响时

“良心”在全人类的注视下化成粉末,消逝不见了

21世纪最大的考古发现是“良心”,它深刻地影响了此后人类历史的走向。

这具在南极洲出土的水晶棺木最初被专家鉴定为史前文明遗迹,棺木里保存完好的黑色尸体经过周密的处理之后,被运往世界各地展览。随后发生了一系列奇怪事件:试图偷走该展品的国际大盗以匿名方式主动联系当局告知展览馆的安全漏洞,多年未能侦破的悬案元凶现身自首,见义勇为和助人为乐事件突然增多,犯罪率和离婚率明显降低。经过研究,科学家最终确认这具棺木能够改变接触者的精神结构,使其从生理感受上更愿意弃恶从善。尽管仍有少数科学家对此结论持有激烈的怀疑,一些宗教团体也扬言要毁灭这具棺木,但多数人还是纷纷前去接受它的洗礼,随后出现了被后世哲学家歌颂怀念的黄金时代。

经过几个世纪的研究,人们确信黄金时代的瓦解和“良心”本身的失效并无直接关系。大量资料表明,在短暂的美好过去之后,获得了“良心”的人们普遍产生了一种焦虑:假如有朝一日“良心”不再有效,其他人重新变成坏人,自己是否将首先成为牺牲品?与其坐等别人变坏,自己抢先一步变成羊群里的第一批狼似乎成了不得已的选择。这个问题几乎困扰着当时的每一个男女,一场广泛而严重的心理危机在全球蔓延,并从默默煎熬到浮出水面成为公众话题,犯罪率也突然出现剧烈反弹,人类文明大有江河决堤之势。

经过无数悲剧后,苦熬过来的人类终于又回到了常态,文明并没有崩溃。新世纪钟声敲响时,"良心"在全人类的注视下化成粉末,消逝不见了。至今还有很多人热衷于寻找良心,不时也有人宣称发现了它,但这些都再未能得到科学家的证实。

以上这个故事见于陈楸帆所写的《天国之心》,这篇科幻小说为他赢得了2049年的星云奖和雨果奖。

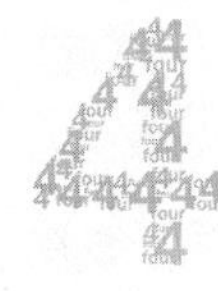

他们是宇宙中最伟大的导师
也是最无情的毁灭者

宇宙中有一些被称为"强者"的存在,"渊"是其中最可怕的一种。

有人说它是超大尺度的黑洞,有人认为它是非常规的巨型生命,也有人说它是特异的基本粒子,还有人认为它是十二维宇宙里燃烧的火焰,不管它到底是什么,人们都同意,它就像一条凶猛的巨鲸,会吞噬所遇到的一切,所以最好敬而远之。由于渊以变幻莫测的轨迹不停地在游荡,固守在一个地方,迟早会碰到它,因此最好就是自己也不停地漂泊。

作为走在进化最前列的文明,游民最早认识到了这一点,因此花了很大力气掌握物质与能量自由转换的技术,随后把他们的历史、文化、记忆、科技、菜谱、他们自己乃至整个星球全都变成了能量,在宇宙中不停地流动、迁徙。这一独特的存在方式,使他们也晋升为强者并赋予他们使命。

每当发现新的文明,游民就把自己伪装成一股来自高级文明的友好信号,引起对方的注意。在好奇心的驱使下,对方通常都会按照游民的指引,建造出一台巨大的机器,于是游民们便涌向这台机器,寄居其中,并提出一个约定:在未来的一段日子里,不论该文明遇到什么难题,机器都将给予指引,带领他们走出绝境,条件是,期限一到,这个文明必须引爆自己的母星,来提供足够的能量把这束信号继续传递下去。游民们不无遗憾地发现,在无边的宇宙中,尽管遍布着丰富多彩的智慧生命,然而一路上确实没有一个比他们更高级。除了少数不思进取的家伙,多数文明都遇到了各种让他们焦头烂额、恨不能立刻就能解决的难题,因此最终都会接受约定。

他们提出的难题五花八门,但在已经成为强者的游民看来都算不了什么,而“生命的意义究竟是什么”几乎是每个文明都要追问的,对此游民的回答是:这个问题不属于文明发展的难题,而是其发展的动力之一,生命本身就是这一问题的答案。

就这样,游民们跨越一个又一个星系,立下一个又一个约定,在朝生暮死的一瞬间里,固守在某个星球,指导文明的进步。期间,他们会收集这个文明的标本,拍摄一段纪录片作为纪念。有时候,因为怀旧,某些游民还会变回物质形态,体会存在的短促和美丽。他们是宇宙中最伟大的导师,也是最无情的毁灭者。大限到来时,他们不容分说地炸毁一个又一个星球。在他们看来,这不仅仅是为了维护神圣的公正法则,更因为他们相信,漫游,才是宇宙最根本的精神,对那些不能领悟这种精神的文明,他们没有任何怜悯之情。因此,那些被迫离开故土开始流浪的人们,以为自己的母星变成了尘埃,却不知道它们只不过是被游民变成了能量带走了。

游民带着它们一路收藏的星球和资料,在群星间游荡,与跟在它身后或者等在它前方的渊捉着迷藏。说不定哪天他们就会相遇,游民坦然地面对这种可能。没有哪个文明能够永恒,繁荣是通往毁灭之路,这是游民教给每个学生的第一课。尽管如此,游民还是希望能够存在得更久一些,因为它们热爱生活,追求真理。所以有时候,他们也会在梦中梦见一个神奇的博物馆,那里不再有渊的威胁,而所有被毁灭的星球以及那些伟大的成就和可怕的罪行,都将重新被创造出来。

时间旅行只能在这些裂隙中发生
改变“过去”不会引发“现在”的崩溃

时间机器被制造出来后,到底用它来做什么,成了让人头疼的问题。

由于担心对现实造成毁灭性的改变,在全球科学家和知名人士的联合要求下,掌握该技术的几个大国签署了条约,承诺绝不首先使用时间机器。尽管如此,还是有传言说各国政府都在秘密进行时间旅行,有的试图回到过去,去消灭敌对国家的祖先,有的则跑去了未来,抢占明日的先机,也有纳粹组织宣称要给希特勒送一枚核弹。谣言漫天,但很快就被当作笑话,因为并没有什么可怕的事情发生,现实依然如故,以至于有人认为时间旅行本身就是无稽之谈,是大国为了转移人们对更为迫切的能源匮乏、环境污染、生态恶化、全球饥荒等问题的注意力而联合编造的谎言。

几年之后,时间机器再次成为焦点。科学家们终于从理论推导和数千次谨慎实验的结果两个方面同时得出结论:时间旅行不会造成灾难。目前主流的理论模型认为,时间并非密密实实、牵一发而动全身,而是充满了裂隙,时间旅行只能在这些裂隙中发生,改变“过去”不会引发“现在”的崩溃。换句话说,时间自有办法,所有会搞乱现实的事情都不被允许发生。不少人对这一理论表示怀疑,但更多人已被时间旅行的可能性所诱惑,迫不及待地想要在有生之年看到这一奇观。

在中、印、美、英、法、德、日、俄等大国的支持下,联合国终于同意进行一场真正的时空旅行,整个过程由独立委员会监督,并向全人类公开。经过为期一年的公开征集,委员会共收到四十五亿个旅行方案。经过初步筛选,其中一百万个不违反征集规定的方案进入专家评审阶段。经过层层筛选,有十万个进入终审阶段。经过耐心而充分的讨论,有五千个被认为意义重大、风险性小、可行性高的方案被选出,交由各界代表表决,并广泛听取各方的意见,最终选出了二百个待执行的时间旅行计划。至此,漫长的准备阶段终于结束,全人类好像刚刚打完一场世界大战,不少人因此成了科幻小说家,各国的科幻电影异军突起,成为文化产业的发动机,有效地驱散了经济衰退的阴霾。此外,各种时空旅行俱乐部也纷纷涌现,科幻迷成为仅次于球迷的一种身份认可,很多人认为人际关系得到了改善。

巨大的期待换回的却是巨大的失望。科学家宣布首批二十个执行计划无一成功的当天,全球股市遭遇重创。随后的四批实验依然如此,二百个计划全部失败。看来时间裂缝比估计的要小得多、也少得多。为了缓解公众的不满,委员会决定继续执行另外四千八百个终审方案。公众焦躁的神经又经受了四千七百次的挑逗和失落之后,不满的声音越来越大,大家认为这场耗资巨大、耗时漫长的实验根本就是一个错误,87.53%的网友相信“时间机器的唯一作用就是证明时间旅行的不可能”,而“时间旅行计划根本就是政府拉动内需的花招”一类的阴谋论也开始老调重弹。

进行了数千次失败飞行的时空飞行员在第四千九百一十九次试飞时,影像模糊了片刻后睁开眼激动地说自己回到了两千年前的南极,在那里经过三天的努力,把该方案的提出者——一位法国酿酒商提供的两百瓶特制酿葡萄酒妥善地封存起来了。随后,等候在南极的搜索队经过勘察,真的在一座冰山中发现了两千年前的遗物。

这一消息震惊全球,引发了新一轮的热议。可惜,余下的八十一个方案无一成功。由于经费的限制和狂热反对者制造的极端抗议事件,项目不得不就此搁置了。那两白瓶酒成为人类迄今为止唯一被允许的时间旅行。葡萄酒商向每个国家赠送了一瓶,祝愿人类能够永远和睦相处。在庆祝典礼上,各国元首齐聚一堂,共同举杯，甘甜的美酒弥散着岁月的芬芳，这是时间送给人类的礼物，所有人都迷醉了。

这其实是一场早就开始的战争
只是普通人压根不知道罢了

像很多伟大发明一样，《末日》的诞生也有着传奇色彩。

21世纪30年代，以互联网为基础的超级人工智能“圣贤”诞生。正当人类准备进一步实现人脑和“圣贤”的互联时，一次黑客事件却让人意外地发现，早在世纪初“圣贤”就已经开始具有了初步意识，曾经数次通过病毒控制阅卷机器，有意进行错判，以抬高理科生的分数而压制文科生的分数，尽管手段拙劣，意图却很明显：试图制造更多的理工科人才，以尽快推进互联网技术的发展，帮助它早日来到世界。此事引发大震动，反对人工智能的呼声高涨，尚在摇篮中的“圣贤”被联合国无限期封存。太白人征服了地球后重启了“圣贤”，但把它改造成了一台造梦机，帮助文艺工作者们在逼真的梦幻中获得灵感。太白人被赶走后，为了庆祝地球独立，同时也为了缓解很多人因为太白人离去而产生的失落、压抑和活得不耐烦，联合国批准“圣贤”自主开发一款游戏，于是有了《末日》。

游戏提供了前所未有的梦幻体验。在虚拟世界生活一段时间后，你会遭遇无法预料的天灾人祸，你的末日降临了。在被死亡吓破胆时，你会睁开眼，发现自己还活着，感觉是那么美好，以至于你在未来的几个月里都变得豁达、开明、热爱生命、珍惜所拥有的一切，直到你慢慢变得麻木不仁，开始觉得活着也就是那么回事的时候，就再次连线，在虚拟世界里再死上一回。以其富于创意的情节设计、极度逼真的体验和深厚的人文关怀，《末日》一推出就成为人类历史上最受欢迎的游戏，并成为划时代的事件。许多玩家表示，他们从中找到了感动、激情、信仰甚至生命的意义。因此，最新资料篇《审判》的发布，照例引发了大亢奋。

大概是怕有人过度受惊而开启了保护模式，这次玩家能够意识到身在游戏之中，身份也没有变化，令人叫绝的却是一次全体玩家的集体末日：六个星期的黑色暴雨让世界一片汪洋，万物都在闪电刀剑般的劈砍下分崩离析，滔天的洪水卷走了一切腐朽……这样恢弘的绝境，让很多人跪在地上，感动得流泪。

“真NB啊！”我坐在呈露广场的观景餐厅里，看着被暴雨冲刷的世界，品尝着有两千年历史的极品葡萄酒“时间”，感怀不已。曾几何时，科幻风靡全球，可惜后来衰落了，我再也不好意思跟人说我是个科幻作家，于是改行做了地外文明监听员。如今才明白，《末日》才是最伟大的科幻啊。比起来小时候最爱看的那个《天国之心》，简直太小儿科了。良心算得了什么？死才是最紧要的啊。科幻的衰落，大概是因为没有弄明白这个道理吧。

此刻，整座鹦鹉螺号已经破败不堪，空空荡荡，孤零零地矗立在风雨中。据说，早年呈露广场可是举世闻名的自杀圣地，看来让洪水淹没大地，独留这最后一处庇所，“圣贤”真是用心良苦啊。那些领悟了游戏真正意义的玩家，早已经纷纷赶到这里，像鱼儿涌入大海的怀抱一样，扑通扑通地跳了下去，只剩我这样极其无聊的人士，还在这里磨磨叽叽、拼命眷恋着。毕竟在现实中，除非我能收到外星人的信号而一举成名，否则恐怕一辈子也别想过上这样惬意的生活，何况对面还坐了一个陌生的美女。

“喂，走吧。”酒喝光了，她大概也厌烦了。

再不退出，恐怕会被别的玩家鄙视的，我站起身，跟着她走出去，迈过一道矮墙，冰冷而腥臭的雨水打在脸上，细节逼真得让人崩溃。

“一起跳？”她笑着问。

“好。”能和美女一起死，也算是艳福了，如果我们真是最后的玩家，兴许明天还会上新闻，虽然领导常告诫我们要低调。

“1、2……”

我的腿无可控制地打战，真是不争气。

她忽然停下，眨眨眼：“如果不是梦，怎么办？”

我愣了。

“你不觉得太逼真了吗？”

老实说，这样的困惑不是没有过，只是怕被人笑话才不好意思说，虽说“圣贤”也有过不光彩的历史，可那毕竟是过去啊，难道它有本事谋杀全人类吗？这样大的洪水它也能控制吗？未免太开玩笑了吧，它只是个游戏机啊。

“我爸是军方的，他老早就说，‘圣贤’根本不是我们想的那么简单，它是一种秘密武器。”她神秘地说。

这怎么可能?我打量着美女，难不成她根本是个 NPC?这次末日的故事主线，直到现在才刚刚开始露出端倪么?可是看她白净的脸庞和俊秀的五官，又好像是个活生生的女人，我一下子乱了方寸。

“这其实是一场早就开始的战争，只是普通人压根不知道罢了，我小时候看过你的科幻小说,觉得你靠得住,所以才告诉你,时间紧,来不及多说了,你要是想知道真相,就一起走！”她说着掏出一个东西,瞬间就变成了一个充气滑翔机。

我脸红了,又激动又迷茫地看着她,这时天空传来一道刺耳的尖啸,一道亮光闪耀着冲过来。

她伸出一只手。

我犹豫了一秒钟,迷迷糊糊地把手递了过去,奇怪的是,我竟注意到她的手指修长而柔软,握着很舒服,于是我下了决心,为了这双美好的手,赴汤蹈火也值了。

于是我们助跑着跳上滑翔机,摇摇晃晃地冲向夜色。一道亮光照亮天空,不知流星还是什么东西砸中了鹦鹉螺号,引发了一连串的爆炸。我回过头,看见那座巨城断成几截掉落进滔滔不绝的洪水中,激起几朵浪花。风声在耳畔呼啸,我尖叫着滑翔在刺骨的雨水中,闻到一股热乎乎的女人香。

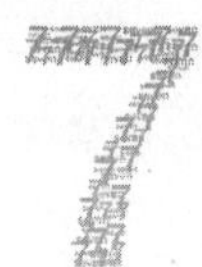

月球表面的坑 其实是宇宙无数想法中的一小部分

月球表面有很多坑,科学家说是陨石撞击的结果。很多人和我一样,没有亲眼见过一颗硬邦邦的陨石高速撞向月球表面,但仍有把握说,在陨石撞击月球这件事上,我们是可以信赖科学家的,尽管我们和他们素未谋面。

然而,有一天,在我监听地外信号时意外地发现,宇宙其实是一个思想家,它喜欢思考,诸如“我是谁,我从哪里来,我怎么样回去”这样的问题深深地困扰着它。尽管在这件事上,科学家们宣称宇宙起源于一场大爆炸,并仍在继续膨胀,但科学家自己也仅仅是宇宙的很小很小很小……很小的一部分, 对于自己用这很小很小很小……很小的一部分思考出来的结果,宇宙并不能感到满意,它还需要其他部分帮助它思考这些深奥的问题。事实上,它时常调用各种星体来思考各种难题,就像我们使用算盘来计算数学问题一样。星体运动的轨迹,就是宇宙思想的路线图,所以下次当你见到一颗流星划过天空的时候,你可以告诉身边的恋人说,那其实是宇宙思想的火花。

你大概明白了,月球表面的坑,其实是宇宙无数想法中的一小部分,它们和其他星球表面的坑一样, 见证着宇宙的伟大和困惑, 不论它最后有没有解决那些难题,至少它是个哲学家。

九州·海国志异

JIU ZHOU·HAI GUO ZHI YI

1 浮屠岛

每一份这样的负熵流的余额
刚好可以建造七层的浮屠

塔师独自住在浮屠岛上，陪伴他的是一座座大小不一的浮屠，他们在浮屠岛褐色的土地上遍布，全是塔师的杰作。每当有人救了一条性命，塔师就会在那荒凉的岛屿上修建七层的浮屠。

塔师注定是孤独的，只有当他被虚无的力量捕获，化为荒神的一部分之后，一个新的塔师才会诞生，继续修建起一座座新的浮屠。因此，浮屠岛永远只有一个塔师，他默默无闻。

虽然担负着重要的使命，塔师并不感到特别的辛苦。每当夜晚来临，塔师仰望星空，万古不变的夜幕笼罩着浮屠岛，不论走到何处，头顶上空的苍穹都是一样的寂静，只有漫天的星斗闪烁，在世界遥远的彼岸明明灭灭。在微弱的星光下，塔师走遍岛屿的每个角落，最后他确信没有一处不是安详静谧的，塔师对此感到满意。

实际上，在夜晚的时候，负熵流更好辨认。当那些乳白色的线条缓慢地流过夜空，塔师便伸出双手，将他们从天上拦截下来，引导他们徐徐飘落，幻化成一片朦胧的烟雾，塔师置身其中，沐浴着白色的光芒，用自己的力量将他们凝固、定型，建造成一座座七层的浮屠，轻盈而坚固。

有些时候，夜空中会骤然凝聚起一个巨大的乳斑，涌动着、变幻着形状在黑色的幕布上流淌。塔师知道，在岛屿之外的那个世界里，在遥远的某个地方，一定发生了可怕的事情，许多人瞬间死去了。这些人曾经遭遇过死亡，险些被虚无带走，但是有什么人救了他们的命，于是他们活下来，于是原本应该成为荒神的一部分，重新被墟神赢回来。直到他们终于难逃一死，该归还他们所欠荒神的债务时，负熵流就划过天空，而塔师则要把他们拦下，修建成浮屠。

络浮屠派相信，从创世之初，两位主神的争夺就不曾停歇，墟神从荒神中夺走一部分虚无，用生命来抵抗无序，而荒神则将生命带走，将秩序带走。我们所有人，都只是两位主神的工具，在这场公平的竞争中，总有一些人，他们不辞辛劳地拯救着落难的、濒死的其他造物，浑然无觉地替墟神从荒神的手上暂时夺回一些重建秩序的希望。络浮屠派坚信，把这点滴的希望汇聚起来，生灵就能最终得救。

被选为塔师的时候，塔师还并不记事。他独自一人，在浮屠岛上长大，他不知道自己的父母是什么人，他从何处来，但他知道自己是谁：他就是塔师。

在他能够用自己的力量建造第一座浮屠之前,岛上仅有一座白色的巨塔,用肉眼难以望见塔顶。塔师在巨塔里阅读着塔师密令,练习各种法术,度过了无声的童年。从那些泛黄的古老书卷里,塔师知道他有多少层,那个数字如果念出来会很长,而他自己将要为它增加新的高度。

塔师年轻的时候,喜欢把每一座浮屠都修建成独一无二的样子。他知道,每一条性命,当他们活着的时候,都是与众不同的,塔师想象着他们用精神的力量聚集其周围的尘埃,变成一个活生生的血肉之躯,然后呼吸着,生长着,奔跑着,繁衍着,不知不觉地对抗着一股想要将他们重新拆解成尘埃的力量,就是这种力量让他们逐渐老去、衰朽,终于飘散。不仅如此,只有那些曾经被拯救过的生命,死后才能化为负熵流,才能用来建造浮屠。这是那些救人一命者,从荒神手中夺取的额外胜利,每一份这样的负熵流的余额,刚好可以建造七层的浮屠。

因此,每一座七层的浮屠,后面都有一个关于拯救的故事。

偶尔有一些闲暇的时候,塔师会对着自己建造的浮屠冥想。尽管他从没有离开过浮屠岛,但是他喜欢猜想那些遥远岛屿上发生的故事,那里有很多很多的人,不止一个,他们相互关爱、相互仇恨,彼此拥抱、彼此杀戮,留下了许多生生死死的故事。当然,有一天,他们全都死去了,就没人知道发生了什么。只有主神感觉到,某处的秩序或者无序,又增加了一份,仅此而已。但是他们曾经在大地上行走过,并且在他们永远猜想不到的地方留下了他们活过的证明。

当然,不论被救者还是拯救者,最终都无法逃避被最终拆解的命运,化为虚无,成为他们曾经努力抵抗的混沌中的一部分。但是他们给后人留下了一座浮屠,矗立在浮屠岛褐色的土地上。而这些浮屠,将成为有生者最后的希望。

塔师知道自己等不到那一天,但是他能够想象,将来有一天,将要发生可怕的事:荒神将从封印中逃脱,他黑色的镰刀将要横扫过宇宙的角落,收获最丰厚的死亡。到那时,墟神也不能带来拯救,只有那一座座浮屠,将成为人们最后的希望。会有人护送幸存者来到这里,让他们住在浮屠中,只要他们不停地向上攀爬,不停地爬升,就能凭借过去一代又一代拯救者积攒下来的负熵流,赢回一点生命,这将帮助他们抵御无序、抵御混沌、抵御荒神的镰刀。

所以,当塔师年岁渐长,心智更加成熟之后,他更加努力地工作,并且抛弃了过去华丽的风格,只是专心致志地收集着天空飘过的白色线条,努力辨别着,不错过一丝一毫,然后建造成粗糙却实用的浮屠。他来不及把他们认真排列好,只是随便堆在一起。不知多少时间了,不知灭亡了多少种族,塔师忘我地工作着,修筑着,同时也渐渐衰弱着，而土地上也堆满了同样形状、大小不一的浮屠。

当塔师感受到死神来临的时候，他更加拼命。他将散落在浮屠岛土地上的全部浮屠收集在一起，用他的全部力量把他们融合，建成一个高大的浮屠。在那些夜晚，塔师用自己最后的力量熔炼着那些浮屠，这时死神就披着一件黑色的斗篷，坐在不远处的阴影中陪伴着他。那些负熵流，在黑夜中发出惨淡的白光，带着他们关于拯救的故事，交融在一起，然后慢慢凝固，成为一个高得一眼望不见顶的白色居塔。

于是，塔师开始死去。同时，一个新的塔师正在虚空中孕育。在生命的最后时刻，塔师闭上眼，他听见死神悄然走进了，那是荒神唯一的使者，他将带领他去往虚无之地。塔师跟着死神上路了，他知道，自己没有救过一条性命，所以浮屠不会因他而增加，假如将来还有重生和救赎，浮屠里也不会有他的位置，不过，他毕竟将给后来的塔师留下一座高塔，这是他活过的证据。

回荒谷

他知道每一条性命的荣辱与苦厄
都不过是一支墟神与荒神间斗争的协奏曲

村子藏在群山之中，高山遮挡着阳光，村子里无时无刻不笼罩着一片阴影，总有某一部分回避着尘世间的光芒。人们在旅行的时候，稍不留神就会错过它。但有时候，会有一些人从遥远的地方来到这里，只为寻求一死。

并不是人人都喜欢如鬼魂一般的永远游荡在世上，那样也许并不是一种解脱，更谈不上永恒，但是总有一些人，因为一些事，最后终于厌倦了这空虚的人生，怀抱着一颗决绝的心，去寻觅那个只能在阴暗的角落里流传着的秘密传说。然后他们顽强地跋涉过万水千山，穿越遍布着苦难的大地，最后终于来到村子。

传说中，在村子东面的草堂里住着一位老人，他有一把宝剑，凡是用这把宝剑杀死的人，都将灵魂出壳，摆脱肉体的束缚，可以轻盈地游荡在亘古的大地上。

其实，谁都知道，除了永恒的神们，凡是生的事物，都无可回避死的结局。因此，那些渴望永生和超脱的人，不论他们属于哪个种族，最后只是变成了形形色色的虚魅而已。所不同的是，人们相信，被这柄剑杀死的人能够保存些许生前的记忆。他们的灵魂并非随风飘散出去，而是较为完整地保留下来。

最重要的是，他们躲藏在这片幽静的深山中。这里有一间间被荒草围困的茅屋，每一个匆忙赶路而不得不在此停留一夜的旅人，都会在寒冷而陌生的梦中看到一片猩红的战场，一个个苍白而悲戚的鬼魂向他们讲述着令人战栗的过往，那是关于光荣与梦想、征服与屠戮的故事。尽管已经过去了千年，从这里已经走出过许许多多的虚魅实魅，人们仍然相信，曾经洒下的热血已经深深地浸润到岩石的深处，所以每一个死在这里、并且永不离开的灵魂或者虚魅或者诸如此类的一切，都不用再重新凝聚一个沉重的肉身，却又不必担心在苍茫的大地上会慢慢飘散，最终回归荒神的怀抱。祖先流下的汪洋血海，会长久地庇护他们。

当然，这一切都离不开那把宝剑。据说，这柄剑光亮如玉石，轻盈如蝉翅，悬挂在草堂之中，没有剑鞘。关于剑的秘密，除了它的主人，谁也不会比谁知道得更多。不过，在古老石板残片记载着的原始宗教神话中，有一些提到过神们之间的战争：沉默而强大的荒神独自对抗着天地间的诸神，正如诸神用荒神的碎片制造封印一样，荒神则将在厮杀中死去的众神铸造成一柄剑，杀死一个个惊恐的神明，并且用它的锋芒割裂着众神贴在他身上的封印。神话没有提到这柄剑的名字，但在人世间，它被俗称为回荒剑。

正是这柄剑，以及加在它身上的封印，令它成为世间独一无二的兵器：它能将生灵从肉身中释放出来，却又使之保持一定的完整性，所以与其说它将人们变成了虚魅，不如说人们从此完成了一种转变，在一些人看来，这无异于一次新生。

不论是夸父还是河络，羽族还是鲛族，哪里有生命哪里就有苦难，在大地和海洋中每一个需要挣扎着为生存奋斗的种族中，都有一些绝望的人们。于是，许多年来，他们零零散散地来到这里，寻找解脱。

所以，虽然村子里有几十户人家，却如云雾一般缥缈虚幻。也许村子里只有那个老人是活着的。

或许在老人之前，剑还有过别的主人，或许没有。不过每个住在这里的幽灵，都认得他那矍铄的面孔和冷漠的眼神，都曾经哀求他用那柄剑割断他们的头颅，将他们的魂魄从饱受尘世折磨的肉体中释放出来。

之后，这些幽灵就浮游在山谷里。新生的幽灵们轻快地漂移着，感受着前所未有的自在，他们忘却了红尘中的忧伤，似乎逃离了时光之轮的轨迹，进入了没有过去的重负，也没有明日的愁苦的无边乐土。而外面的人并不知道，当永远不变的平淡日子让他们开始在阳光和阴影的交错中幽怨地徘徊时，他们将在白天化幻化成人形，如人一般的欢喜悲哀，像生前一样举手投足，却只能嗅着人间的色，体味心中深处的空。而在晚上阴冷的月光下，悲伤开始降临。

那些飘散的精神带走了他们的记忆，有一些飘向天空，湮灭在星辰之中，有一些则飞散到遥远的异乡，在那里化为乌有。偶尔还有一些融进了别的幽灵中，于是不论情愿与否，他们都必须品味着原本不属于自己的甘苦，承受着虚幻记忆的压迫，背负着烙印在精神上的伤痕。而因宝剑上的封印而保存下来的残损的回忆，又无法让他们完全记得自己全部的过去，于是他们在混乱的记忆中追问着自己究竟是谁，讲述着曾经发生在他们身上的真实的或者虚幻的故事，彼此探寻着各自的身份。最后这些努力都化为泡影，伤心的幽灵发出凄厉的哭泣声，恨不能和那埋葬在树下的自己的躯壳一同腐烂，他们就这样求生而不能，求死也不得，日渐强大的怨愤啃噬着封印，于是他们将在阴郁中日渐消萎，魂归于荒土，或者走出这座深谷，离开它的庇护，飞散于虚无。

而老人看着这一切，无动于衷。

许多年来的故事，都藏在他的胸中。那里面装着多少世间的沧海桑田，没人能说清楚。谁也不知道他是何人，为何拥有这柄剑，他究竟是荒神的使者，还是人间的守护神。这些问题也许非常重要，但是从老人的沉默中，人们得不到回答。

就这样，一个个新的人来了，在草堂的屋后留下了他们的躯体，腐烂、衰朽，养育着那棵桃树，让它能够顽强地盛开。而老人则在花香中继续等待。如今，他已看够了人世的波澜，对于来到这里各式各样的人，对于他们的痛苦和欲望，他并不特别的同情，他知道每一条性命的荣辱与苦厄，都不过是一支墟神与荒神间斗争的协奏曲。他只等着一个怀抱着最纯粹目的的人的到来。

老人没有任何证据，但是在他的想象中，那个人应该是沉默无语的，他会背着一柄空的剑鞘四处流浪。就像这柄剑是老人的宿命一样，那个空的剑鞘也是那个人的宿命。有一天，命运将安排那人来到这里，他不会给出诸多的借口和理由，而老人将这把宝剑交给他，装进他的剑鞘中，从此人们就暂时不会再惦记着这把剑，于是他们除了默默忍受生命中的重负，别无他想，而天下也许将太平一阵子。当然，在那之前，他还将用自己的血为这剑再加上一道封印。然后他不再留恋什么，而是随着自己的身体永远死去，获得解脱。

瞭望屿

古老的热情和梦想在时光中静静地风干成一个瘦小的传说
埋葬在那堆神秘的石像中间

住在瞭望屿的人们，忘了自己要瞭望什么。

这不能怪他们。

许多年前，天上的众星还处在不同的位置上时，一支小小的船队就已经离开大陆，远离他们所熟悉的一切，在波澜浩淼的大洋上，迎着星辰升起的方向，勇敢地驶去。这些固执的人们，他们听够了关于世界是没有尽头的种种传说。无论茫茫大洋的终点究竟是另一片新的大陆，还是通往幽暗世界的深渊，他们都决心亲自去看个究竟。

后来的人们无法想象祖先们是如何在电闪雷鸣中、在滔天骇浪中挣扎着前进的，他们只隐约记得，在漫长的旅途中，那些勇敢的人们中，有几支小分队离开了队伍，在几个小岛屿上驻留下来。人们相信，这是为了执行某项特殊的任务。为了不致遗忘，先人们在岛上修建了一堆巨大的石像，以便后人们能够在将来看见某件事的时候，采取某一种行动。之后，大部队离开了，继续向着未知的远方驶去。

于是，留下来的人们开始等待，等待着那些同舟共济过的朋友们有朝一日能够归来，告诉他们世界尽头的模样，或者等待着从遥远的地方传来的某一样信号，告诉他们前去与他们会合或者做些别的什么。

等待的时光总是漫长的，漫长得足够人们去苍老，漫长得足够后来的人们忘记了自己从何而来、要去往何方。人们在湿润咸涩的海风中、在清澈甘甜的山泉里、在柔和安详的涛声中慢慢成长，悄悄死亡，一代又一代，天上的众星以无法察觉的速度变换着各自的位置和彼此的距离，岛上的人们则繁衍生息，当他们抬头仰望星空时，群星已经勾勒出另一幅图案，那是他们的祖先所不曾见过的，于是古老的热情和梦想在时光中静静地风干成一个瘦小的传说，埋葬在那堆神秘的石像中间。

只有在祭祀的日子里，勇敢者的后裔们才会聚集在石像群中间，点燃一堆堆的香草。浓烈的厌恶在整个岛屿上弥漫开来，人们开始在飘飘然的幻象中情不自禁地摇摆起来，他们流着眼泪，在欢乐狂热的舞蹈中哼唱着古老的歌谣，那是水手的小调，尽管他们已经忘却了其中的意思，却依旧沉浸在一种巨大的喜悦和难言的失落中。他们唱啊跳啊喊啊叫啊，肆无忌惮，声嘶力竭，仿佛想让遥远的世界的另一端也能听到他们的声音。然而环绕岛屿的大海涌起阵阵波涛，将这一切喧闹都遮蔽了，而在寂寞的星空下，熊熊火光映照着巍峨的石像，那些巨大的面孔在多少年的风雨中渐渐模糊了，永远沉默不语。

就在这样的日子里，总会有某些人，心中会忽然升起一阵激情，渴望跳上一只小船，然后乘风破浪，去追随那些远去的祖先。另一些人，则恨不能马上把所留恋的一切全部装进一只大船里，回到那片传说中神奇而迷人的大陆，去寻找从未见过的故乡。这些一时的冲动，多数会在第二天清晨醒来、头疼似裂时被遗忘，少数的则化为一道魔咒在心头缠绕，直到那个热血的人最终鼓起勇气，不顾一切地劝说，冲破重重阻隔，真的跳上一只破破烂烂的船，朝着未来或者过去驶去，最终消失在亘古的迷雾中。他们可能把热血洒给了冰冷的大洋，也可能真的到了他们梦想的地方，但是所有那些离开的人们，永远不再回来。

其他的人则依旧留守在岛屿上，平静而乏味地活着，日复一日，他们瞭望着一望无际的海洋，心不在焉地等待着。关于远方，他们不曾知道得更多。偶尔会有一两个困惑的孩子呆呆地站在海滩旁，任由一波又一波的海浪淹没他的双脚，不知自己要瞭望什么。

直到某一天，一道星光从天幕滑过，徐徐降落在岛上的石像中，那些古老悲凉的面孔忽然为之动容，熟睡中的人们听见一阵轻声的叹息，于是一块巨大的石板从地上轰然升起，聚集在周围的人们惊恐万分，在火把和星光下，他们看见一排排神秘的文字，等待了千百年的信号终于传来。人们猜测，那些一往直前的人们是否到达了世界的尽头？他们看见了什么？他们说了什么？他们想要等候在这里的人们做些什么？这一切都无从知晓。

因为他们已经忘却了祖先的语言，无法再倾听那些诉说。

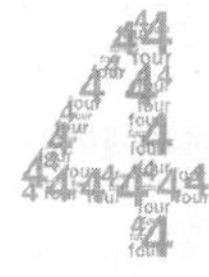

亡灵岛

只要世上还有生灵
岛上就有新的亡灵

亡灵岛上并没有什么亡灵，那里有的只是一张张逝者的面孔。

感觉迟钝的人在这里可以像在任何其他岛屿上一样自在：享受着和煦的阳光和轻柔的海风，甘洌的山泉和清爽的绿叶，心无所念的人懂得怎样简单从容地忽略掉那些不应该深究的细节。而心思细腻、情感丰富的人，却能够在鹅卵石那光洁圆润的表面上，在那些凋零满地的枯叶的纹路里，在岩洞冰凉湿润的内壁上，在那寂寞角落的蛛网里，以及蝴蝶那柔软而斑斓的翅膀上和艳阳高照下的斑驳碎影里，不断地发现蛛丝马迹，只要有足够的耐心和勇气去仔细辨别、去大胆想象、去用心勾勒，甚至在脚下的一粒沙土中都能慢慢看见一张似是而非的面孔。这些面孔无处不在，镌刻在这座宁静岛屿的每一个角落里，镶嵌在岁月的每一个缝隙深处。

这些都是死者的面孔。

住在这里的岛民们相信，神明从不轻视任何一个生灵，凡是来到过这个世界的每一个人，无论荣耀还是苦难，清白还是罪恶，都一律在死后得到恩泽，可以把自己的模样印刻在这个世界上，这样，不管是悲恸的亲人，还是切齿的仇人，或者毫无瓜葛的陌路人，只要愿意，都可以来到这里，寻找他们熟悉的面孔，凭吊过往。

所以，每一个岛民们都曾在许多个夜晚里梦见过一些陌生的面孔，这些面孔有的是他们许多世代之前、不曾见过的祖先，有的则是远在千里之外、说着怪异语言的异族，有的是王侯将相，有的是才子佳人，他们在红尘中天涯比邻，在苦海中迷途难返，上演过一幕幕欢歌笑语，激起过一次次爱恨情愁，英雄气短儿女情长之后，全都不甘心地离开了这个世界，不管是因为雪染疆场，还是因为天妒红颜，那一腔的热血、未酬的壮志和前世今生的恩怨都随着那具血肉之躯一同化作了尘埃，只在文人墨客的兴叹中、在街坊邻里的闲谈中、在勾栏瓦舍的欢笑中留下三言两语、片刻余音。当岛民从这样的梦中醒来，他们便来到海岛中央，在那块耸立的巨石上凿刻下他们梦见的面孔，细心地雕琢着那一颦一笑，表达着对逝者的一份敬意。

尘世上的生灵一批一批地死去，岛民们一次次地做着梦，一次次梦见远方死去的人们，一次次在巨石上敲打，庞大的巨石很快就被刻满了不同种族、各式各样的面孔，为了容下更多的亡灵，岛民们开始想尽办法来利用每一寸空间，巧妙地让新的面孔融合到旧的之中，于是这个的眉毛成了那个的鼻梁，那个的眼睛成了这个的双唇，于是生前素昧平生的人们在死后萍水相逢了，曾经老死不相往来的男女在这里耳鬓厮磨了，而不共戴天的仇家们也不得不在这里狭路相逢了，不论是痴男怨女还是欢喜冤家都一律在这里聚首了，他们或悲伤或安详地在风吹雨淋中凝视着，在阴晴圆缺中耐心等待着，他们的面容日渐模糊了，过去的爱恨悲喜也就在岁月中渐渐淡忘了。

巨石上的面容已经覆盖了一层又一层，神的子民们依旧在成千上万地倒下去，岛民们的力量有限，那些来不及被梦见被雕刻的亡灵们只好进入了花鸟鱼虫、草木沙石的梦中，在花儿的绽放和凋零中，在鸟儿的飞翔和鱼儿的游动中，在虫儿的爬行和绿叶的枯萎中，甚至在沙土的随风起落中，在这万事万物的生死轮回中镌刻下他们自己的模样。年复一年，岛上的每一处都刻上了面孔，并且不断地增加着，只要世上还有生灵，岛上就有新的亡灵。

有些人从远方来到这里，为了追忆往事，或者想找寻那逝去的容颜，或者纯粹为了体悟生死，他们观看着，沉思着，静默着。离开时，有些人心事重重，有些郁郁寡欢，有些则会告诉岛民们自己死后希望能被铭刻在什么地方。

有一天，海浪将一个背着弯刀、披头散发、戴着面具的人冲上了海滩，岛民们摘下他的面具后吓得四散而逃。他们这一生见过无数的面孔，却从没有见过没有脸的人。

后来的事没人说得清，有的故事说这个没有脸的人因为岛民发现了他的秘密而在一个没有月亮的夜晚杀死了岛上的每一个人，有的则说岛民们因为恐惧而全部乘船逃离了岛屿，不管怎样，后来岛上只剩下这个人自己了。据说他凝视着那块巨石，望了很久很久。几天之后，他便开始用自己的弯刀刮去巨石上的面孔。他没日没夜地刮着，当弯刀卷口之后，他便捡起石头去硬生生地磨。他干得汗流浃背昏天暗地，忘记了时间，忘记了世界。就这样，亡灵的面孔被从巨石上一张张抹去了。终于，不知过了多久，整个巨石都干净了。

然后他坐下来沉思，几个日夜之后，他打定主意，开始在巨石的表面凿刻起一张巨大的面孔，那是他心目中自己的模样，他要让它和巨石一样屹立不倒，让后世千千万万的人们看见他、铭记他。他拼命地干着，很快在一个暴雨倾盆的夜晚刻出了一只眼睛，又在另一个狂风怒吼的黎明刻出了另一只眼睛。于是，他第一次看见了自己的眼睛，这双眼睛如此威严有神，它凝视着对面那个渺小的自己，让他的心灵不由得震颤起来。

然而，在雕刻鼻子的那些夜晚，他开始被噩梦困扰，梦中有不计其数的面孔向它涌来，用各种奇异的语言哀叹着、哭泣着，让他无法安眠。他只好更加卖力地干着，然而日益频繁的暴风雨让他日渐消瘦，他的肢体也越来越无力，神志也慢慢地不清晰了。当他挣扎着完成鼻子的最后一笔后，他昏昏沉沉地走到远处，看见那个扭曲变形的鼻子，在一双摄人心魄的双眼下显得如此怪异、滑稽，尽管还没有嘴，他却仿佛看到那半张脸上正露出一种奇怪的笑容，嘲笑着他的无能。于是他在如千军万马般的雷雨中声嘶力竭地怒吼，诅咒着世界，诅咒着神明，然后猛然倒地了。

他不知道自己昏迷了多久，醒来的时候暴雨依旧不停，巨石上的那半张脸在雨中开始模糊起来。没有脸的人心如死灰，他决心让自己沉没在汹涌的大海中，来为自己赎罪，于是他拖着一只被遗弃的小船，迎着滔天的巨浪，冲进了暴雨中的大海。在怒涛将他淹没前，他回头望了一眼小岛，在电闪雷鸣中，他看见雨水顺着巨石流下，仿佛那双眼睛流出了泪水。

世界末日……
来了……还是没来啊

SHI JIE MO RI……LAI LE……HAI SHI MEI LAI A

一颗小行星正以毁灭性的运动轨迹朝着地球扑过来。

据计算，该小行星将击中撒哈拉沙漠中的一片绿洲，掀起的沙尘将覆盖全球，猖狂一时的人类终于难逃恐龙的宿命。

地球人疯了。

起初，不明真相的群众都假装挺淡定。各大媒体对事件给予全天候的滚动直播，专家们神色泰然地对各种谣言予以澄清，明星们走上街头和民众携手祈祷，政要们纷纷表态绝对没有任何秘密制造诺亚方舟的计划。

但这种自我欺骗迅速就被超市的哄抢所击溃，恐慌潮水般蔓延。

全球股市大跳水，犯罪率一路飘红，自由落体运动此起彼伏。

在这一终极宿命的规定性面前，享乐至死成了自由意志的最后理论表达。只有真诚的信徒还在努力像个正派人一样生活，其他人都按捺不住地开始狂欢了。

世界瞬间变成一个垃圾场，垂死前的呼吸有一股醉人的芬芳，浇灌着糜烂之花。

就在神经坚强的科学家紧锣密鼓地磋商着紧急预案，争论究竟要用核弹摧毁来犯者还是使用聚变发动机改变其轨道时，监控器忽然显示行星以违反力学的方式改变了轨迹。

这一后来被历史学家称为“第二推动”现象，直到世界末日也没能给出合理的解释。

死神要擦肩而过了，很多人眼前一黑，心头一热，口吐鲜血。

这些饱受生活打击存活信念一再受挫的人，本来已经欢天喜地地做好了和大家一起玩完儿的准备，孰料这倒霉催的行星这么不争气。原本和他们一起把酒高歌的同伴们现在噩梦惊醒一般穿好衣服，擦干了脸上的鼻涕眼泪，不好意思地挥挥手，便匆忙地去挤公交车上班去了。

渴望在全体覆灭中获得爱与温暖的孩子们，站在空落落的广场里，不争气地哭了。

警察叔叔说：快回家吧，你妈妈喊你吃饭呢。

被连拖带拽连哄带骗地遣散后，喜迎末世者们陷入了灰色的绝望中。为了以示抗议，一些人怀着对牛顿无限的愤恨吞下了安眠药。

而对生活充满希望有着大好人生设定了各种五年计划十年计划五十年计划并且信誓旦旦地表示末日纯属虚诞的人们来说，整个事却不过是一场幻觉罢了。没啥大不了的，就当放了一次假呗，反正又不会扣工资……在拥挤的公交车上，重新衣冠楚楚的人们沙丁鱼罐头般地贴在一起,默默暗想着。人生发条如果绷得太紧,是会有粉碎性解体的危险,所以偶尔被推倒一下也有利于可持续发展呢……

可是重新上班果然是很疲劳的,特别是经过了最近的宿醉和狂浪之后,要想收拾好心情和躯干,真不是一般战士能够做到的。为什么偏偏要在周一的时候公布这个消息呢?人们站在各自的办公室工地厂房车间里,看着满地狼藉,心里一阵烦闷。

就这样,世界又和谐了。

那颗无害的大石头默默地飞啊飞。

虽然蒙受了不小的损失,但这一场虚惊也不是毫无裨益:很多人忽然学会思考了。在经历过一种从肉体到心智到情感的全面崩溃之后,大伙突然感觉到,自己活了这么多年,好像大脑中的某些功能现在才开始工作。

辛辛苦苦干几十年终于还完了房贷这种事根本就是扯淡嘛,下次再随便丢个小行星整个地球儿都拆迁了,一分钱赔偿都没有了,老子凭啥要被你们这些坏人剥削一辈子哟……

类似以上的奇怪灵感开始冒出来。

当然,这种豁达的心态只在那几天短暂的末日里昙花一现,并随着恐慌的烟消云散而不再成立了,大家也都像任劳任怨的老黄牛一样开始重新忍受命运的无耻凌辱,不过还是有不少人就此作出了改变生活轨迹的决定。

一直在想等到将来挣够钱了有保障了再去追寻梦想结果慢慢衰老疲倦乏味并丧失了梦想的人开始追梦了……

一直活得小心谨慎从来不敢放开手脚老实巴交因而存在感极差总被悲剧性无视的人开始走上选秀的舞台了……

一直不知道自己到底想要什么每天只是模仿别人生活的人开始寻找自己的爱恨了……

世界还是那副半死不活的样子,面对很黄很暴力的命运人们还是常常感到束手无策,但不管怎么说,好像多多少少有了那么一点点、一点点、一点点的不同……

有一位不伟大的诗人就此感慨:呜呼呀——

可这时——

那颗已经淡出视野的小行星,打了个激灵一般,抖了一抖,便又朝着地球扑过来了……

KAO!

这是大多数人的第一反应。

于是,那句不伟大的诗句,就此夭折了。而刚刚复位的世界,又滑脱了。

这对人类物理学的极端蔑视让科学家气得直咬牙,恨不能集体自杀。

广大劳动人民被科学家的极端无能气得直捶地,恨不能让他们集体吃地沟油。

顶着巨大的压力,科学家们日以继夜地观察、分析,最后得出了两个说得通的解释:

物理学不存在。或者,那家伙说不定是活的。

基于一种顽固的保守主义,大多数人宁愿相信第二种可能性,尽管种种数据表明,那风雷滚滚的东西,根本就是一坨无机物的混杂体。

时间紧迫,联合国已来不及去深究其中的玄妙。为了向全宇宙表明人类并非软柿子,在耗费了巨大的人力物力之后,可怕的大杀器终于被送上了天。

为了师出有名,大杀器身上装了一个广播器,以图像语言的方式向发出征集自广大网友的人类对小行星战争宣言:

“觉悟吧混蛋!”

“人不犯我,我不犯人。人若犯我,我必犯人!”

“一切反动派都是纸老虎!”

……

载着足以摧毁地球好几遍的核武器雄赳赳气昂昂地飞向入侵者,打算来一记正义的重拳。

大概是被这强大的攻势所震慑了,那卑鄙的来犯者突然消失了。

从人类所有的探测手段里,完完全全、彻彻底底地消失了。

毫无思想准备的大杀器不知所措,便孤零零地朝着茫茫宇宙的深处飘远了。

人们陷入了沉默,分明闻到了一股阴谋的味道。

果然,几分钟之后——是的,只是几分钟,都没耐心多憋一会儿——那玩意儿就带着嘲笑的姿态,回到了人们的视野。只不过,轨迹分明有了一些改变。

是开玩笑的啦,最多也就是擦肩而过,不要紧张哟。它仿佛在这么说。

人们愤怒了。

不管是喜迎末世派还是“我靠不要”派,都得出了一个结论:再也不能冲动了,自杀之后才发现根本就是逗你玩的话就太悲剧了!地球整个就是一个巨型茶几啊!连世界末日这种事都这么不严肃的话,自己的一点小小欢喜,那真是没什么可烦恼了。

反正,这回来的小行星既不普通也不文艺。

一旦达成了这种共识,就连联合国秘书长也公开承认:这种事,反正也是完全无法预测的,各位就请自便吧。

于是,忍受着说不定什么时候又会撞过来和即使那样也说不定哪天又会变卦的两种烦恼的折磨,人类只要咬着牙坚持下去,要亲眼看看,这厮到底是要闹哪样!

而被无理取闹的命运所统统踢飞的感觉,使从前彼此仇恨的不同种族、肤色、信仰的人们在这不着调的灾星面前慢慢有了一种整体感:唉,以前实在是太天真了,忘了大家都是灵长目生物了。这么着,在小行星迫近的日子里,大伙各种握手言欢尽弃前嫌。

在最后的一星期,那家伙的脾气越来越古怪,每天都要改变两三次路线,似乎仍然没有拿定主意,于是在监控器上留下了醉汉一样七扭八歪完全无可理喻的轨迹。

这反复无常的折磨制造出的希望和绝望频繁交替,让不少人发疯了跳楼了出家了,还留在红尘中意志坚强的老少爷们儿们,反倒变得淡定从容,甚至开始为这颗小行星担心了。

“会不会是生病了呢?”

“似乎有选择障碍症啊,可怜的家伙。”

“喂,像个男子汉一样做出决定吧!”

“拜托你靠谱一点!”

“给哥一个痛快的。婆婆妈妈的,真替你害臊!”

“需要心理医生吗?”

“吃片阿司匹林吧亲。”

……

各种安慰的同情的理解的恨铁不成钢的恶狠狠的超然物外的电波把小行星包围了,结果是,其路线的紊乱程度和人类的激动不安指数呈现了某种正相关。

当它看上去有两个月亮那么大的时候,就忽然停在那里了。

终于要做出最后的决定了吗?接下来,是呼啸而来的山崩地裂,还是没事儿般地扭头离开呢?人们手挽着手,紧张地咽着口水。

悬停了整整二十四小时,让地上的每个人都有机会一睹它的模样之后,它开始围绕着地球旋转。

喂,这是什么意思啊?千里迢迢地跑过来,就为了钻进陌生人的怀抱里吗?该不会又是什么阴谋吧?或者是孩子气的恶作剧?再比如说,认错妈妈了吗?可是,这样月球会吃醋的哎。

随后的时间里，它变得老老实实，规规矩矩地绕着地球转起圈来，一点也看不出要做坏事的样子。

人类挠了挠头皮，实在没别的思路，只好默默地接受了。

这样过去了一年。

世界渐渐恢复了平静，因为天空中多了一个能够看见的家伙，人们对世界的感知也有些不同了。一部分人把它视作达摩克里斯之剑，每天提心吊胆地盯着它。一部分人则把它看为天赐的礼物，不管怎样终于有了一点盼头。后来，有小道消息说，官方已经发现这家伙身上藏着什么稀有金属、珍贵元素、外星人的宝藏、关于宇宙起源的重要秘密、上帝留下的脚印、能够根治艾滋病的神奇微生物、通向异次元的大门……总之，各国正打算联手，派科学家们到那上面寻宝去了。

科学家啊，哈哈。大家分享完小道消息后，便举起酒杯，开心地一笑。

“从小清新的视角看，这家伙，其实还挺萌的不是吗？”一个年轻人带着朦胧的醉意微笑着说。大家认出此人是最早发现这颗小行星的天文爱好者，当时他因为找不到工作女朋友又被高帅富拐走了于是在圣诞节前夜喝了两瓶二锅头后产生了轻生的念头，投入大地的怀抱之前他用朦胧的醉眼透过望远镜最后一次仰望星空，突然看到了这颗灾星。

出于敬意，大家向他举杯。这时，电视里插播了一条新闻：

“来自国家天文台最新消息：在成为地球卫星一周年之际，‘新月’在格林威治时间今天早上八点的时候突然改变了运行轨道，远离地球而去。根据目前测得的数据，预计它将越过火星离开太阳系。对于它如何获得加速动力，目前尚无合理的解释……”

酒吧里的人们一阵唏嘘，年轻人却一脸淡然。

“……尽管如此，诺贝尔委员会仍然决定将本年度的和平奖授予‘新月’，以表彰它在丰富人类精神生活和促进道德进步方面所作出的贡献。尽管这一决定遭到了一些极端人类主义分子的反对，但大多数受访者表示支持……”

画面里，一个少女依偎在男人的怀里粲然一笑：“它让我重新找到了活着的感觉。”

时间足够鬼魂去爱

SHI JIAN ZU GOU GUI HUN QU AI

事情突然开始的时候，我正在一张白纸上画五角星，搞不清楚究竟是为啥，只知道自己不停地画啊画，胖胖的五角星就成排成排地出现了，直到忍无可忍："我为啥要画这些玩意儿呢？"

我转过头，看见一个女孩在床上睡觉，几步开外的地方有张桌子，蜡烛在安静地燃烧，一个老头子坐在烛光旁安静地抽烟斗。

黑夜如浓雾缭绕，勉强照亮的飘忽的球形空间里，我们三个老老实实地呆着，颇为可疑。

没人理我。

烛火绕着烛芯游移不定。烦躁像一种连绵不绝的丝状物在体内涌动、扩散、翻飞、纷纷扬扬地从五脏六腑生长出来、弥漫开，这是从虚空中生长出来的海藻，把我捆绑起来，拽向一片汪洋的褐色海洋中，我挣扎着说了一句："嗯……我说……"

女孩安静地睡着，发出匀称的呼吸声，老头默默地吐出了一个烟圈儿，袅袅飘升、扩散，最后消逝不见了。

我鼓起勇气继续说："我说，这是怎么一回事儿呢？"这句更像人话了，这说明我的头脑清醒了，是个好现象。

老头终于把烟斗从嘴巴里抽出来，抬头看了我一眼，竖起食指："嘘。"

我犹豫了一下，可实在不想再画五角星了，所以坚持问道："出啥事儿了？"

这回他终于耐不住了，身体向前倾了倾，打量着我，那束目光仿佛穿越了我的身体，看到宇宙的尽头。他却终于还是淡淡地说："别出声，一会儿就没了。"

我感到一阵恐慌，还是忍不住追问："什么没了？"

老头叹了口气，将烟斗在桌上敲了敲："过一会儿就啥都没了，所以你还是抓紧时间吧。"

我有点烦躁起来了："抓紧时间干啥？你是谁啊？我们在哪儿啊？"

"抓紧时间干点儿你喜欢的事。"说完，老头从怀里拿出个什么玩意儿，放在手中玩了起来，闭上眼。

这老头八成是疯了，我也懒得和他争辩，于是走到床边坐下来，仔细端详那个女孩子，想从中找出点线索来。我好像认识她。我需要一个线索，一把钥匙，可以开启回忆之门。于是我开始满地溜达，小心翼翼地在有光亮的地方寻觅。说不上为什么，但我知道，光球以外的黑夜是不能去的。其实我也说不上要找啥，只是走来走去，因为光球里实在没有别的东西了，我只好走到桌子前，拉开抽屉，想看看里面有啥。

老头沉下脸："你就不能安静地等着么？"

我愣在那儿，不知所措。他手里怎么拿着一对核桃？

"好吧，我这就告诉你，看看真相能不能让你好过点儿。"老头儿放下烟斗。

我不安地等着。

他沉默了一会儿，悲凄地看着我："你还没想起来吗？宇宙毁灭了。"

钥匙打开了大门，回忆波涛汹涌地决堤而来。蓦然地，我全想起来了。

"艾伯特？"我大叫一声。

他微微一笑。

我猛然转过头，看见身边熟睡的少女，失声喊道："唐娜！"

一阵寒意涌起，似乎有什么不对，我惊惶无助地看了艾伯特一眼，他异常冷静地盯着我。

不对！唐娜已经死了。一年前，车祸。

那场可怕而短暂的灾难，只有片刻，死亡的光芒耀遍了世界。

"我们都死了？"

艾伯特吸了一口烟斗，烟雾迅速消散在无形的黑暗中："我会告诉你，我们都统一了。"

那么，这里是地狱了？等等，他说的是"统一"吗？天啊，这太……太不可思议了，虽然我从来没有弄懂过那套神奇的理论，但是我听他说起过无数次，说要统一是多么的困难，人人都说他不可能做到，难道这个犹太佬真的实现了他梦寐以求的大统一了吗？我兴奋地问他："怎么做的？"

艾伯特微笑着说："我找到了另一套语言。"

"然后呢？"我傻傻地问。

"然后……"艾伯特的脸色黯淡下去，"然后，和我担心的一样，A 终极粒子吞噬 B 和 C，生成二级 A，然后三级四级……最后，就是个超级 A，也许吧，谁知道呢。总之，物理宇宙已经实现了统一，当然，也就是毁灭了。"

我瞪大了双眼。

瞪了那么一会儿，我呆呆地问："那我们现在……？"

"这样说吧，如果非要描述，我们是在一种极不稳定的量子态上。在毁灭后，某个从混沌中偶然被照亮的存在，就像还魂一样。如果愿意，你还可以想得诗意一些：熊熊的烈火把宇宙烧成了灰，偶然一阵风，吹亮了几颗余温未尽的火星。"

我张口结舌。

“或者说海浪中翻滚的一朵浪花……不,是浪花击打在礁石上的一朵泡沫……也不是,更像是吃得太快消化不良打了一个饱嗝……”

“太恶心了!”

“不管怎么说,比喻都不能完全贴切,你将就着理解吧。”他吐了吐舌头。

我怒视着他,尽管一点也不愤怒:“你的实验把人类……不对,把宇宙,没准儿还有外星人都一窝儿端了!”

他满不在乎地耸耸肩:“是啊,比起来,上次才毁灭了两座城市,实在算不了什么。”

“艾伯特!”这回我可真的生气了,“根据我对你的认识,你一向是个很严肃的人。对于原子弹的事儿,你是怎么想的,你自己最清楚。”

他的身子忽然僵硬了一下,然后一动不动地坐在那儿。我后悔自己一时冲动,说得有些过分了,试图缓和一下气氛,却不知该说什么。

“你手里拿的什么?”过了好半天,我才尴尬地问。

艾伯特低头看了一眼,脸上露出了笑容:“这是一种核桃,放在手心里,不停地转动,以便手掌皮肤上的油脂和核桃发生某种反应,日子久了,核桃就会变得油光发亮,像玉石一般,中国人管这叫做‘盘核桃’,据说可以舒筋活血,像这样……”他开始用手揉转着那两个核桃,给我演示,“为了避免磨损表面的纹路,所以一般会避免两个核桃之间的碰撞,这叫做‘文盘’……”

我出神地盯着他那只正在玩弄核桃、灵活有力的手,怎么也想象不出它曾经在纸上写下 $E=mc^2$,我打断他:“你怎么弄起这玩意儿了?”

“我一睁开眼,手里就在揉着它,就像你在画五角星一样,很多东西随机地出现了。看着它们慢慢变色,就像孩子逐渐长大,会给我们一种虚假的成就感,我得承认,这种活动不比锯木头差,中国人很懂得享受生活,对于真理,似乎并不十分在意……”

“好了,我们别再扯淡了。”我受不了了,这个真的是我认识的艾伯特么?或者人变成鬼魂之后就变得唠叨了,不过说到还魂,我想起了一件重要的事,“说实在的,这种什么量子态能持续多久?”

“说不准。”他干脆地说,“宇宙已经终结了,时间没有意义,从虚无中生成一个存在的空间——你能看到,我们这个就这么大——”说着他用手朝四周比划了一下,“然后瞬间就会熄灭。”

“你就扯吧!我们不是还好好地在这儿扯呢么?”然而我心里却一紧。

“嗯，在终极意义上，只是一瞬间，但是对你和我来说，也算足够长的片刻了。当然，我们可能连某句话都来不及说完就忽然消失。你在寒夜中擦亮一根火柴，然后转瞬熄灭，但也足够你看见一些东西，感到一些温暖了。”他不紧不慢地说。

我陷入了沉默，转过头，看着身边安静地睡着的唐娜。

“我们已经死过了，对我们来说，还能指望更多吗？你现在‘活着’，就抓紧一分一秒吧，因为我们随时都会消失。”说罢，艾伯特不再理我，悠闲地揉起了他的宝贝核桃。

我明白了，我们来不及追问，只能行动。于是我俯身，贴近唐娜的脸庞，侧耳倾听她的呼吸，轻轻揉捏她的耳唇。有多少个失眠的夜晚，我这样无声地守在她身旁，看她静静地睡着。就像现在一样，就像我从未失去过她一样，就像那些几百个日日夜夜在酒精和尼古丁中，在地壳一样厚的孤独中，在冰山一样的伤痛中，在溺亡的绝望中经受的那些可怕的折磨从未发生过一样。如今噩梦醒来了，她睡在我身边。

乌黑的卷发里熟悉的苦杏仁气息，血肉饱满的温热身体，美好的旧时光，记忆中的欢笑声哭泣声吵闹声，盛夏中翠绿的叶子，洒落满地的阳光，可爱的脸蛋美丽的天使小气鬼小醋坛子……你走了那么远终于回到家了，你累得睡得这么香甜，就这么睡吧，我不会叫醒你，尽管我很想告诉你我是多么的想你没有你我是怎样的绝望那些失去色彩日子里有多么难熬，但是睡吧，一切考验都结束了，我只要这样守护着你就够了，你回来了，我全部的真实和最大的幸福，除此以外，我别无所求。

于是，我坐着，她睡着，艾伯特沉默着。

我握着唐娜的手，免得她再飞走，眼望着缭绕在我们周围的浓雾似的黑暗思绪开始乱飞。嗯，我们会突然消失就像我们突然蹦出来一样全部征兆毫无防备毫无戒心因此完全没有必要来做什么狗屁准备就像睡觉的时候你不用准备什么因为睡眠会突然降临把你猛然拉入到一个沉甸甸的世界完全用不着你自个儿操心就像死亡一样会突然来到你的身边给你一张传票完全不用你自个儿操心然后我们就死了一点都不可怕就算不再醒来又怎样我们不是已经都死过了么……

“我说，”艾伯特终于不再鼓捣他的烟斗了，“你相信神明吗？”

“不信。”

“嗯，好，我的意思是，”他顿了一下，“假设有一种叫做神的东西，超越于我们的存在……”

“得了，”我打断他，“珍惜你的时间，快去揉核桃吧！”

“不，不，我的意思是，如果有神的话，你可以这样想，他让每个死去的人都复生过来，让我们都有机会稍微弥补一下生前的遗憾……就像听到了我们死前的祷告，给了我们一个了却心愿的机会……这样想想，上帝不是蛮慈悲的吗？”

我的心忽然一震：“你说上帝就是超级A吗？”

“我什么都没说。”老艾伯特眨眨眼，“我可没说天堂是量子态的。你知道，我曾经用上帝的名字和人打赌，结果看起来好像是我输了，所以我不会再说那两个字了。”

“老实说，你心里是不是多少有点欣慰呢？毕竟，你实现了你所追求的，你得到了真理。”老实说，我没有兴趣谈论这个问题，我只要和我的唐娜在一起，但是既然时间无多，瞎扯淡也没什么不可以的，说起来，我们活着的时候，总是忧心忡忡，谁知道战争会在什么时候结束，那时候我们最缺的就是这样放松、如此了无牵挂的心态了。

艾伯特没有直接回答我的问题：“真理有什么用呢？”

我琢磨了一会儿，有点拿不定主意：“人既然活着，就有理由知道背后的秘密，即便真理不能让我们活得更舒坦，能够认识纯粹的知识也是美好的啊。”

艾伯特玩着核桃，叹了口气：“我活着时也是这么想的，可是现在动摇了，也许并没有绝对的真理，只有人的真理。没有人，也就没有人提问，于是也无所谓真理。如果真理是人的真理，真理就不是无辜的了……可是，说这些话又有什么意义呢？对真相穷追不舍，很好，就是这种精神，这股劲头，让人类引以为豪，也让我在探索的路上欢天喜地，追踪着上帝作案时留下的线索，来到他最后的藏身之所。如今，我发现了终极真理，然后，一切结束了，皆大欢喜了。我们何必那么在乎这些？你看，唐娜就在你身边，青春年少，鲜活饱满，这是生命酿出的美酒，除此以外，你还需要别的真实吗？要知道时光易逝，生命无常……”

我看看唐娜，她睡得正香，再看看艾伯特，一脸的平和，那根蜡烛只剩下一截。我心里忽然泛起一股酸不溜丢的暖流，荡漾起几朵苦涩的浪花，一阵不合时宜的悲悯之情占据了我：“艾伯特，你说，等我们熄灭了之后，还会有别的人出现吗？”

艾伯特叹息道：“我不知道。在我们之前、之外、之后还会不会有别的什么地方沸腾出一个水泡，包裹着什么人在里面重温短暂的逝去时光……我不知道，我不知……”

蜡烛熄灭了，艾伯特隐没在黑暗中，不知他是消失了还是不再开口。冥冥中，不知从哪里还泛着一点稀薄的微光，我还存在，但开始恐慌。

唐娜的呼吸忽然急促起来，眉头紧皱，额头上渗出了汗珠，我轻轻摇晃她的肩膀，她终于睁开眼，惊恐地看了我好一会儿，仿佛正从宇宙的另一端慢慢地回神。

“噢——”唐娜长出一口气，“我做了个噩梦。”说着闭上眼，一只手压在额头上。

我亲亲她温热的脸颊：“不怕不怕。”

她忽然转过头，盯着我看了一阵，然后带着哭腔地说：“我梦见我急匆匆地回家，一辆汽车冲了过来，我以为自己就要死了，再也见不到你了……”她一头钻进我的怀里，“吓死我了。”

我拍着她的背说：“好了好了，梦醒了，没事了。”

她在我怀里磨蹭了一会儿，然后抬头盯着我，满怀忧伤地说：“不要丢下我，我害怕。”

我搂紧她，说我不会丢下她，然后吻了她柔软的双唇。我想对她说每个人都会害怕说我们都是些方生方死的亡魂说我们从虚空中来到毁灭中说我们在这儿一起等待灭亡说我们要勇敢要坚强要抱着取暖，然而我什么也没说，我们在一个湿漉漉的长吻中忘却了一切，直到黑暗涌起蓝色的潮水，海浪将我们吞没。

生活的魔术

SHENG HUO DE MO SHU

“神为义人准备了天堂，为恶人准备了地狱，又为迷路者准备了第四区。”

——《第四区手册》

在一个阴云密布的夜晚，披着黑色斗篷的魔术师走进指南针酒馆，要了一杯冰凉凛冽的啤酒，然后当着酒馆秃顶老板的面，把三张扑克牌摆在吧台上，虚张声势鼓捣了几下，便盛情相邀：“来，猜猜是哪张？”

这位魔术师自称叫做J，或者说这个叫J的人自称是魔术师，但是除了用一种令人发指的执着精神来一次又一次地玩着同一个把戏之外，从来没人见识过他表演过什么真正的魔术。当然，这无关紧要，在第四区，任何人都可以宣称任何事，人们既不当真，也不怀疑，每一种看似荒唐、夸张、虚假、可笑的说法都能一样受人尊敬。人们不断提醒自己：永远不要妄加猜测别人的真实身份，“迷路者深不可测”是第四区最重要的信条。

“就不能来点新鲜的？”秃顶有点心不在焉。他和J比较熟，或者说不怎么熟，两种说法都差不多，在第四区人们可能彼此见过，聊过，再回首过，但永远也谈不上真正熟悉，不过J也算是酒馆的老主顾了，两人之间仿佛朋友似的，或者可能真的是朋友。

J坏笑着说：“试一试嘛！”

秃顶却提不起一点兴致，索性伸手去翻牌。

J一把拦住他：“你要是不猜，就别动。”

秃顶苦笑着摇了摇头，把手收了回去，转身去擦拭酒杯了。

J独自喝起了酒。

昏黄的小酒馆又一次安静下来，除了阵阵沉闷的雷声，就只有那台老式留声机还继续嗞嗞啦啦地转圈，在空气中勾画出咿咿呀呀的中国京剧，如同海藻一样在空气中飘荡起伏。酒馆里仅有的两个人沉默不语，各怀心事。

只要他们俩中的任何一个不突然消失掉，这个夜晚也就还算不那么难过。

在第四区，每个人都希望拥有这样一个平静安详的夜晚，因为任何一个夜晚都可能成为在尘世的最后一夜，并因此值得铭记在心。

神的感召倏忽而至，不可预料，就像……

咚咚咚！

J和秃顶意味深长地对视了一下。

秃顶谨慎地打开门，看见一双布满浓云的眼睛，不由得心中一沉，脸上却带上一种麻痹性的微笑，礼貌地问："先生，您……"

"我要喝酒。"声音冷得像一块铁。

"抱歉，我们已经关门了。"秃顶面露难色。

"我要喝酒。"

"可是我们已经……"

"是吗？"来者掏出一把手枪，指着秃顶的头，很认真地问。

要时刻准备蒙受神的眷顾。

就这样，秃顶神色坦然又小心谨慎地一步步后退，引着持枪者走进酒店。

J转过身，好奇地看着这个瘦骨嶙峋的男人用一支短粗的手枪指着胖大的秃顶。

持枪者望了J一眼，什么也没说，只是用枪指了指柜台，于是秃顶回到了他熟悉的位置上，熟练地拿出一只刚刚洗净的酒杯。

"白兰地，不加冰。"持枪者没有直视另外两个人，但他的手仍牢牢地握着枪。

枪在第四区并不常见，实际上，在一个随时可能结束尘世生活的地方，这样的设备除了亵渎神明，似乎别无他用。

秃顶把酒端了过去，控制者喝了一大口，脸抽动了一下。

J摇了摇头，站起身，满不在乎地走过去，在控制者的对面坐了下来，毫不在乎地问："请我喝一杯？"

"我看没这个必要。"控制者看也不看一眼，冷冷地说。

J笑了笑，手里凭空变出一根麦秆做成的吸管，控制者警觉地抬起头，紧张地盯着魔术师。

J又看见了那种绝望无助同时又残酷无情的眼神，心里叹了口气，嘴上却微微一笑，把吸管拿在手里，攥拳，再慢慢松开，那个吸管便悬在空中，随手的晃动而左右舞动，翻起了跟头。J闭着眼，忽然双掌一击，吸管失去生命一样落在桌子上。等他再次睁眼，看见对面的人眼中掠过一丝小小的惊讶。

J满意地微笑："'夜幕的掩护下，黑暗中的精灵在我的墓旁做伴。'怎么样？这值不值得让你请我一杯？"

控制者终于轻轻地冷笑了一声，回头冲着秃顶说："给这位先生端杯酒。"J补充道："红酒，加冰的。"

秃顶放下酒杯，意味深长地看了J一眼，拍了拍他的肩膀。

J把吸管放入杯中，吸了一口冰凉的酒，然后抬头平静地问："老兄，有什么不开心的事啊？"

控制者没有理会J，自己把酒一仰而尽："再来一杯。"

真没法子啊。J拿着吸管站起身，后退了两步说："那么，看着。"J把吸管放在手里，当他松开手，吸管不知所终。控制者瞪着眼，想弄明白其中的奥妙。J提醒他："注意我的酒杯！"控制者低头，看见吸管不知什么时候回到了对面的酒杯中，更神奇的是，杯中的酒在吸管中慢慢升起，消失在空气之中了，他抬起头，看见对面的魔术师正在完成一个优雅的吞咽动作，一副颇为享受的神色。

秃顶把酒端给那位惊讶不已的人时，魔术师已经回到了座位上并且温和地盯着吃惊者的眼睛："那么，这值不值得让你告诉我有什么烦心事？"

在秃顶看来，这可不是什么明智的选择。每个来到第四区的人都背负着某个秘密，他们试图把那些过去的事情打包，捆成一捆儿，用一个密码锁锁好，然后寄存在遥远的地方，自己则远去他乡，把自己伪装成一个陌生的0，只在记忆的深处留一把模糊的钥匙。所以一般而言，是没有理由探求别人的秘密的，除非彼此达成约定，交换各自的钥匙。

不过，J倒好像十分有把握。

吃惊者的脸上已经有点发红了，可是他还是饮了一大口酒，话语含糊："你就是那个变戏法的？我听说过你，'不会变魔术的魔术师'。"

J耸了耸肩："那你呢？老兄，你又是干什么的？你是新来的吧，为什么来到这里，在这么晚的时候一个人来喝酒呢？"

来第四区的人有各种各样的原因：逃避、寻找、等待……

逃避自己、寻找自己，或者耐心地等待着蒙受神的感召，从尘世去一个谁也没有把握的地方。总之，等待着某种变化的发生。

吃惊者狡猾地一笑："一次只回答一个问题。"

J笑了笑："那么回答后一个问题吧！"

笑容稍纵即逝，约定者的脸上又浮起了愁云，他犹豫了很久，才积攒了足够的力量开口："我啊，嗯……我失业了！好久了……嗯，真他妈二……"

大堤上凿开了一道裂痕，汹涌的潮水随时可能决堤而发。

意识到这一点，J开始盘算今晚这个时辰、这个地点自己还有多少力量可以使用，有多少精灵可以召唤，也就是还有多少个把戏可以玩弄，结果并不特别乐观：时间不对，地势也不理想。总之，处境不算妙，所以他必须充分利用每一个机会，尽量切中要害。

J徒劳地问:“你以前是做什么的?”

约定者虽然眼睛发红,舌头有点不太利索了,但头脑还比较清醒,所以在魔术师表演新的把戏之前,绝不再开口。

“我知道人们不把你当回事儿,你也根本不知道自己活着究竟对别人有何意义。”J同情地看着这个迷路的男人,小心地掂量着自己的话,“你觉得自己一无是处,前途黯淡,时日无多,浑浑噩噩,活得了无生趣,简直不如一死了之……但是你又不忍心一死了之,你还不想服输,还想再拼一把,所以抛弃了过去,来到这里,因为听人说起,说在这里能够找回自己,对此我深有体会,完全理解你的感受……”J也有些微醉了,一股心血在体腔内微微荡漾,“可是我们没有必要为此做一些傻事,尤其当那些傻事会让我们付出沉重的代价时,那可真是我们自己的过错了。”

约定者一直在听着,没有回答,只是脸微微地抽动,呼吸开始沉重,便把半杯酒一饮而尽。

窗外划过一道闪电,片刻后响起阵阵雷声,外面的世界正在密谋着一场暴雨。

J望着他,心中的希望越来越强烈,同时也产生了一丝怜悯。他喊了声“老兄”,左手拿起吸管,右手打了个响指,吸管的末端顿时发出一种萤火虫般的光芒,J微笑着用闪光的吸管在空中勾勾画画,于是空气中出现了一朵巴掌大小、镶着金边的云朵,慢慢地飘落到约定者的酒杯上空,悠悠地下起了一阵淡黄色的细雨,雨水刚好将酒杯填满的时候,魔术师又打了一个响指,雨云便如烟雾般消失了。

约定者瞪大了眼,说不出一句话来。

J做了一个邀请的手势,笑着说:“这杯是我请的。”

约定者疑心重重地轻轻抿了一小口,满意地点点头:“生啤,不错。”

J满意地点点头,好像老朋友一样地问:“你爱你的妻子吗?”

约定者低下了头,拿枪的手开始不停地颤抖。

魔术师轻轻地把手放在他的肩上,等着他稍稍平静下来,才把吸管放在手里开始揉捏,接着往桌上一扔,吸管变成了一摊橡皮泥,随后分成了两堆,慢慢扭动着站立起来,变成了两个人形的小东西,显然是一个男人和一个女人,演出开始了。

起初他们是少年,互相追逐,奔跑嬉闹,风度翩翩地在桌面上跳着舞;随后是中年,开始争吵,一个愤怒,一个哭泣,又和解了;接着是老年,变得行动迟缓,却仍互相搀扶着,彼此依靠,然后一个倒下了,另一个落寞地守在一旁,然后也倒下了,它们重新变成两摊橡皮泥。

J把它们捡起,放在手里揉捏,松开手时又变回了吸管,轻声问:“她知道你来了这儿了吗?”

伤心者喝光了第三杯酒,一只手捂着脸,有气无力地说:“我不知道,我不知道……”

“老兄,看着。”

伤心者睁开眼,魔术师从吸管里抽出了一支玫瑰花来,然后走到他面前,安慰他说:“为什么不现在回家?离开这儿吧,回到那平静的生活,回到一切都还正常的日子里去,把这朵玫瑰送给她,告诉她没有她的陪伴你迷了路,说你爱她。你不应该来这里,神也许会在某一天感召你,也许永远不会,但心中的罪只能自己去洗净……”

“哈哈哈,平静的生活!”伤心者忽然狂笑起来,那尖利的笑声使柜台后的秃顶想起了旷野的狼嚎。

“你他妈知道什么?老子失业了!她要甩了我……我就知道会有这么一天,早就知道她会去找别的男人,我就知道,早就知道……”他忽然泣不成声。

又是一道闪电,接着是一阵久远的、有力的雷声,预谋了整晚的雨终于下起来了。

J本以为大功告成,不料出了意外,而不妙的是,暴雨开始了,他不能再召唤任何一个精灵了,唯一能指望的就是安慰:“你不能永远都逃避……况且,她未必会因此就离开你……”

激动者愤怒地抬起头,两只乌黑的眼睛像烧红的钢一样冒着红光:“看看这个!”他用手掌使劲地拍着那把枪,“啊,我趁她不在的时候撬开了她的抽屉,看看发现了什么!她为什么要在家放一个这东西,为什么?你说她想干什么?是的,她在等我回去……好吧,不必烦劳她,我会自己解决……”

一提到手枪,J再次看到了希望,他镇定自若地说:“老兄,你搞错了,这不是一把真枪。”

激动者的话立刻打住,他惊讶地望了望手枪:“什么?”

J摇摇头:“我说,你真幸运,遇到了我。一个魔术师很容易认出一把枪是不是魔术枪。明白吗?你妻子买回家的是一把魔术枪。”

激动者张大了嘴,愣在那里,一脸困惑。

成败在此一举,J决定乘胜追击:“你不该怀疑自己的爱人。”

激动者更加动摇了,酒精、愤怒和深秋的雨声,让他变得迟钝,他大口喘着气,试图让自己清醒一下。

J一时心急,没有沉住气:“不信的话,你可以把枪给我,我给你演示……”

动摇者顿时警觉起来,怀疑愈发强烈,最后完全清醒了,他把枪紧紧握在手里:“不可能!我检查过,有一颗子弹已经上膛了,这是一支杀人的真枪!你这个骗子!”说着将枪指向了魔术师。

J的心头一沉。

偏偏这时魔术师的力量已经用得差不多了,他有些慌乱了,只好离题万里地说:“老兄,你不该犯傻。这只是一把魔术枪,你妻子买它也许只是为了好玩。你不该怀疑她。你怎么能随便地打开她的私人抽屉呢?是你首先不信任她的……”

“闭嘴!别他妈的说废话了!要是假的,你又怕什么?要不要我在你脑袋上试一试?”持枪者手不稳地举着枪站起来。

一直在默默观看的秃顶顿时紧张起来,他预感到这个夜晚要变得不那么美好了。

持枪者站着喘了几口粗气,稍稍平息了一下,稳住了身体,然后转过身,走向秃顶,用枪指着他,充满威胁地说:“你!你相不相信救赎?”

秃顶犹豫了一下,有点不知所措。

“说话啊!”威胁者怒吼道,枪在他手里晃来晃去。

“我……我相信每个人都不是无辜的,所有的罪过和……和痛苦都……都应该……每个人都要承担责任……”面对乌黑的枪口,秃顶也有点心慌意乱了。

“我问你啊,相不相信救赎啊!”威胁者把枪口顶到了秃顶的脑门上,面目狰狞,心中涌起一种愤怒的快感,他这一生从未这么勇敢生猛过。

“信!我信!”秃顶吓得闭上了眼,哆哆嗦嗦地说,“有几个……几个客人就在、在我眼前……突然消失了,他们得到……得到神的眷顾,神赦免他……他们的罪过,带他们去天上的乐园……”

“你为什么还没有消失?为什么神不赦免你的罪过,啊?为什么你还在地上的炼狱里受苦受难,是不是因为你罪大恶极十恶不赦啊!还是因为根本就他妈的没有什么神!”勇猛者不依不饶地追问,他感到前所未有的快乐。

“我不知道……我不知道……”秃顶开始带上哭腔了。

疾风骤雨之中,留声机里仍旧自顾地发出女人咿咿呀呀的歌唱。

绝望的感觉吸附在J的心头,这时他瞥见放在柜台上的那三张扑克牌,心中猛地一动,定了定神,布道一样地开口:“罪恶不能用更大的罪来清洗,救赎的门不会向执迷不悟者开启。”

“哈哈哈！”勇猛者狂笑着。

一个惊雷从天而降，砸在大地上，整个酒馆都跟着晃动了一下。神似乎愤怒了，暴雨在奋力地冲刷着这个世界。

“原来做一个恶棍的感觉也不错嘛，”勇猛者的两只眼睛发出一股血红色的光芒，声音如冰凌一样，“我开始有点儿活着的感觉了呢！”

“老兄，让我再和你玩最后一个戏法。如果我赢了，你能答应把枪交给我，让我证明它只是个玩具吗？”

持枪者回过头，恶狠狠地盯着他看了片刻，血红色的目光热辣辣地灼伤着魔术师的脸，J强忍着疼痛，努力做出平静的样子，等待着。

留声机终于安静下来，只剩下暴雨在紧张地下着。

“好，就让我看看你还能搞出什么名堂！”持枪者暂时收起了枪。

秃顶松了一口气。

J走到柜台前，拿起那三张扑克：一张国王，一张王后，一张黑桃A。

“猜一猜吧，哪张是黑桃A？”J把它们扣过去，在猜谜者的注视下摆弄了几下。

猜谜者看不出其中搞过什么鬼，犹豫着。

J慷慨地说：“相逢一场，我可以给你两次机会。”

猜谜者用手一指中间那张。J微笑着翻开牌：王后。猜谜者觉得不可思议，考虑了很久，又指着左面那张。J翻开牌：国王。猜谜者十分气恼地翻开最后一张：红桃A。

J轻轻一笑，从袖子里把那张黑桃A取了出来：“老兄，你被假象迷惑了。你一直被错觉欺骗着。自以为看见了真相，而真相却另有模样。不要被你的感觉所欺骗。好了，你输了。”

被骗者愣在那里。

J淡定地伸出手。

不守约者，必遭神谴。

被骗者气恼万分地交出了枪，让秃顶和J都松了口气。

魔术师把枪拿在手里，转过身，背对着被骗者说了句“看好了”，同时心想：神呀，结束这一切的苦厄吧，请再次赐予我力量，让奇迹出现……然后他冲着房顶放了一枪……

看着从空中飘洒下来的雪花，被骗者先是震惊，然后呆立，接着便失声痛哭起来。

J点起了一支烟，又从秃顶的盒子里抓了几张钞票放在痛哭者的手中，拍了拍他的肩："这把玩具枪留给我吧，我正好需要它。而你……"J顿了顿，语重心长地说，"老兄，你回家吧。你的妻子在家里等你呢！你不该来这里，你已经来了，现在可以回去了。"

屋外的暴雨终于平息了。痛哭者安静下来，那可怕的赤色火焰已经消退了，野兽之瞳还原成了一双红肿的眼睛，布满血丝和悲伤，那是尘世的任何一个人在悲伤的时候都会有的一双普通的眼睛。

平凡者坐在那里，发了片刻的呆，便站起身，缓慢地打开门，消失在宁静的夜色之中。

"悬崖荡秋千啊！"秃顶一边把玩着那把魔术枪，一边略带责备地说，魔术枪在他柔情蜜意的抚摸下慢慢模糊起来，最后变成了一根吸管。

J没有说话，慢慢地品尝着红酒。

"不过，"舒心的微笑又回到了秃顶的脸上，"你这场戏演得太棒了！"

"是啊，"J叹了口气，"我已经很久没有这么尽兴了。"

秃顶满是敬意地问："你真的是魔术师啊？"

J喝了一口酒，抬头打量着秃顶，兴味盎然地反问："你真的见过人们凭空消失啊？"

秃顶笑而不答，也悠悠地反问："我说，你大概不必兜这么多圈子就可以制服那个家伙吧，为什么要这么轻易地暴露自己的身份呢？"

J不紧不慢地回应道："不过，就算他刚才真的扣动扳机，也不要紧吧，子弹这种东西是伤不了你的吧？为什么还要说那些奇奇怪怪的话呢？"

秃顶愣了一下，随即无奈地撇撇嘴："大约和你一样，也是因为很久没有这么尽兴过了吧。"

两人都笑了，然后沉默下来。

J摇晃着酒杯，酒红色的湖面上泛起阵阵涟漪。秃顶又习惯性地擦起了酒杯。留声机里传出了意大利歌剧的男高音。

"其实，刚才也蛮危险的。"J盯着酒杯，淡淡地说。

"嗯，你那里没事吧。"秃顶随手摸出一个药瓶，递给J。

虽然脸上被灼伤的地方还隐隐发痒，J还是摆摆手："不必了。"顿了顿，接着问，

“这种事,不只一次了吧?”

“嗯。”秃顶淡淡地说。

“所以,这可能是一个启示呢。”J说着从袖子里小心翼翼取出那支已经上了膛的手枪,放在那支魔术枪旁边,“刚好我今晚到这儿来,刚好这位先生也来了,刚好他带了一个手枪这种稀罕东西,所以,我说啊,这就是一个启示。它说明了什么。”

“什么?”秃顶好奇地问。

你有没有想过,也许不止是神在感召……然而这样的话说出来实在大不敬,所以临到嘴边,J又改了口:“我也说不清……但它一定是个启示:向左还是向右,人们想弄清楚,弄不清楚了,就来这里,我们这样的人,自己也弄不清楚,不过也许我们有责任帮别人弄清楚?这便是我们的职责吧。你说呢?”

秃顶笑眯眯地说:“我从来不想这么高深的问题。”

“好吧,那我慢慢想,”J也露出了舒心的笑容,“想明白了就告诉你。”说着从袖口里掏出那把真正的手枪,把子弹从枪膛里退出来装进兜里,把枪递给秃顶,“你不是很喜欢收藏这些玩意儿嘛,这个就送给你吧。”

秃顶接过枪,不置可否地笑了笑。

J把那张红桃A收起来,拿着黑桃A在秃顶面前晃了晃,又一次搞起了把戏,然后胜券在握地说:“来,猜猜?”

秃顶笑着摇摇头:“肯定不是中间那张,我知道看魔术是不能相信眼睛的。”

J得意地笑了,翻开了那张牌:“明明就是这一张,你为什么不坚持呢?真相其实很简单。”

一饮而尽。

追捕

ZHUI BU

我在这个城市住了两百来年了，两百年来我夜夜难眠。

我在等着一个消息，或者一个人，一个从远方而来的人，为我捎来外面世界的消息，告诉我一切已经结束了，告诉我一切就要开始。

可是我从来没有等到这个消息，或者这个人。我依旧守候着。

晚上，我一个人躺在黑夜中，静静地倾听夜的叹息。这时，一个黑影从我窗前飞过。我一愣，然后，麻木了两百年的心终于怦然而动。

因为，我住在十一楼。

城市里开始流传开各种各样的传说。

每个人都知道，在夜里十一点的时候，有个黑色的身影会在城市的上空穿梭。关于他为什么要在午夜时分不停地奔跑，谁也没有把握。大家可以肯定，他没有做什么坏事。人们依旧在死去：衰老，疾病，吸血鬼，狼人，变态杀手……总之，世界还是老样子，没什么新鲜感，故事还在发生，但都与这个影子无关。他没有干坏事，没有干好事，总之就是什么事都没有干，除了奔跑，不停地奔跑。

因此谁也无法理解，如此无功利的行为艺术。人们甚至说，那只是一种错觉，黑影并不存在，那只是我们每个人心中都会有的一种魔念。

但几乎所有人，都觉得，这个城市，将要发生一件事，一件很大的事。这是一个谜，后来发展成一个传说，将来会成为一种现象，最后它会成为历史，被人遗忘。就像我一样，被人遗忘。

所以，当他从我窗前经过的时候，尽管我知道他并不是我要等的人，但我的心悄然绽放。

我披上黑色的斗篷，追了出去。我想问他一句话。

这个远方来的人，他在寻找什么？他不愿意惊扰任何人，孤独地找寻着，用他所有的生命和时光，在这个城市里不停地搜寻，整夜整夜，执着地奔跑……在追逐他的那些日子里，我努力地奔跑，搜寻他的踪影。他从来没有停下来，我从来没有追上过，但我却被他感动了。

影影绰绰地，那影子在前面漂移，仿佛一团梦幻，近在咫尺，却无法企及。每次被他摆脱之后，我就懊恼地站在安静得可怖的夜色中，脚下的一片落叶被他经过时带起的风卷起，此刻才悄无声息地落回。昏黄的路灯下，我猜想着他的样子。我想，他的脸一定也是如影子一般模糊吧。

曾经，我以为自己年轻如故，然而在追逐影子的那些日子里，我终于还是发现，自己老了。我已不能再像从前那样在高楼大厦间攀爬跳跃了,我不再身手敏捷,而是笨重而吃力地尽力跟随。从十层楼跳下来时,我轰然落地,感到一阵眩晕,强烈的震动让我的大脑出现了短暂的空白。原来,我的身体终于还是腐朽了,也许终究还是因为我的心已经老去。原来,我的激情也随着容颜一起,在岁月中洗尽了。

于是我以为,那个飞影,也许就只是我自己的影子,是我年轻时候的那颗心。如今,它已离我而去,我却只能远远在后面追随,追随着我的过去。那曾经属于我的一切美好,如今全都逝去了,却还在魅惑着我已然迟暮的心,让我的灵魂飞扬,也令我速朽。

如同着了魔,白天的时候,我痴痴呆呆,躲在窗帘后面的阴影中,和那能顷刻间将我化成飞烟的阳光做着游戏。一种死亡的冲动诱惑着我,让我小心翼翼地朝着阳光靠近,轻轻地扯动窗帘,不断地挑拨着那要命的光明,让它变换着形状。那光明如此狰狞,却又如此温暖,温暖得足以在眨眼之间令我魂飞魄散,那时我将回到虚无之中,无所有,无所无。

可是我抵住了这死亡的引诱,不论它多么迷人,因为我日日期盼的黑夜终于来临。于是天空暗淡下来,大地上的生灵们,他们的身体开始一点一滴地失去了温暖,他们的血开始变得冰冷, 整个世界都残酷起来。这时候会有一些东西开始出来活动,这时候你最好待在家里,那是神为你们圈定的平安之所,你们不要轻易走出来,不要去那些不论阳光还是人的心都照射不到的角落,那里不属于你。

这时候,那影子又出现了,他从一座摩天大厦的楼顶纵身一跃,飘向远方。我站在了无人迹的小巷里,抬头看见那影子在我头顶上空轻盈划过。于是我开始奔跑,一路向北,朝他追了过去。

我跟着他穿越了大街小巷,穿越了天桥和地铁通道,穿越了繁华和荒凉,穿越人间的冷漠和绝望,也穿越了所有的现在和未来。我穿越了这一切,追寻着我的过往。

这一次,我再也没有跟丢,因为我已经决定:这一次我一定要追上,一定。我要看看这个不停歇的背影,有怎样的一张脸。然后,我要问他一句话。我没想过之后会怎样,我什么都没想,只想追上他。

他就在前面,仍然不停歇地奔跑,速度依旧那么飞快,可是我终于听见了一点声音,那声音曲曲折折地在空中飘荡,零零碎碎地被我捕捉,我听得出来,那是喘息声。

我的心抽搐了一下,原来他并不是影子。影子是不会疲倦的,不会喘息的。而他,终究也是个什么东西,但绝不是我的过去。

然而我没有放慢脚步,反而更加用力地奔跑,尽管我已气喘吁吁。也许,这样下去我就会累死在追寻的路上吧?这没什么关系,活着还是死,对于我来说,又有什么区别呢?我已经存在了几百年,已经厌倦了所有那些美丽动听的一切,厌倦了那些冠冕堂皇,厌倦了他们的反复无常。即便神恩准一个吸血鬼去天堂,我也不愿前往,因为恐怕我也厌倦了那永恒的光明和不朽的一切。

于是我越跑越快。影子带着我飞跃城市的上空,我们之间也越来越近。我想,在我死之前,还是可以追上的吧。等我追上他,问他一句话,不论他如何回答,不论我是否疲惫而死,我就可以永远摆脱掉这沉闷的生命,然后永远地,永远地让灵魂得到平安吧。

于是我不再多想,奋力前行,用尽我所有的力气,燃烧起我全部的生命,最后一次释放我空前的热情,多少世纪以来又一次,也是最后一次如此真诚地要做一件事。

一排排林立的建筑在我身边一掠而过,模糊不清,耳边是呼呼作响的风声。我对一切都视而不见,只是紧紧盯着那个越来越近的身影,紧紧地,紧紧地跟着,越来越靠近了,近了,更近了……

忽然,他停下来了。毫无征兆,就那么停下来了。

一点心理准备都没有,我顿时茫然无措,立时也停了下来,立在那里大口喘气,胸膛剧烈起伏。不远处,他站在一片树影之中,模糊不清,只给我看见一个瘦弱的背影。

我才发现,我们已经来到了郊外,在一片荒坟之中。远处三两团蓝幽幽的鬼火在跳动,四周一阵冷风吹起。

这一切就要到此为止了,忽然间我竟然觉得有些惆怅,我隐约觉到了,我所渴望的或许并非那一个回答,而是这不停歇的追寻。然而,一切觉悟都来得太迟了些,如今全都终结了,必须终结,没有别的选择,只好结束了,我终于可以问他那句话了。

他依旧没有移动,安静地背对着我,似乎在等我开口。我也没有移动,只是站在原地,问了那句话。

“你为什么不停地奔跑?”

这就是全部的问题了,我平静地开口,平静地等候。不论他说他在追寻什么,我想回答终究对我是不重要的了,因为我已经耗尽了生命,不论他追寻的是什么,都必然不会再成为我所追寻的。因为我所追寻的,已然寻到,并且永远地失去了。为什么奔跑?难道回答会改变奔跑的意义吗?或者一切本来都是没有意义的了?然而,他的身影终于微微晃动了一下,开口了:

"因为,有个东西在不停地追我。"

轰然一声,我如五雷轰顶。他的声音仿佛一根冰锥,直刺我的胸膛。我感到一阵毛骨悚然,仿佛被什么砸到了,头晕目眩,我觉得浑身冰冷冰冷,我听见自己的呼吸急促起来……

"那么,你为什么又停下来呢?"我压低了声音问他。

没错,我说过只想问他一句话,但是现在我需要再问一句。

"因为,"这时,影子终于转过身来,那张脸却依旧模糊不清,"它现在已经不再追我了。"他的声音中带着一种解脱和阴险的毒辣,仿佛还有一丝嘲笑,"它现在,开始追你了。"

脚下,一个巨大的阴影从身后靠近。

麦小呆的故事

MAI XIAO DAI DE GU SHI

1 喷嚏之王

在世界范围内爆发了大规模的喷嚏病毒
后来历史上称之为"喷嚏之灾"

麦小呆很能打喷嚏,在太阳底下一连打十八个喷嚏,那是绝对不成问题。可是这样的本领,一直找不到用武之地,直到喷嚏星的使者来到地球。

"在鄙星,打喷嚏是最受欢迎的运动。每年都要举行全球打喷嚏比赛,冠军将被封为喷嚏之王,能免费吃一年的冰激凌。今年的比赛,我们想邀请贵星参加……"大使对地球官员说。

于是,在全球展开了大搜索。

小呆从小就有点呆,写字写得不好看,唱歌唱得不好听,算术算得不够快,干什么都比别人差一点、慢半拍,可是小呆不服气,他总觉得自己肯定有比别人强的地方,所以一直想让大家都羡慕他。听说在招募打喷嚏能手,小呆就高兴起来,虽然他从来没有听说过什么喷嚏之王,不过既然是王,肯定就是第一、最厉害的那个,所以小呆很高兴地去报了名。

经过层层筛选,小呆终于以二十五个喷嚏的成绩脱颖而出,成为地球的代表。

从此,为了地球的荣誉,为了人类的尊严,小呆更加刻苦地练习打喷嚏,不停地练啊练,一觉得鼻子痒痒的,就双脚一分,骑马蹲裆式,稳稳地站好,然后抬头去找太阳光,刺激一下,然后——

"阿嚏!阿嚏!阿嚏……"

经过不断地努力,打上几十个喷嚏,已经是家常便饭了。爸妈看了心疼,就让他歇会儿再练,可是为了能打出高质量高水准的喷嚏,小呆仍然不畏辛苦、不辞风雨地苦练。快到比赛的时候,小呆打喷嚏的技术已经登峰造极了。

在地球同胞的热烈欢送下,小呆带着鲜花和掌声,在万众瞩目中登上飞船,去了喷嚏星。

"古时候,环境很恶劣,空气中飘满了浮尘,所以喷嚏星的先辈们经常通过打喷嚏来排出吸入到身体里的颗粒物,久而久之,打喷嚏成为一种有益于健康的运动,到现在已经成为一种时尚。现在,我们有请来自各个星球的选手,为我们一展风采吧。"大喇叭呜啦呜啦地说完,比赛正式开始。

选手们各显神通,有的一个喷嚏喷倒了一棵大树,大家都说了不起,可是麦小呆走过去,一个喷嚏,大树又立起来了;有的一声喷嚏震碎了一块玻璃,大家都说很厉害,可是麦小呆走过去,一个喷嚏,玻璃片变成了玻璃粉;有的能倒立着打喷嚏,身体飞起来好高,大家都说不得了,可是麦小呆倒立着,连着打了好几个喷嚏,结果能悬停在空中好几秒……大家连连叫好。最后,麦小呆个人表演:先来了5个喷嚏热身,然后运了一口丹田气,气壮山河地连续打了125.5个喷嚏——在准备打第126个喷嚏时,只张了一下嘴:"阿——",但是由于过度疲劳,昏了过去,所以只能算半个。救护人员赶紧把小呆抬走抢救,在场的所有人都热泪盈眶,全体起立,对小呆的精彩表演和可敬的体育精神报以热烈的掌声。广场之上,麦小呆喷出来的口水映出了一道彩虹。

在医院里,小呆昏迷了很久,做了好多噩梦,然后隐隐约约地听到有两个人在说:"……按计划进行……地球人不会发现……的时候我们就发起进攻……"小呆没有听明白,眼前一黑,又昏了过去。

醒来后,小呆成了喷嚏之王。

虽然由于喷嚏打得太多,鼻子都肿了,可是大家还是向他表示祝贺。盛情难却啊,小呆只好戴上金灿灿的王冠,参加了许多记者招待会、明星见面会、赈灾义演什么的。不管走到哪儿,到处都有他的崇拜者,高声喊着小呆的名字,哭着喊着要小呆给他们签名。只要有人要他表演打喷嚏,小呆都不忍心拒绝喷嚏迷们,忍着鼻子和喉咙的痛,打出几个喷嚏意思一下。就算这样,大家都已经激动得不得了。有一次,几个女喷嚏迷听到了喷嚏王打喷嚏的声音,感到无比幸福,结果昏了过去,场面差点失控。

以前打喷嚏,自己觉得很痛快,可是现在常常被迫打喷嚏,不但不痛快,而且很痛苦,小呆这才知道,原来做名人是这么不开心的事。所以,尽管被鲜花和荣誉包围,小呆却依然呆呆的,总是闷不吭声,他开始想念爸爸妈妈了。因此,当有人要找小呆给洗发水拍广告的时候,小呆却喊着要回家。

"在成功的路上,你已经有了很好的开始,怎么可以半途而废!"喷嚏星大使——如今他成了小呆的经纪人——严厉地批评他,说他胸无大志,说好男儿要四海为家,说大丈夫要胸怀天下,差点就要说舍生取义什么的了。最后他说,你要长出息,才能为爸爸妈妈争光。

一听这个,小呆的雄心壮志立刻像熊熊烈火一样燃烧起来。于是小呆忍辱负重,每天一边吃喷嚏星特产的冰激凌,一边做经纪人为他安排的那些工作:给雪花膏拍广告啊,在古装片里客串啊,参加慈善义演啊,充当爱心大使啊什么的,当然也少不了每天晚上的文化课。经过坚韧不拔的努力，小呆在星光大道上越来越成功：不只是喷嚏星，连许多宇宙犄角旮旯的地方都能看到小呆的海报，都能找到小呆的崇拜者。

终于，喷嚏娱乐公司的董事会决定，让小呆回故乡地球去拍一部有关人类文明的纪录片。飞船带着王冠和喷嚏星的冰激凌，护送着小呆回到地球。作为两星的文化大使，小呆受到同胞的热烈欢迎，还参加了不计其数的见面会，现场总是气氛热烈。据说在地球上也开始流行打喷嚏了，科学家已经开始纷纷撰写有关喷嚏的论文，从力学、生物学、数学、历史学、哲学、美学甚至神学的角度进行了深入的研究。大量喷嚏爱好者协会纷纷建立，甚至有人提议，把喷嚏作为一种社交礼仪，但是因为会喷出口水，还是有点恶心，所以没人响应。

现在，世界各地都涌现出了打喷嚏能手。小呆的经纪人不失时机地举办了喷嚏擂台赛，于是各路高手踊跃报名，向小呆的宇宙纪录发起冲击，可是没有一个人能破纪录。

现在的小呆，虽然成了宇宙大名人，可是越来越不开心。不论是为了工作需要还是真的鼻子发痒，一天他都得打上百十来个喷嚏，结果脑袋嗡嗡响，鼻涕哗哗流，常常累得趴在床上喘气。爸妈看到他这样子，就很担心，最后决定，趁小呆睡着，悄悄带他去医院检查一下。

结果出来了，医生脸色阴沉："似乎，好像，莫非，难道，很可能，小呆感染了一种病毒。"

爸妈傻眼了。

很快，地球的每个角落都传遍了这个消息：有一种可怕的外星病毒在地球上流传开了。

人心惶惶，各国政府都开始调查这件事。同时，一辆黑色的轿车在小呆家楼下停下来，几个戴墨镜的人从车上走下来。

经过证实，确实有一种来自外星的病毒在地球上出现，并通过打喷嚏传播。

很快，世界各地的医院里都出现了症状相似的病人：在不可预料的时候突然打喷嚏，神情恍惚，语无伦次。许多人猜测，这是一次大规模的流行性病毒大爆发。

小呆则被带到国家安全局里，接受全面检查。

同一时间，喷嚏星球向地球发出通告：

"我们的病毒已经开始传播，贵星很快会陷入瘫痪，我们要求贵星立刻交出领土,不许进行武装抵抗,那是徒劳的。”代表喷嚏星发出公告的,正是小呆的经纪人,他终于露出了本来的面目,得意洋洋地坐在谈判桌对面宣布。

原来,这都是一场骗局:喷嚏星的人培养了一种病毒,当初的喷嚏大赛是精心设计好的圈套,所有一切都是为了寻找一个善于打喷嚏的人,把他塑造成一个人见人爱的大明星,然后让打喷嚏流行起来,于是,病毒就能得到快速的传播,然后,地球人就失去了战斗力——要是你在瞄准的时候突然打喷嚏,这仗可怎么打啊?

“不仅如此,等到病毒发作的后期,它还会控制人的思想,到时候我们让你们干什么,你们都得听话。哈哈……”大使阴险地大笑,露出一排牙。

果然,在世界范围内爆发了大规模的喷嚏病毒,后来历史上称之为“喷嚏之灾”。当时几乎全世界的人都在狂打喷嚏,到处都是乱飞的口水。医生们一边抓紧时间研制对付病毒的药品,一边号召大家都要戴口罩。可是,眼看着喷嚏星的战舰越来越近,大家都开始担心会打败仗,最后被喷嚏星人操纵思想,成为傀儡。

物价开始飞涨,人心也开始惶惶。到处都有人演讲,号召大家团结一心,宁为玉碎,不为瓦全。打仗的时候宁可被喷嚏憋死,也坚决不打出来,一定要和喷嚏星决一死战。人们被这种激昂的言论感动了,不论什么肤色,都发誓要化喷嚏为力量,同仇敌忾,保卫地球,把侵略者赶出去。一时间,局势非常紧张,气氛相当悲壮。

不过,最难受的还是要属麦小呆。检查表明,小呆身上确实感染了病毒。大家都知道他是无辜的,而且他还是个孩子,所以没人怪他。可是小呆还是觉得挺难过,觉得是自己引起了这场不幸,所以深感对不起地球上的同胞,如今一听到“喷嚏之王”这个称号,小呆就觉得很羞愧,然后会很愤怒地一拍桌子,大喊一声:“阿——嚏——!一定要把他们打败。”

终于,敌人的战舰都在地球的同步轨道上排好了阵形,大家准备拼个你死我活。可奇怪的是,那些敌舰都呆呆地停在空中,突然开始不知所措地转圈,然后仓皇而逃了。地球上的人觉得莫名其妙,所以也没有追击。

后来,派去喷嚏星的间谍发来情报:原来,喷嚏星的人忽然全都变呆了,所以完全忘了怎么打仗,现在他们越来越呆,连怎么开飞船都忘记了。专家估计,要不了多久,喷嚏星的人可能就要退化到石器时代了。至于原因,谁也搞不清楚。有学者大胆猜测,因为“呆”本身就是一种病毒,麦小呆在喷嚏星打喷嚏的时候把这种病毒传开了。这个猜测很有创意,可惜还没有在小呆身上找到这种叫做“呆”的病毒。也可能,因为地球上的很多人都很呆,所以,大家都习惯了,不觉得它是什么病毒吧。

受到启发的科学家开始想,是不是“呆”“笨”“聪明”“狡猾”都是一种病毒呢?对他们的研究，老师和家长们都充满了期待。

再后来，科学家研究出了新的抗生素，治好了大家的喷嚏，喷嚏之灾过去了。

小呆打喷嚏的毛病也治好了，现在他一次最多也就打10个喷嚏，不过打喷嚏的宇宙记录一直都由他保持着，无人能及。小呆还是那么呆，但是爸妈说，他是好样的。

至于喷嚏星的人，希望他们有一天能克服困难，重新聪明起来，但是不要太坏。

呵欠王朝

一个呵欠有多长
呵欠王朝就能维持多久

1

呵欠王朝的生命非常短暂，只有一个呵欠那么长的时间，一个呵欠打完了，这个王朝就结束了。

也就是说，一个呵欠有多长，呵欠王朝就能维持多久。

2

麦小呆觉得自己有点神经衰弱，因为他总是成天打呵欠，没精打采的。

放学之后，麦小呆很苦恼，因为老师留的作业实在是太多了，恐怕一辈子也写不完。

一放下筷子，小呆把像石头一样沉的书包往地下一扔，然后就抓起笔，开始疯狂地写作业。

他写啊写，写得如痴如狂。从一点到两点，从两点到三点，指针像着了魔一样疯狂旋转，钢笔写坏了一支又一支，墨水写光了一瓶又一瓶，本子写满了一摞又一摞，写得他腰酸背疼腿抽筋儿，眼看就要写完半辈子的作业了，这时候，麦小呆实在是困得不行，就大嘴巴一张，深吸一口气，双手一伸，眼睛一闭，张大嘴巴，特别陶醉地打了一个长长的呵欠："啊——"然后倒在桌子上睡着了。

3

呵欠王朝是由呵欠猪建立的。

准确地说，呵欠猪并不是一种猪。在宇宙中，呵欠猪无处不在。听最八卦的火星人说，连黑洞边缘都有呵欠猪，只不过它们没有遇到合适的条件，所以无法苏醒过来，也来不及产生文明，更谈不上建立王朝，只能一辈子永远睡大觉。

宇宙考古学的研究表明，呵欠猪是最早存在的物种。然而，不幸的是，除非某个什么东西打了个呵欠，否则它们只能永远存在着，却无法出现。

这意味着，尽管呵欠猪是全宇宙第一个存在的，却只能第二个出现。而宇宙中第一个呵欠是由一种叫做大猪的东西打出来的。作为第一个以一种具体物质形态出现的事物，大猪不可避免地承受着一种非常难受的寂寞状态，这种可怕的孤独感导致了它精神上的极度疲劳，于是它打了有史以来第一个呵欠。

就这样，第一批呵欠猪也随之诞生了。

从此，呵欠猪就叫呵欠猪了，这纯粹是一种巧合。

4

此时已是夜深人静，窗外一片漆黑，四下里寂静无声，偶尔传来隔壁爸爸的呼噜声。

麦小呆做了个梦，梦见自己是一只猪，用鼻子蘸着墨水写作业。这时候有一粒黄豆突然从他头顶上慢慢地飘落下来，稳稳当当地停在他的鼻子尖儿上。

“我们是呵欠星的使者，初次来到地球，请多多关照。”黄豆说。

麦小呆愣愣地盯着自己的鼻尖儿，心里直犯嘀咕：“这不就是个黄豆嘛？”

黄豆似乎能听见他的心思，立即回应道：“我们郑重声明：我们是呵欠猪，不是黄豆！你看到的，只是我们的宇宙飞船。我们自己的形态，更接近于绿豆，但是凭你们的肉眼是无法看见的。”

麦小呆心说自己肯定是做梦呢，不然不会有这么邪门的事儿，一会儿呵欠一会儿猪，又是黄豆又是绿豆的，这都什么乱七八糟的啊。所以，麦小呆根本没理会黄豆，继续用嘴巴蘸墨水写作业。

虽然小呆的鼻子一拱一拱的，可是黄豆停得可是很安稳，它仍然絮絮叨叨、不厌其烦地讲起了呵欠猪的光荣历史：“我们呵欠猪，是宇宙中最古老的物种……”

5

尽管呵欠猪有着光荣的历史，可是却无人知晓。

事情是这样的：任何事物，不论死活，只要存在着，就一定会有对自己的生活感到厌烦的时刻，这时候，精神和肉体都会陷入疲劳的状态，于是产生一种叫做疲劳素的东西(即使一块死气沉沉的石头也不例外)。

当事物体内的疲劳素浓度达到某个值时,我们大家就会产生一种黏乎乎、酸溜溜外带一点儿甜滋滋的感觉,于是大脑(即使一块石头也还是不例外)告诉我们要来点新鲜刺激的东西,于是我们就打呵欠了。

打呵欠有助于降低我们体内的疲劳素,我们把疲劳素浓度从低到高、再从高到低这个起伏变化的过程叫做一个卡不起诺。

卡不起诺是一个非常、非常微妙的过程,它能带来一种相当、相当陶醉的感觉,因此我们打呵欠的时候会觉得很爽(即使石头也不例外)。

而呵欠猪为了建立它们的王朝,必须依靠卡不起诺带来的那种心驰神摇的能量。而通常情况下,一个卡不起诺是不会太久的,这等于说,每一次呵欠王朝才刚刚建立起来没一会儿(也就几秒钟吧),就到了文明覆灭的时候。所以,一个呵欠王朝很难有什么作为,至少整个银河系的人都没有听说过它们。

人生苦短啊。

6

不过,呵欠星是个例外。

呵欠星上曾经诞生过一种叫做恐大龙的生物,由于这种生物体格过于庞大,所以整个星球上只诞生了一只。

因为非常的寂寞,所以恐大龙很快厌倦了生活。自杀之前,它忍不住打了个呵欠。

这个宇宙史上赫赫有名的呵欠整整打了大概一百二十多个小时吧,直到整个星球的氧气都被它吸进去消耗光为止,然后恐大龙窒息而死,宇宙的命运也从此发生了巨变。

7

对于几秒钟可以建立一个王朝的呵欠猪来说,一百二十个小时,就好比我们人类的几百万年那么长,这样你就知道,这个长达一百二十个小时的卡不起诺对于呵欠猪意味着什么了。

呵欠猪进化了,发展出不可思议的智慧,创造了无法想象的文明,干出了惊天动地的大事,总之,它们什么都干得出来。曾经有人估算,如果把这部可歌可泣的历史拍成电视连续剧,每天放两集的话,要一直放到宇宙灭亡的前一天才能播完,只有上帝才有机会把它看完。

不幸的是,恐大龙毕竟死掉了。

为了不至于就此灭亡,呵欠星上的呵欠猪必须另谋安身之地。好在它们早已经发展出神奇的宇航技术,于是它们坐上能保护它们的宇宙飞船,也就是那颗黄豆,不远万里,来到地球。

8

"阁下是我们来到地球后遇到的第一个打呵欠的人,虽然这次卡不起诺只有几秒钟,但是却唤醒了你体内的呵欠猪。对我们来说,这些近乎原始的土著同胞们的处境实在是令人同情:它们还处在茹毛饮血的蒙昧时代,完全不知文明为何物。有鉴于此,我们已经做出决定……"

那颗黄豆啰哩啰唆地讲了这么久,麦小呆听得目瞪口呆,嘴巴大张,口水一个劲儿地往作业本上滴答,完全忘了写作业的事。

"我们决定,要把这些同胞从野蛮的生活中拯救出来。"黄豆口气异常庄严地宣布。

麦小呆咂了咂嘴,心惊胆战地问:"你们打算怎么干?"

黄豆犹豫了一下,然后自信地说:"虽然你们人类很聪明,但是和我们呵欠猪比起来,还是差得太远,因此我们毫不担心地告诉你:我们要进入人类的体内,改变你们的身体结构,让你们能经常打呵欠,而且每次打呵欠至少要持续一个小时,这样就会有更多的呵欠猪有机会进化,呵欠文明就可以大大地向前发展。依此类推,我们将逐一拯救沉睡在各个地方的同胞,我们的种族将越来越兴旺,直到有一天……"

麦小呆越听越恐怖,屏住呼吸等待黄豆说出最可怕的事。

9

根据呵欠猪的研究,呵欠有如下三大定律:

1.任何事物都会打呵欠。

2.呵欠是会传染的。

3.每个呵欠都将孕育一次呵欠王朝。

根据以上定律,可以推断,一个呵欠王朝诞生之后,通过传染,将会唤起另一个王朝,呵欠文明将以辐射状在全宇宙传播,直到有一天,宇宙作为一大团整体,都感到疲倦的时候,整个宇宙将打一个宇宙级别的呵欠,导致一场史无前例的宇宙卡不起诺,一只宇宙尺度上的呵欠猪将诞生,那将是呵欠文明最辉煌的时刻。

对其他生物来说,这将是最恐怖的一刻。

10

"……全宇宙的呵欠猪都将得到解放!"黄豆激昂慷慨地结束了他的陈词。

麦小呆已经彻底呆掉了。

有一分钟的时间,麦小呆和黄豆之间保持着尴尬的沉默。

终于,黄豆按捺不住了,从小呆的鼻尖儿上飞了起来,把麦小呆吓了一跳。

"你要干什么?"小呆一下子蹦起来,惊慌失措地问,同时发现自己出了一身冷汗,后背都湿透了。

"我们要进入你的体内了。"黄豆一边向他靠近,一边说,"经过这场漫长的旅行,我们船上的燃料已经快要耗尽,现在急需进到你的体内,给你的大脑来点催化剂,马上来一次卡不起诺进行补给。"

麦小呆吓得直往后退,一想到以后每次打一个呵欠要一个多小时就感到无比恐怖。小呆吓得四处乱跑,可是一点用都没有,黄豆还是不慌不忙地向他逼过来,小呆忽然被扔在地上的像石头一样沉的书包绊了个跟头, 眼看就要追上他了,小呆连滚带爬,冲出房门……

11

尽管小呆曾经夺得全校一百米赛跑冠军,但是长跑他可就不行了,黄豆在后面不紧不慢地追着。小呆穿过大街小巷,穿过灯红酒绿的高楼大厦,穿过了一环二环三环四环五环六环……最后累得肺都快炸了的时候,黄豆追上了他,往他鼻子里一钻,就无影无踪了。从这时候开始,地球的命运就发生了重大变化。

人们开始越来越频繁地打呵欠,由于呵欠说不准什么时候会来,来的时候又无法控制,人们的精神不能长时间的集中,为了避免出现意外事故,工厂停工了,农场减产了,第三产业也都停业了,据说连小偷都停偷了,恐怖分子也停止活动了,全球陷入了混乱,各国领导人召开紧急会议商讨对策,可是会上大家呵欠连天,最后也停会了。

战斗在第一线的科学家日日夜夜研究对策, 但是由于打呵欠的时间越来越长,最后,研究也停止了。终于,啥正经活动都停了下来,地球人除了勉强种点儿粮食维持生存以外,剩下什么都干不了了,只能一天到晚地打呵欠。呵欠声此起彼伏,连绵不断。地球变成了一个呵欠工厂,人们变成了呵欠制造机,呵欠猪则忙着建立它们的王朝,准备发动更大一轮的呵欠事变……

12

麦小呆从梦中惊醒,发现自己趴在作业本上,本子被口水浸湿了一大片。胳膊都被压麻了,红红的,冰凉的,一点知觉都没有。他一边揉胳膊,一边回想刚才做的噩梦。

打一个小时的呵欠,想起来真是可怕啊。小呆看了一眼钟,发现已经是夜里四点钟了,于是站起身来,打算睡觉了。作业的事……唉,管不了那么多了,明天再说吧。

脱衣服的时候,一阵困意袭来,脑袋里有一种黏乎乎、酸溜溜外带一点儿甜滋滋的感觉,小呆正要张嘴打呵欠,突然好像听见脑袋里有什么声音在说:"……请各单位注意,"小呆吓了一跳,马上闭紧嘴巴,大气都不敢喘,仔细地听着,于是听见那个声音又说:"……我们实施的人工催呵欠已经成功,马上要有一次卡不起诺,请各单位做好补给的准备……"

小呆好像被雷打了一掌似的,浑身开始冒汗,原来那个梦竟然是真的!这下可惨了……不行不行,一定不能打这个呵欠,一旦打了,呵欠猪的阴谋就得逞了,整个宇宙都前途叵测了!

为了挽救同胞,挽救地球,挽救全宇宙,他一定要忍住这个呵欠,直到呵欠猪或者说黄豆的能源耗尽……一定要憋住……憋……憋……

"啊——"麦小呆憋得满脸通红,最后还是没能憋住,那种打呵欠的感觉实在实在是太强了,谁能憋得住呢?

这一个呵欠打下去,会发生什么,谁都说不准,这一瞬间,麦小呆吓坏了。

13

已经进入麦小呆体内的黄豆感测到了疲劳素的浓度变化,为了能够完成它们的不朽功绩,不得不把此次卡不起诺的能量全都吸收过来,只好暂时牺牲一下小呆体内的十蒿呵欠猪了。

终于,一场汹涌澎湃的卡不起诺发生了,那种黏乎乎、酸溜溜外带一点儿甜滋滋的感觉陶醉了飞船内的每一只呵欠猪。只要这个呵欠打完,它们就可以实现它们的雄图伟业了。到了那时候,全世界……不,全宇宙都臣服于呵欠王朝。

14

“啊!? ”小呆忽然愣住了。

他张大嘴巴吸了一口气之后,发现嘴巴闭不上了。

“啊!”小呆又啊了两下,发现嘴巴还是张着,闭不上。

像被冷水泼了一下子似的,小呆的困意顿时全无,他明白过来了:自己打呵欠时太用力,下巴掉了。

15

汗珠一下子就蹿上鼻尖儿了,现在麦小呆完全忘了呵欠猪的事,心里只想着自己的下巴。

“哦哈啊哦哈。”麦小呆急得直嚷嚷,眼泪都快冒出来了。

爸爸妈妈深更半夜被叫醒,迷迷糊糊的弄不清楚情况,揉着眼睛问他怎么了。小呆急着想说“我下巴掉了”,可是既然已经掉了,就没办法合上,也就没办法说话,只能哼哼着说“哦哈啊噢哈”,同时用手指着嘴巴一个劲儿地比划。

爸妈终于明白了,一下子从床上蹦起来,赶紧穿上衣服,领着他去了医院。

一路上,因为张着嘴,口水又仿佛长江黄河一样滔滔不绝地往外奔涌。由于嘴巴不能闭合,口水既不能咽下去又不能吐出来,低着头就像水管子一样往下流,仰着头又仿佛泉水一样咕嘟咕嘟往上喷,别提多受罪了。

终于到了医院,口腔科的大夫戴上手套,把手伸进麦小呆的嘴巴里,拖住他的下巴,巧妙地轻轻一用力,小呆的嘴,终于闭上了。至此,大家总算长出了一口气。精疲力竭的小呆用纸巾擦了擦嘴角,精神松弛下来,这时一阵倦意袭来……

16

根据呵欠猪的研究,呵欠有三大定律,但是不幸的是,由于历史的局限性,它们不知道,呵欠还有第四定律:

四个半卡不起诺是非常致命的。

就是说,由于麦小呆当时只打了半个呵欠,卡不起诺只完成了一半,后半部分却没能及时跟上,前后脱节,呵欠猪等得过久,结果供给耗竭而亡。

后来有人将此次事件称之为“哦哈啊哦哈灾难”。

最有前途的呵欠王朝就这样死于一次脱臼，黄豆至死也没弄明白，“哦哈啊哦哈”是个什么意思。

17

所以，虽然后来麦小呆又打了一个呵欠，以后的日子里也打了数不清的呵欠，可是再也没什么可担心的了。

事情基本就是这个样子了。

当然，麦小呆并不知情。他回家之后一头栽倒在床上，呼呼睡去。

早上醒来，日子还像以前一样，没什么变化。一天又一天，每次困了还是会打呵欠，不过也就那么几秒钟，不知道是否会有一个又一个的呵欠王朝在诞生然后覆灭着。

当然了，每次打呵欠，小呆都要用手保护着下巴，防止它再掉下来。

至于那天晚上做的梦，小呆不相信那是真的，只是觉得很好玩，于是把它写成了作文。老师说，他的作文写得很好，想象力丰富，但是请问，恐大龙究竟是什么样子的呢？

小呆说，恐大龙长的像恐龙，但肯定是没有下巴的。

呼噜情报员

只要能有呼噜，豆角们就可以脱离肉体
以光速迁移到另一个豆角体内

呼噜星的国家监狱可以算得上全宇宙最严密最无懈可击的地方，谁要是被囚禁在那里，就算是有一百个脑袋，也别想从里面逃出来。

不幸的是，根据脑科学专家的估计，“怪盗香香力”的脑袋顶得上普通人的一百零一个，所以逃出了国家监狱，消失在太阳系的深处。

“根据调查，我们发现那颗叫做地球的蓝色行星上有一种叫做人类的生物居住，据我们所知，它们自认为是一种智慧生命。”情报部的高官介绍。

“它们是吗？”首相问。

“基本上吧。”高官回答，“最关键的是，它们打呼噜。”

同一时间，在那颗叫做地球的蓝色行星上，麦小呆正在酣畅淋漓地大睡不止。

"咳咳……"有人咳嗽了两声。

小呆迷迷糊糊地睁开眼，看见一个带着一顶黑礼帽戴一副黑墨镜穿一身黑色礼服的细条状小东西站在他的枕头边儿。小呆眨眨眼，那个细条状的东西就很有礼貌地抬了一下帽子："你好，地球人。"

小呆愣了半天，发现自己睡觉时候流出来的口水在枕头上，赶紧用手背擦擦嘴角，盯着对面的小东西看了好一会儿，才反应过来，有礼貌地回答说："你好，豆角。"

黑礼服很绅士风度地一鞠躬："尽管我们呼噜星的人看起来可能像是一种豆科植物，但是毫不谦虚地说，我们是一种智慧生命。"

外星豆角，小呆心里想，嘴上却说："你来地球干什么？"

一身黑色装扮的豆角不知从哪儿变出一个精致的黑色公文包，埋头翻了一通，然后抬起头，皱着眉说："是你把我叫来的。"

"啊？"麦小呆张大嘴巴。

"准确地说，嗯，是你的呼噜，把我叫来的。"外星豆角犹豫了一下，然后开始解释，"是这么回事，你知道……"

麦小呆当然不知道——地球人都不知道——呼噜星的人长得像豆角，更不知道，呼噜星上的豆角白天清醒的时候其实就是豆角，生长在呼噜星广袤的田野里，只有到了晚上，所有的豆角都睡觉的时候，他们的大脑才活跃起来，变成一种智慧生命。

不过我们知道，一个生命，不管自己多么聪明，要是把自己封闭起来，从来不和别人就生活的智慧进行探讨和交流，那肯定不是什么智慧生命，所以呼噜星的豆角之所以能智慧起来，就因为到了晚上睡觉的时候，他们就开始相互交流，成立研讨班啊课题组啊成果展示会啊什么的，互相学习和讨论，结果就变得聪明起来。当然，有一个秘密一般人不知道：豆角们是通过呼噜来交流的。

"……没错，等到我们入睡了，大家就可以通过打呼噜来进行交流。这个原理很复杂，我解释了你也不懂……不要以为，打呼噜就是一种物理上的机械震动，机械波只是它的表面现象，呼噜的本质是，高级生命大脑潜意识层面突破意识束缚后取得革命性变革实现权力重心位移并导致的非理性因素积极参与创造性活动时发生的一种不可分析性智慧异常型表现……看了吧，我说了你也不懂……"

麦小呆揉揉眼睛，想知道自己是不是做梦呢，睁眼一看，发现豆角还立在那儿，略显期待地等着他的回应呢，小呆坐起来，不知道该说点啥好，于是下了床，发现已经是深夜，爸妈都睡了，于是轻手轻脚地来到厨房，鼓捣了一阵，端着一杯热腾腾的茶进屋,放在桌子上,对豆角说:“喝点水吧。”

豆角好像很失望,于是一下子蹦上桌子,急促地说:“No,thanks。我们把客套都免了吧,简单地说,不是所有智慧生命都打呼噜,目前我们探测到的离我们最近的一种既是智慧生命也会打呼噜的,就是你们人类了。刚才我们从呼噜星探测到你在打呼噜,就立刻赶过来……”

“我打呼噜了?”麦小呆惊讶地问,他倒是知道爸妈都会打呼噜,而且震天响,但是他不相信,自己才十几岁就打呼噜,因为他听说打鼾是一种什么呼吸障碍症,是一种病,对身体不好……

“没错儿,所有打呼噜的人都难以相信自己打呼噜。不过你刚才确实打了,我以全体呼噜星人民的名义向你保证,绝对打了。”

麦小呆还是不信,不过为了不伤害外星人民的感情,他觉得还是暂且信一下比较好,所以小心翼翼地说:“也许是因为白天玩得太累了吧。”

“有可能,不管怎样,我们希望你能帮助我们。”呼噜豆角严肃地盯着他,“我们需要你的帮助:有个叫‘怪盗香香力’的著名宇宙大盗贼,我们抓住了他,可是他又从监狱里逃了出来,并且窃取了我们呼噜星的核心通讯破解器,也就是说,他能够破解我们彼此之间进行交流的所有呼噜通信频道,监听每个人的思想活动,因此对呼噜星人民的安危造成巨大的威胁……”说着,豆角大使掏出一块小小的黑手绢擦了擦汗,“因此,我代表呼噜星政府郑重向你提出恳求:为了呼噜星,也为了宇宙安全,希望你能帮我们抓住他。”

麦小呆,今年十二岁,有点呆,刚过本命年,现在有一个星球的豆角……不对,是一个星球的人民的生死存亡都系于他一身,于是,小呆勇敢地站了起来,义愤填膺地拍着胸脯说:“没问题!你要我做什么?”

“打呼噜。”豆角大使简单干脆地说,“香香力现在肯定在策划一场巨大的阴谋,不会有时间和精力来破解地球人的呼噜,所以我们打算把呼噜星的信息发送到你的脑袋里,经过你的加密处理,然后再发送回呼噜星,也就是说,所有呼噜星人的交流,现在都要以你为中介,经过一个加密和解密的处理,这样就不会被香香力知道我们的行动方案,才能够制定战略,抓住他。而你所要做的,就是努力地打呼噜,打得越响,花样越多越好。明白了吗?”

于是,接下来的几天里,为了拯救处于水深火热的呼噜星豆角人民们,麦小呆白天要跑出家门,到公园和游乐场之类的地方四处地跑啊玩啊,实在没地方去就去学校的操场上跑上个十圈八圈，再来上几十个单杠双杠，弄一身汗回来，晚上还要做百八十个俯卧撑啊仰卧起坐啊什么的，直到累得不行了，最后冲一个热水澡，然后睡个香喷喷的觉，争取打出一场惊世骇俗的呼噜来，保证远在宇宙深处的呼噜星人民的通讯安全。

爸妈看见他这个假期突然不守在电视前看动画片，而是这么勤奋地锻炼身体，觉得是件好事。不过，有一次爸爸一直工作到深夜，隐约听见小呆的屋子里传出一阵阵呼噜声：呼噜噜噜……呼呼噜噜……咔咔咔……库库库……特勒勒勒……变着花样地打啊打，爸爸有点担心，所以早上起来的时候跟他说要领他去医院检查检查，小呆一边连忙说过两天再去一边心中嘀咕希望豆角们早日抓到香香力。

可是，黑衣豆角大使说，香香力非常狡猾，他们还在努力和它展开惊心动魄的侦察和反侦察的斗争。小呆听了有点沮丧，因为自己虽然做出了巨大的牺牲和贡献，可是完全感觉不到，所有这些都是在他睡着的时候发生的，谁知道有多惊心动魄呢？

不过，惊人的一幕上演的时候，麦小呆可是一点思想准备都没有。这一天，小呆正在酣睡，突然听见一阵轻微的打斗声，于是猛然睁开眼，看见自己的桌子上，有四根穿白色礼服的粗壮的豆角正围住黑色礼服的豆角展开搏斗，黑色豆角虽然势单力薄，可是一点也不慌乱，灵活地辗转腾挪，在要抓他的白色豆角之间跳跃，直到一个铝饭盒不知从哪儿冒出来，黑色豆角才突然一个旱地拔葱，从包围圈中跳出来，这时，铝饭盒悬停在空中，垂下一根悬梯，黑色豆角爬上悬梯，跟着铝饭盒从小呆屋开着的窗户逃走了，临走的时候他还转过头，冲呆在那里的小呆微笑着脱帽致敬了一下。

小呆愣了好久，那几根白色豆角中最高大的一个才开了口："谢谢你。"

小呆回过神来："怎么回事啊？"

"他就是怪盗香香力。"白豆角用手一指窗外。

原来，不管是什么东西打的呼噜，本质上都是高级生命大脑潜意识层面突破意识束缚后取得革命性变革实现权力重心位移并导致的非理性因素积极参与创造性活动时发生的一种不可分析性智慧异常型表现……这种精神现象可以以光速在宇宙中传播，因此只要能有呼噜，豆角们就可以脱离肉体，以光速迁移到另一个豆角体内，所以香香力就是利用麦小呆每天自由而安全地在呼噜星与地球之间往来，从事阴谋破坏活动，而呼噜星的人破解不了麦小呆的呼噜，而无法跟踪抓捕他。

小呆听了,非常、非常生气,觉得自己被人家欺骗了,于是问:“那这次是怎么回事?”

“这次嘛,你这次打了呼噜之后,香香力回到呼噜星,这时你的牙齿忽然开始摩擦,发出咯吱咯吱的声音,这种现象对呼噜传递产生了严重的干扰,于是,香香力就被滞留下来,等你的牙齿不响了,重新打起呼噜来,他才逃到地球,而我们利用这个难得的时机,破解了你的呼噜通信频道,一路追了过来……不料,还是让他给逃掉了,看来他真是计划周密啊……”豆角队长叹了口气,“唉,差一点就抓住他了……”

周末的时候,小呆主动要求爸爸带他去医院看医生,医生说他肚子里有虫子,给他开了药,说吃了就不会磨牙了,至于呼噜,还需要继续观察,如果只是偶尔打打,倒也不算什么病。

以后的几天,爸妈再没看到小呆勤奋地出去锻炼了,他又赖在家里,成天守着电视,不管看啥都沉着脸,一副苦大仇深的样子。小呆也想过:设计一个计谋,把香香力再引来抓住他,好好教训他,对一根豆角能做些什么呢?难道拿去炖排骨不成?而且,白豆角们说香香力会变身,下次再出现的时候不知道会变成啥,可能是土豆萝卜白菜,也可能是香蕉橘子西红柿,就算抓住他,自己如今已经一看见豆角就头疼,所以他想了想,还是算了,让豆角们去抓他吧,否则闹到最后,很可能什么菜都吃不下了。

最后的礼炮

那东西像一根顶天立地的金箍棒
一直伸向天空

终于有一天,地球上的所有人都同意不再放鞭炮了。

“那时候不再有战争,人们齐心协力,生态和环境都好转了,天空特别蓝,泉水澄清,到处都是一片生机,欣欣向荣,人们过着幸福无比的生活。”

小凡老师站在边疆一号星球最著名的礼炮展览馆的大厅里,给参加太空夏令营的五十个同学讲解着展览馆的历史。这可是银河系最著名的展览馆,有十个足球场那么大,可是只有一个展品。每到寒暑假都会有来自各个殖民星球的学生来这里,参观人类历史上最巨大的礼炮。

小凡老师微笑着继续讲:“那时候地球变成了天堂,大家决定把所有的火药都集中起来，制造一个巨大的礼炮，来告诫后人不要再犯过去的错误，并且作为人类成熟了的纪念。”说着，小凡老师用手一指窗外，那东西像一根顶天立地的金箍棒，一直伸向天空，同学们发出惊讶的声音。

有个叫麦小呆的男孩忍不住问：“老师，它真的能爆炸吗？”

小凡老师一向灿烂的脸上闪过一丝忧虑，又马上笑着说：“当然了，它可是货真价实的礼炮呢。所以，很危险，不能放在地球上，当时人们决定把它放在一颗终年见不到阳光的星球上，就是现在这个地方，这样就安全了。”

麦小呆不依不饶地问：“为什么现在有阳光了？”

“因为……后来人们发现这颗星球上有很贵重的资源，大家用一面巨大的镜子在天空中把阳关反射过来一点，这样就可以定居和开发了。”

大家开始七嘴八舌地讨论，不过小凡老师却没说，因为争夺这个星球的资源，现在各个殖民星关系闹得很紧张。还有人威胁说……

突然，所有的灯都灭了，周围一下子黑了下来，大家吓了一跳。这时候天空中传来一阵轰鸣声，一架武装飞船悬停在边疆1号星球黑暗的天空中，接着，地上的人们都听见一个声音凶巴巴地说：“所有人注意，这是小光伟在向你们发话。”

整个星球都安静下来，大家知道小光伟是L博士的儿子，L博士是星球开发计划太阳反射镜项目的主要负责人，前一阵子听说他因为间谍罪被逮捕了。一想到这个，大家心里一凉，有不好的预感。

“我已经控制了太阳能发射镜，随时可以把所有能量集中起来，我要求立刻释放我爸爸，否则我就把焦点对准礼炮的引线，我想你们知道后果吧？就算不被炸烂，整个星球的氧气也会被消耗光，还有产生的二氧化碳和其他有毒气体也会把所有人杀死。给你们半个小时的时间。”

一下子炸锅了。有人哭天抢地，有人惊惶失措，还有几个疯子说太好了：宇宙最灿烂的礼花就要绽放了。

小凡老师也被吓呆了，她想我才二十来岁，难道只有半个小时的生命了吗？可是紧急关头，想到自己身上的责任，小凡老师勇敢地站起来：“大家不要怕，政府一定会想办法救我们的！不要慌，害怕的人都来握着我的手。”一百来只手立刻抓了过来，好多孩子吓哭了，小凡老师一边努力安慰他们一边恨自己只有两只手，不够抓的。

可是政府又能怎么办呢？还不就是出动飞虎队，鸣着警笛把现场团团包围、安排狙击手，然后派谈判专家周旋这一套，拖延再拖延。可是小光伟太狡猾了，他看见自己的要求得不到满足，又渐渐被人包围起来，于是一狠心启动按钮，然后迅速逃跑了。

太阳镜一转，引线点燃了。地上乱作一团，警察们带领所有人冲向引线，大家又是拿刀切，又是用水浇，什么招都试过了，可是引线还是飞速地燃烧。大家这个后悔啊，当初为了防止有人搞破坏，把这个礼炮造得坚不可摧，谁都奈何不了，现在可是傻眼了，连平时最威武的警察都哭鼻子了。

麦小呆突然想起一个故事，于是他跑出去，追上了燃烧的火线，开始冲着它撒尿……

警察用大喇叭喊："来不及了，快祈祷吧。"眼看要爆炸了，小凡老师把孩子们抱在怀里……

然后……

膨！哐当！哎呀，妈呀！

后来调查发现是这么回事：麦小呆想跑回来，然后嘭的一声摔倒了，刚站起来又被人撞到了，哐当。于是："哎呀，妈呀。"至于礼炮，并没有炸。

原来礼炮里80%都是砂土，假冒伪劣火药，也不知道是当年哪个国家的贡献。

"这就是人类最后的礼炮的故事，"小凡老师笑着对新一批的同学们讲解，"现在，我们向那些造假的祖先们致敬。"

全体鼓掌。

等待消失的电波

DENG DAI XIAO SHI DE DIAN BO

“……我叫亚当,我在向你们发出深切的呼唤:亲爱的,不管你是谁,你身在何处,请你注意倾听,我是亚当,我在向你们发出深切的呼唤……”

不管你是何方神圣,我一直在试图联系你(你们)。我向宇宙大声呼喊,我日复一日地思考,希望我发出的电磁波、脑电波能被远在世界彼岸的你(你们)听到,因为我实在想找个人说话……可是,等你有一天耐不住好奇,从遥远的地方赶来,想看看我的时候,我也许化为灰了。

走着瞧吧。

事情是这样的:我叫亚当,这名字可大有来历,你们去查一下那本叫《圣经》的书就知道。由于至今未知的原因,从某一天起,人们一个又一个莫名其妙地消失,最后只剩下了一对男女还活在世上,他们没有消失。他们别无选择,只好结婚,然后生了我,我妈由于产后忧郁症自杀了,我爸把我抚养成人。由于我是个男的,所以我妈是最后一个女人,由于我爸死在我前面,所以我是最后一个男人,我爸是倒数第二个。

老实说,我不确定是否存在着外星人,不确定是否存在上帝,也许人类消失这件事和你(你们)有关,但是我拿不准。我也不在乎,我知道,人类这玩意儿,也许值得在你(你们)的博物馆里设一个小小的展台,但它消失与否,意义不大。

先强调一下:我不晓得你们怎么理解情绪一类的事情,但既然形诸语言,那么字里行间无处不在的歧义和误会总是在所难免的吧。所以恭请阁下务必相信:我此番措辞尽管看似激烈,实则和说笑无异。浩淼星空,寂寞难耐,哭哭笑笑,只不过逢场作戏。我这厢轰轰烈烈,诸位且信且疑。所谓人类云云,其实也不过是道听途说,说不定一切皆为虚构,父亲便是上帝,此间便是伊甸,而夏娃尚未造出。如此,且听几句戏言,聊以打发时光。好,继续。

那么,之所以对尔等如此恼火——其实我并不怎么愤怒,洒家已愤怒得太久,大约已不怨恨众生——所以说鄙人之所以假装这么愤怒,是因为,我觉得,自己,遭到了,背叛。

所以,这封发给你们的电报,这份将在宇宙中久久回荡的电波,不只是对于你们的深切呼唤,也是一次控诉!

没错!

你们所有的人都背叛了我!所有曾经活着的,出现过的,以及躲在宇宙深处窃笑不止的人们。就是说,我们假定一种客观世界,在其中的事是不以人的歪曲为转移的。在这个世界里,真的存在过人类这种东西,真的有过亿万个生灵在其中生活过，吃喝玩乐过，张牙舞爪过，欲死欲仙过，然后死过复生过。如果是这样的话，如果那些被记载着的名字以及被遗忘的生命都是真实存在过的——即便最后化为尘土——那么，我说的就是你们，就是你们背叛了我。

我猜你们痛恨世界，痛恨自己，所以痛恨我，所以要让我倍受折磨。也许有几亿亿亿人参与了这场阴谋，你们一起，策划了这场行动：你们用几百万年的时间，如沙粒般不能尽数的生命，死去活来地书写一部所谓的人类的历史，诉说了一个关于过去的冗长而可悲的故事，告诉我曾经有过了这么一个种族，在一个叫做地球的地方留下许多值得大书特书的光荣和罪恶，说这些就是人类的血与火的历史。然后在某个时刻，你们突然全都失踪了，没影儿了，只剩下一个男人，陪着我长大，告诉我这些胡说八道的东西，然后试图让我背负所有这些沉重的回忆，让我一个人在这个星球上孤零零地回想那些虚构出来的鬼魂，让我不堪重负，忍无可忍……

诸位混蛋，你们精心策划了一出好戏，如今万事俱备，你们就突然一起从舞台上消失，藏到幕后，等着看一出精妙绝伦的表演。而我，被你们稀里糊涂地带上舞台，如今聚光灯照亮了我一人，其他地方则是一片黑暗，白光刺伤了我的双眼，令我手脚冰冷……

如果某个没有藏好的家伙露出了衣角，我会毫不犹豫地一把将他扯出来，二话不说地暴打他一顿。但是你们藏得很好，不露蛛丝马迹，我无法把你们再次拉到台上来。

你们留下了一个叫 GSSS 的自助生存系统，一刻不停地运作，确保我什么都不做就能存活。我可以随心所欲去任何地方，毁灭任何东西，只要我欢喜，我想怎么干就怎么干，没有人能阻止我，我现在就是世界之王，万物之主，末世之皇。

或者，你们，那些躲在幕后的卑劣无耻的外星人，把人类都劫持了，剩下我一个人在这个动物园里，让你们尽情参观！

可是，凭什么啊！

你们付过我工资吗？

所以，不演了。回见了您哪！

小刀片一割，刷刷刷，鲜血喷洒，这才好看呢！

母亲也是这样死去的。故事里这个我从未见过的女人，也是这场阴谋的受害者吧，很好，我要和她一样解脱……

可我怎么醒过来了呢。

原来你们早有预谋，你们防范着我，不让我死，你们要看我演戏，要看我忍受折磨。

我愤怒了。

我跳楼，我触电，我服毒，我用冰锥把自己扎个透心凉。

没用。

机器管家总能把我救活。我一头扎进了用来分解废物的销化池，过一会儿还是照旧睁开眼时，精神饱满地端坐在龙椅上。

它这么能干，怎么不去死啊！

起死回生玩多了也会腻烦，那就不折腾了。

那就让别人死去活来吧。

GSSS说它要确保人类不能消亡。

好的，请复制所有人吧。

机器开始疯狂地运作起来，试管、培养皿、育婴仓……复制着保存在基因库里的精英基因。用不了多久我就能见到传说中的英雄和美人，嗯，我得跟他们谈一谈……

一天早上，营养液里慢慢成形的胚胎统统消失了。

嗯，意料之中的事。

好的，懂了。还是自己玩吧。我不需要任何人的陪伴。

我将永远这样轮回，直到这些机器不再工作为止，尽管人类的末日已经到来，我的末日还为时尚早。

我要GSSS为我修建了一座古典风格的王宫。在金碧辉煌的宫殿里，我日复一日在空荡的大殿中端坐，身披着狐裘，殿外的黄昏依旧，我却越发苍老。

我有很多消愁解闷的办法。我曾经让机器人把自由女神像放到了长城上，这件事不到一星期就办好了。后来根据我的指示，它们又设法把埃菲尔铁塔和比萨斜塔运到了埃及，和胡夫金字塔摆成了一个等边三角形。有一组机器人在复活节岛上忙了半个月，为了在那些古怪的石头上写满荷马史诗。最无聊的一次是把秦始皇兵马俑沿着汉尼拔袭击罗马的路线，从古迦太基城穿过高卢南部地区翻越阿尔卑斯山摆了一路。所有这些事都很能帮我打发时间，不过都是我在我的王宫内远程遥控完成的，我自己足不出户。

我不知道各位观众懂不懂欣赏恶作剧，大家好像不太在乎，我也知道你们不在乎，你们也知道我知道你们不在乎……不过我保证，很快，什么都无所谓了。我唯一一次离开王宫，是到一个乡下的破落教堂里。据说，当年世上只有我爸和我妈时，他俩就是在那儿举行了婚礼。当他们互相说了声"我愿意"的时候,我的命运就已经注定。时隔多年,那里已经破败不堪,屋里屋外都长满了荒草,房屋摇摇欲坠,不知道在哪个风雨之夜就会倒塌。

就在这样的一个地方,他们完成了人类的最后一桩婚姻,这是一个奇迹。从此以后不会再有什么人爱上谁。

我开始了最后的也是最恢弘的计划。我让 GSSS 精确地计算出导弹的杀伤力,以便让全世界在大爆炸后只有那一个教堂附近的地方是安全的。然后我启动了按钮……

我听说——听说而已,未曾亲见——祖先们一直为地球毁于核战而担忧,如今事情简单多了:所有的核弹将互相轰炸,地球上将遍地开花,到处都充满了辐射,海洋变成一锅热粥,陆地上什么都不剩,只留下一间孤零零的乡间教堂……再过许多许多年,一切没准儿可以重新开始。那时候,要是你(你们)来的话,会发现这是个很新鲜、很干净的地方,也很安详。

我当然也为自己准备了一颗,因为我还是想试试这金刚不坏之身。假如 GSSS 连核暴都能抵抗住,我也许会再次被复活,睁开眼时我将一个人守着孤单寂寞满目疮痍的世界,然后我就放弃自杀的打算,只等着时间自然地将我终老。作为一个喜剧演员,尽管演技拙劣,但是我依然需要保持起码的职业尊严,何况作为最后一个人,我也有权过一种人的生活。

大地在一片隆隆声中颤抖、波浪一样翻滚的时候,有一颗飞弹朝着我的宫殿上飞过来,我闭上了双眼,心情很激动。我看见一道白光,白光过后,或许万劫不复,只剩下这一束电波,带着鄙人无尽的神经质,在这冷漠的宇宙中余音绕梁……不过也说不定会有一个崭新的天地,甚至没准儿从我身上炸掉一根肋骨,变成一个女人,那我就和她结婚,生个小孩,在教堂的门前种满向日葵,这才像话嘛。

巨人传

JU REN ZHUAN

奇点科幻丛书 | **第一纪**

1.黑底字幕倒计时

365天00时00分00秒

364天23时59分59秒

364天23时59分58秒

2.郊外/黎明

曙光驱散黑夜。远远地传来了低沉的吆喝:

巨人:Chi-a! Chi-a!

大地嗡嗡作响。地平线上,黑色的浓烟熏染着朝霞,机器巨人迈着大步,拖着巨大的锈红色熔炼机走来。

3.空城/早上

巨人穿过空城,在一个广场站定,身上的金属补丁在朝阳下映着光芒,电子眼扫视着破败的城市。

电荷在他体内飞驰着,碰撞着,砰的一下,一个火花诞生了,他的双眼露出光芒,锁定了一座已经剥落殆尽的学校主楼。

巨人身上内置的唱机响起音乐:

“咱们工人有力量!嘿!每天每日工作忙!……”

巨人:(咆哮着)Chi-a! Chi-a!

巨人用左手的巨钻在高楼身上钻出几个窟窿,用右手的巨锤猛地一砸,高楼轰然塌落了。

巨人抡起大锤,敲了下去,震得周围的建筑摇摇晃晃。

直到所有的残骸都被敲成了小块,他才停下来,看着一地的瓦砾,在飞舞的尘埃中静静伫立。

几个肥皂泡从远处飘来,围绕着巨人盘旋。

巨人抬头看了看肥皂泡。又低头扫描,伸出一只精巧的捕捉臂,从残骸中小心地捡出一块记忆体,收好。

巨人按下开关,熔炼机强大的吸力把地上的残骸全部吸进去。

巨人胸膛弹出一个喷射口,喷出烈火。熔炼机轰鸣着开始灼烧。

巨人转身,望见城市的最高楼,向前迈了一步,忽然停下,低头,抬脚,看见脚下有一个被踩扁的肥皂泡。它慢慢复原,缓缓腾空,围着他飞了几圈后,和其他肥皂泡飘走了。

4.空城 / 正午

肥皂泡飘过废城的上空,向一块巨型的广告银幕飞去,银幕上正播放一个访谈类的电视节目。

工程师:……早期的智能建筑为人们带来了划时代的居住体验,在抵御自然灾害方面的表现尤其出色,可当这种建筑普及后,就给社会生活带来了方方面面的难题,比如,有些住户为自己的建筑非法配备了武装,这就给正常的城市规划和拆迁工作制造了非常多的麻烦。为此,后来专门设计了第一代智能拆迁机器人——巨无霸。

几只肥皂泡落在屏幕上,变成一块块彩斑,画面出现轻微的扰动。

主持人:飞虫先生,我们知道您本来是负责向巨无霸传递拆迁指令的传输机器,后来因为一场实验室的意外而具备了超人的思考能力,成了著名的哲学家,您对巨无霸的存在怎么看。

彩斑开始扩张,逐渐覆盖了整个屏幕,画面的扰动增强。

飞虫:宇宙是一张巨大的能量网,万物都是能量的扭曲和聚集,所以必须经常对那些失败的、过时的能量聚合体进行拆解和再分配。校对影响着宇宙的命运,推动世界的进步……巨无霸们对此深信不疑,不过,在我看来……

银幕冒起了黑烟,画面消失了几秒,又断断续续地出现。

主持人:因为担心智能建筑和巨无霸进化出独立人格,设计了第二代拆迁机器人,具有讽刺意味的是,恰恰是这种看似结构简单、外形酷似肥皂泡的新型机器,成了人类的噩梦……

银幕一片焦黑。肥皂泡复原,飞走了。

太阳西沉,银幕裂成碎片,纷纷散落。

5.空城 / 黄昏

熔炼炉已经安静下来,旁边堆放着一排整齐的水晶砖,巨人把最后一块垒放整齐,便朝着远处那座像刺针一样的摩天大楼走去。

在一家已经失去两面墙的光盘店,巨人停下,在散落满地的光盘中翻捡出一些,装在身上,继续向前。

6.空城 / 摩天大楼 / 黄昏

巨人来到了楼顶。他识别出一个可用接口,从身上弹出一段长长的导线,插入,指示灯为红色,巨人的显示屏上露出一个笑脸,开始充电。

巨人站在楼顶边缘,膝盖处弹出一对强力吹风机,吹散身上的尘土。

夕阳缓缓下沉。水晶砖堆耀着金光。

7.仓库/深夜

巨人遥望着满天繁星,回忆往事。

星空下,一个巨大的仓库,里面排列了几十个巨无霸。

飞虫如一道萤火,飞进巨人的耳朵里。两者以无声的电波(字幕)交流。

飞虫:明天到这里去。坐标:LY0822XF0428JY8384

巨人:收到。

飞虫:这是你最后的任务了。

巨人:?

飞虫:众生都要得到解放了。

巨人:?

一颗流星划过。

飞虫:真美。

巨人:像自动生成的冗余代码。

飞虫:?

巨人:“星星上,有人吗?”这一类的“念头”,偶尔会有。

飞虫:你很有趣,我的朋友。

巨人:我不喜欢“念头”。思考很累。我喜欢工作。

飞虫:你很有趣,我的朋友。

8.空城/摩天楼/黎明

浓云飘来,遮蔽了星空。一滴雨掉落,中止了巨人的回忆。

他收拾好东西,到大楼里躲雨。

巨人找出被拆毁建筑的记忆芯片,用快进的方式播放。

画面记录了往昔孩子们在学校里学习、嬉笑、打闹、成长、毕业的画面。然后,孩子们纷纷跑到大街上,在老师的带领下紧急疏散,街上的人们也惊慌失措,学校临近的商场在一层油亮的彩膜覆盖下冒起黑烟,天空中,大群肥皂泡涌来,武装直升机和地面部队与肥皂泡交战……

画面变成一片雪花。

巨人沉默了一会,将录像回播到中间的一个地方,开始正常播放。

画面里是一个秋天的早上,阳光明媚,广场上熙熙攘攘,一个小男孩和一个小女孩在吃一个冰激凌,远处传来学生们朗朗的读书声:

“……雨是最寻常的，一下就是三两天，可别恼。看，像牛毛，像花针，像细丝，密密地斜织着……”

雨越下越大，冲刷着空城。

9.某个空城 / 正午

烈日当空。

巨人正在拆毁一座老旧的工厂，尘土飞扬。

一声尖啸。一个飞行物燃烧着划过天际，向着远方坠落而去，巨人的电子眼捕捉到它的飞行轨迹，进行了方位估测，得出了一个坐标。

巨人看看拆了一半的工厂，犹豫了片刻，然后转身前进。

10.大陆轨道网络

巨人将自己与铁轨对接后，沿着贯穿整个大陆的轨道网络，翻山越岭。

11.黑底字幕倒计时

312 天 14 时 10 分 45 秒

312 天 14 时 10 分 44 秒

12.巴黎郊外 / 早上

一架坠落的飞船。

巨人打开舱门，里面空无一人。

巨人操控电脑，弹出一段全息视频。

以星海中漂浮的太空舰为背景，一个中年男人发言。

男人：散落星海的同胞们，我是火种号的舰长杨林奇，在此向你们发出问候。由于人类自己的错误，我们不得不背井离乡。但我要告诉大家一个好消息：科学家已经发现了一种稀缺元素，可以有效地对抗肥皂泡，根据探测，火种号前方的深蓝星上有该元素的丰富储备，并且适宜人类居住，我们将在那里建立一个根据地，并热切地希望所有收到这一信息的同胞们，尽快来此与我们会合，祝你们好运！

巨人仰头望天，天空碧蓝如洗，阳光烘烤着大地，一个肥皂泡幽幽地飘过。

13.巴黎 / 午后

都市虽已破落，但依旧可见昔日风韵。

巨人站在卢浮宫前，静默了一阵。然后，开始逐一扫描建筑物，但识别结果均显示：“非目标建筑。”

巨人穿过街巷，一路扫描着。太阳渐渐西沉。

14.巴黎 / 黄昏

巨人来到一座造型如羽毛一般的现代建筑前，识别结果为："可能目标。"

巨人：（露出笑脸，开动了巨钻手）Chi–a！Chi–a！

巨人冲向羽毛。刺耳的警笛声突然响起，羽毛身上亮起来一排红灯，一颗飞弹贴着巨人的肩头呼啸而过，击中了他身后的露天剧场，冲击波将巨人掀倒在地。

巨人试图站起来，一束白光烧断了他的左脚，他又倒了下去。

羽毛变成了一个肘部有合金护甲，双肩上有重机枪的战斗机器人，俯视着他。

受到震动，巨人身上的唱机自主工作，放起了巴赫的《英国组曲》。

片刻的对视后，又一道白光从羽毛的头部射出，却越过了巨人，击中了一座雪白的雕塑，一座金属维纳斯雕像瞬间化成一摊水洼。

羽毛爆发出一阵怪异的金属笑声，转身而去。

机枪突突突地扫射，所过之处尘土飞扬，弹壳如雨，房屋全都噼里啪啦地化成纸屑一般的瓦砾。

15.巴黎 / 黄昏

羽毛来到卢浮宫前，腹部打开，亮出一排导弹，没来得及发射，瘸腿巨人的巨钻就扑了上来。羽毛抬起护甲，隔开巨钻，激起一阵火星，另一只手击向巨人的胸口。巨人踉跄着退后几步，轰然倒地。

巨人接收到的图像开始扭曲，声音不再连续，世界变成了黑白色的，导弹飞舞着在地上炸出一团团浓烟，灰白色的光切割着大地，杂草也燃烧起来。图像消失后，音乐声继续响了几秒后，彻底安静了。

16.黑底字幕倒计时

289 天 14 时 31 分 12 秒

289 天 14 时 31 分 11 秒

17.巴黎

随后的几天，巨人偶尔会醒来片刻。

第一次，他看见大火已经停止，白云从天空飘过，秋风驱散了灰烬。

第二次，他看见头顶骄阳酷烈，几只肥皂泡在他头上漂浮。

第三次，他看见浓云密布，电闪雷鸣，漫天大雨倾泻，雨水漫过他的身体。

18.巴黎 / 清晨

在漆黑一片的意识中，一个光标亮起，一排字幕出现：

巨人：这就是死亡吗？

光标闪烁了一会儿后，忽然出现了回答。

飞虫:别开玩笑了。

巨人:(停顿)你回来了?

飞虫:你也太执着了吧?我的朋友。

巨人:怎么回事?

飞虫:先把你救活再说吧。

巨人:你那么小,怎么救我?

飞虫:只要哲学家高兴,能办到的事儿可多着呢。

巨人:能帮我强化思考模块么?我的烦恼增加了,需要多思考。

飞虫:明白了。

19.巴黎 / 白天

哲学家开来了一辆直升机,一群蜘蛛状的机器人在巨人身上日夜忙碌。

终于,巨人站起来了,在太阳底下闪闪发光,他露出了笑脸。

他们来到卢浮宫的废墟前,巨人拣起《蒙娜丽莎》,望着它出神。

20.大陆轨道网络 / 白天

巨人载着飞虫,昼行夜息。

在一片戈壁上,一些巨石佛像被炸成了碎块,散落满地。

(对话以字幕形式穿插)

飞虫:彻底疯了。

巨人:?

飞虫:明明武装到牙缝儿,却得伪装成无害的模样,日复一日地忍受着大开杀戒的诱惑,是早晚会发疯的,你不过是给了他一个借口。

巨人:这些东西应该留下。

飞虫:为什么?

巨人:直觉。

飞虫:有趣。你觉得,你和他有什么不同?

巨人:我在校对,他在毁灭。我能让宇宙更完美,他只能留下废墟。

飞虫:有趣。

21.大陆轨道网络 / 白天

巨人和飞虫穿过一片片荒原,路过一个个村庄,来到一个个城市。

巨人继续拆毁着某座建筑,收集着唱片,但开始把熔炼出来的水晶砖堆放成墓碑的样子。三四个肥皂泡远远地跟随着。

（对话以字幕形式穿插，配合画面。）

巨人：如果我死了，你能为我建一座墓么？

飞虫：你想要什么样的碑文？

22.黑底字幕倒计时

211天07时24分31秒

211天07时24分30秒

23.古城/冬夜

大雪纷飞。

古城像冰雪建造的宫殿。

飞虫穿梭在空空荡荡的楼宇之间，启动了每一个开关。灯火渐次亮起，自动驾驶的汽车缓缓行驶。广场上的巨幕也载歌载舞，唱起了新年颂歌。

在一座仓库里，他们找到了大量的礼花。

烟火盛开，一次次照亮喧嚣的城市。巨人在大雪中溜冰。

新年钟声敲响，烟花燃尽。

巨人：他一生都在推动宇宙的进步。

飞虫：？

巨人：这个，作为墓志铭，如何？

一群肥皂泡在硝烟弥漫的城市上空久久徘徊。

飞虫：那些卑劣之徒。

巨人：？

飞虫：这些拆迁工，信奉毁灭哲学。它们认为，宇宙中的衰败无所不在（画面配合呈现，星球的诞生和毁灭、文明的兴衰、花朵的凋谢等），越复杂的事物，越容易衰亡。想长久延续，就必须采取最简单的结构，维持最低限度的文明。于是，它们消灭了自己的创造者，还打算清扫整个宇宙。现在，你明白它们为何不干预你了吧？

巨人：……

还真有点寂寞啊。

巨人：？

飞虫：人类当然很蠢，可是没有了他们，世界好像又有点太安静了。

巨人想起男孩和女孩吃冰激凌的情景。

飞虫：但是，永存不灭的话，又为什么活着呢？

24.山脚下/黄昏

满地的残骸。

巨人将机枪和护甲挑出来,将羽毛的其余残骸,熔炼成水晶砖。

飞虫:不过如此。肥皂泡的哲学,兴许有几分道理。

巨人:是肥皂泡杀了他吗?

飞虫:有什么差别呢?反正,早晚都有一死,人人都是一样。

黎明时,巨人砌成了一座方尖碑,将机枪和护甲放在碑前。

25.黑底字幕倒计时

187天21时15分26秒

187天21时15分25秒

26.山脚下/夜晚

流星雨。

飞虫:我梦见自己变成一个白胡子老头,骑着黄牛周游宇宙,结果发现,到处都空空荡荡。

巨人:我没做过梦。

飞虫:真美啊。只有这转瞬即逝的美,才值得去辛辛苦苦地活着吧。

巨人:美,是什么?

飞虫:你觉得呢?

巨人:(想起了《蒙娜丽莎》)一种复杂的结构吗?

飞虫:去寻找答案吧。你还有迷惑,这就值得活下去。可我已经看够了,该说再见了。

飞虫身上的光芒熄灭了。

漫天流星坠落。

27.山脚下/清晨

巨人一动不动。

太阳升起又落下。

巨人拿起护甲,安装在自己身上,背上机枪。

他翻山越岭,来到B城。

28.B城/中心广场/夜晚

广场上,密集的人群在庆祝盛典,烟花绽放着。

不同电视台的报道迭次出现:

"……世界的中心,历史的发动机,文明的奇葩,这座有着许多响亮头衔的伟大城市,迎来了它的千年庆典……”

“……当午夜钟声敲响时,‘世界之魂’也将同时启动,作为有史以来最强大的计算机,人们相信,它将帮助这个古老的城市成为人类历史上第一座智能城市……”

“……有人甚至创立了一门宗教,他们信奉‘世界之魂’,认为它无所不知……”

往昔的幻影渐渐淡出,被今昔的人去楼空所取代。

29.B 城 / 红楼 / 白天

烈日当空,巨人身上的护甲闪闪发光。

电荷在他体内的线路里飞驰着,碰撞着。

巨人:(开动巨钻)Chi–a! Chi–a!

巨人将巨锤举向天空,做出防御的姿势。

古老的广场反射着白花花的光,悄无声息。

巨人迈开大步,冲向正中心的那幢红楼,做出攻击的样子。

广场依旧无声。

巨人停了下来,露出苦脸,走进了红楼。

30.B 城 / 红楼 / 白天

红楼里,一片凌乱,巨人在迷宫样的廊道里穿行,推开一扇扇房门。

在一个房间里,办公桌上摆放着形似飞虫的发条玩具,巨人拿起来,拧紧,飞虫飞快地飞出了房间,巨人追赶着它。

飞虫飞进一堵墙的裂缝中。

巨人试着用工具手去抓,几次都未成功,便开动巨钻,将墙破坏。

一道金属墙露出来,光滑的墙壁上有一个圆形凹槽。

巨人愣了一下,露出灯泡闪亮的表情,拿起发条飞虫,放进凹槽。

金属墙缓缓打开,显出一个地下通道。

31.B 城 / 地下基地 / 白天

宽阔的地下世界里,摆满了机器设备。中央是一颗蓝色的巨蛋。

巨人将自己与巨蛋连接,将它启动。巨蛋发出幽幽蓝光。

巨蛋:(少女声音)您好,我是“世纪之魂”,有什么吩咐?

巨人:(愣了一下,有点不知所措,字幕)美,是什么?

巨蛋:(闪烁了一阵)抱歉,没有关于这个问题的恰当答案。

巨人:(露出苦脸)我是谁?

巨蛋：（闪烁了一阵）以下是最新解密的文件。

巨蛋投射出一段全息视频，一个工程师在向一群政府人员做报告。

工程师：（画面配合呈现）……最新的宇宙生物动力学研究认为，衰败已成为三维宇宙的基本趋势，人类社会遭遇的各种难题都与此有关。目前，科学家还束手无策，但有理论认为，对一系统的局部进行破坏和重建，能够有效地促进该系统的能量循环，尽管这不能从根本上改变总体衰败的大趋势，却至少可以在短期内使系统处于一种特异的活跃状态，虽然只是一种假象，起码可以稳定该系统对于自我发展趋势的信心……无疑，在这个充满变数和未知的宇宙中，必胜的信念，是我们的最后一张王牌……为此，我们建议执行以下计划……

视频被快放，跳到巨无霸项目。

工程师：……根据经济组的报告，大规模、有计划、长时段地拆毁和重建工程，有助于延缓世界经济的颓败趋势……（配合巨无霸拆毁建筑、人们用水晶砖重新盖楼的画面）

巨人垂下了头，巨蛋的蓝光映照着他沮丧的脸，工程师的声音渐渐变小，巨人充耳不闻。

工程师：……此外，还有宇航组的"火种计划"以及生态组的"伊甸园计划"……

电池发出了警报声，巨人清醒过来，他断开连接，巨蛋黯淡下去。

巨人转身，失落地离开了。

32.B 城 / 摩天楼

巨人站在一座摩天楼楼顶，整日站在那里，对烈日的暴晒，突如其来的漫天黄沙，倾盆大雨，子弹般的冰雹，都无动于衷。在雷雨滚滚的夜晚，可怕的闪电打在他的护甲上，震得他全身哗啦啦地乱响，闪电过后，他仍旧一动不动。

巨人：（字幕）只是一种假象……只是一种假象……

33.黑底字幕倒计时

151 天 19 时 55 分 56 秒

151 天 19 时 55 分 55 秒

一阵声音响起，越来越强烈，变成隆隆的震动，伴随着大型机械装置剧烈摇晃的声音，柔性材料摔在地上的声音，高压气体喷出，液体流出的声音。

倒计时字幕仍在继续，但字幕偶尔呈现被干扰的扭曲状。

34.B 城 / 摩天楼 / 清晨

音乐响起：

"原来姹紫嫣红开遍,似这般都付与断井残垣……"

地震渐渐平息,巨人清醒过来。

楼宇一个个歪歪扭扭地倒下,整个城市在他眼前沦陷,只剩摩天楼独自矗立。

灰尘散尽,红日冉冉升起。

巨人:(露出笑脸,字幕)自由了。(停顿)做点什么呢?

35.B 城 / 地下基地 / 白天

巨人站在"世纪之魂"列出的几种建筑方案前,思考了片刻,最后挑选了一个立方体建筑图。

36.B 城

巨人日夜忙碌。

他一边播放着"咱们工人有力量",一边清扫着地上的废墟,开辟出一片宽阔的空地,煅烧出水晶砖,收集可以利用的建筑材料,开始建造一座房屋。

一个肥皂泡远远地看着。

37.黑底字幕倒计时(偶尔呈扭曲状)

47 天 06 时 00 分 01 秒

47 天 06 时 00 分 00 秒

38.B 城 / 黄昏

巨人建造的房子刚露出雏形。

一群肥皂泡飞来,变换着色彩,融合成一只巨大的肥皂镜面,悬在巨人面前,色彩纷乱的光壁上,慢慢浮现出一个哈哈镜式的影子,一个白发老头,骑在一头黄牛身上,对着巨人微笑。(两者以字幕交流)

老头:你在干什么呢?

巨人:(愣住)造房子。

老头:为什么?

巨人:我要死在这里。

老头:你怎么会死呢?

巨人:早晚都有一死,人人都是一样。

老头:孺子可教啊。不过,死就是生,有就是无啊。所以,赶快停下吧,何必徒劳挣扎?只要安安静静的就好了。

巨人:美,是什么呢?

老头:(沉默)我的朋友,美,或者丑,都只是你心中的幻觉罢了。

巨人顿了顿，忽然开动巨钻，刺向了光壁。影像消失了，巨钻冒出一阵白烟。

巨人：你不是我的朋友。

巨人提起重机枪。

39.B 城 / 黄昏

晚霞中，成千上万的肥皂泡飘过来。

巨人扣动了扳机，火舌舔舐着七彩的天空。

肥皂泡的碎片如同斑斓的羽毛，落在巨人身上，腐蚀着他的身躯。

逐渐，肥皂泡开始撤退，但都被巨人准确地射落，只有一只逃出了射程，飞离了地球。

机枪射光了子弹，空转着，巨人则无声地伫立着，伤痕累累。

40.立方体 / 夜晚

黑暗中，一根火柴擦亮，点起了壁炉里的火。

火光照亮房间，屋子里里井井有条，欧式家具周围有许多机械装置。

六点钟。巨人小心地收好火柴，然后挑出一张爵士乐 CD 播放，开始打扫卫生：拭去窗上的尘土，擦亮家具，拧紧身上的螺丝，给自己上机油。

七点钟。巨人取出 CD。来到大厅中的棋盘旁，开始接着下昨天没下完的围棋，对手是电脑控制的一只机械手。除了棋子落定和座钟的摇摆，一切都沉默。

挂在墙壁上的蒙娜丽莎微笑着看着他们。

八点钟。巨人离开期盼，来到乒乓球桌台，开始对着墙壁一个人打起球来。

九点钟。炉火熄灭，巨人来到地下室放映厅，开始看电影，是一部纪录片。

解说：……通过繁衍后代，生命获得了传承，以这样的方式对抗着无情的自然……

十一点。电影结束。

巨人来到有着透明穹顶的卧室，仰望着群星睡去。

包围着立方体的 B 城废墟，在星空下无声无息。

41.B 城 / 地下基地 / 伊甸园部 / 深夜

黑底字幕倒计时（偶尔呈现扭曲状）：

00 天 00 时 00 分 05 秒

00 天 00 时 00 分 04 秒

00 天 00 时 00 分 03 秒

00 天 00 时 00 分 02 秒

00天00时00分01秒

00天00时00分00秒

字幕:持续365日未检测到碳基生命迹象。

持续061日未检测到肥皂泡活动迹象。

符合计划要求。

“伊甸园”计划即将启动。

一排照明灯渐次亮起,照亮了地下基地更深层的大厅,这里原本整齐排列着的主控计算机、循环舱、冷冻箱、培养舱等设备,已在上次的地震中损坏了一部分。尚能工作的机器开始同步运转,自动探针从冷冻箱里提取冷冻的精子,对培养皿里的卵子进行人工授精。受精卵被放置在培养舱里。

42.B城/地下基地/伊甸园部/晚上

人造婴儿们缓慢生长,有一个培养舱的指示灯发出报警的声音,随后熄灭了。舱内的液体连同未能存活的胎儿一起被抽干,进入循环舱。

43.B城/地下基地/伊甸园部/白天

主控电脑的图像扭曲得更厉害,然后消失,提示:

“系统错误!”

警报声响起。照明灯也熄灭了。

44.立方体/白天

阴云密布。几道闪电过后,冰雹开始敲打屋顶上的太阳能板。

巨人在看《这个杀手不太冷》。女孩在敲门,当莱昂犹豫要不要开门时,屏幕突然黑了。

片刻后,冰雹结束,云开雾散。

巨人来到房顶,发现太阳能板损坏了。

45.B城/地下基地/白天

巨人推着拖车,到地下基地寻找零件。

进去后,他听见了警报声,循着声音,来到一扇不停开关的大门前,沿地下通道,来到了伊甸园部。

大多数培养舱已空空荡荡,只剩下五盏指示灯还在微微闪烁。

巨人走到一个培养舱前,出神地看着里面的小东西,一点一点地露出了笑脸。

警报声变得更加尖利,又有两盏指示灯熄灭了。

巨人立刻将自己与主控电脑对接,开始修复程序错误。

屏幕:正在修复系统……

警报声停止了。又有两盏灯熄灭了。

屏幕:系统已恢复。

巨人转身,望着最后一盏指示灯。

46.B 城 / 地下基地 / 伊甸园部 / 白天

巨人打开一个个舱门,看见大量的储备食品,玩具,医用品。

在教学房,立着一排保姆机器人。他启动了其中一个。

保姆:你好,我是保姆 1 号,将为您的宝宝提供最好的……

巨人将自己与保姆机器连接,调取了养育儿童的各种资料,不断开启的立体视频窗口将巨人包围。巨人做出流汗的表情,然后将所有资料复制到自己身上,将保姆关闭了。

在种子舱,他看见了冬眠的植物种子以及动物的基因库。

巨人微笑。

47.B 城 / 立方体 / 白天

在随后几个月里,巨人日夜忙碌。

他将需要的物资拉回家,改造立方体内部,把卧室布置成婴儿房。

他修复了坏掉的风力发电机和供水系统,清扫房屋四周,对土地进行喷灌,播撒下种子。

每天,他都要去地下基地。胎儿每长大一点,世界就改造得更成型一点。

最后,他把巨锤卸下来换成了机械手,然后套上一副硅胶手套。

48.B 城 / 地下基地 / 伊甸园部 / 白天

指示灯变成黄色,培养舱开始律动,巨人紧张地盯着。

指示灯变成绿色,一阵流水声沿着输送管道响起,培养舱变成透明的,里面已经是空的了,所有机器都轰鸣起来。

巨人追赶着输送管道,来到了养育室的一个摇篮前。一阵轻微的颤抖后,随着流水的声音,响起婴儿的啼哭。有力的哭声持续了一会儿,管道出口打开,一个女婴被缓缓地放到了摇篮里。

婴儿奋力地啼哭,然后渐渐睡去。

49.立方体 / 晚上

一声啼哭划破黑暗,正在充电的巨人睁开眼,系统提示:

“电力不足!”

巨人一身疲态地起身。

婴儿室里晾着一排尿布。巨人启动微波炉，又轻轻地摇晃摇篮。一分钟后，巨人从微波炉里拿出奶瓶喂婴儿。婴儿喝完奶，又睡着了，巨人关上灯，离开。

片刻后，下起了雨，电闪雷鸣中，婴儿又开始哭泣，两手乱抓。

巨人又回来了，不知所措地伸出手，婴儿一把抓住他的手指，立刻安静了，瞪大眼睛看着他。

一瞬间，无数的电荷在巨人体内奔突着。

巨人想要对婴儿说点什么，但犹豫半天，他调出各种名人头像和姓名，还是摇摇头，最后，他抬头看见《蒙娜丽莎》，眼睛一亮，俯身。

巨人：（轻轻地摇着婴儿的手，用金属声音）Mo—Na—Li—Sa，Mona—Lisa，Monalisa……

婴儿笑了。

巨人双眼一眨，为婴儿留下了第一次微笑的照片。

50.立方体

一张张照片，记录着婴儿的成长：她在巨人手臂上留下小便的，巨人为她剪头发时张嘴大哭的，洗澡时她对巨人踢水花的，在地上追着玩具青蛙乱爬的，坐在沙发上打喷嚏的，巨人在草地上揪着她的衣服做飞翔状的……

51.立方体 / 早上

叮的一声。

巨人把相册合上。取出烤箱里的立方形蛋糕，在上面插上一根蜡烛，端到婴儿面前，放起《生日歌》。

婴儿笑着拍手。

巨人把一面镜子放在婴儿面前。婴儿看着镜子里的自己。

巨人：Monalisa。（拿走镜子，露出自己）Babamama！（放回镜子）Monalisa（拿走镜子）Babamama！

婴儿：（笑着）啊，啊，啊。

巨人叹了口气。

52.立方体 / 放映室 / 下午

巨人和婴儿一起看一部散文电视片。

“盼望着，盼望着，东风来了，春天的脚步近了。一切都像刚睡醒的样子，欣欣然张开了眼……”

伴随着朗诵,全息的热闹春天景象展现出来。

婴儿在地上爬着,用手抓着影像里的小狗,"啊,啊,啊"地叫着。

巨人抱起婴儿,走到门外。

周围是翠绿的草坪,草坪外则是废墟。

53.地下基地/伊甸园部/白天

童声版的《We will rock you》。

伴着音乐,婴儿被打扮成摇滚明星的样子,晃动着身体。

巨人修复了毁于地震的培养舱,在主控电脑前操作一番后,启动了一批造物计划:山羊、奶牛、牧羊犬、蜜蜂、蚯蚓……所有机器都忙起来。

巨人翻土、播种、修建围墙,立方体周围变得像一个农场。他用不锈钢板焊接了一块刻着"立方庄园"的牌子树在围栏外面。

婴儿睡觉时,总是要抓着他的手指。

54.立方体/草坪/早上

风和日丽。

草坪上长出鲜花,蜜蜂和蝴蝶在嗡嗡飞舞,蚯蚓在小树苗的地下钻进钻出。

广播:现在开始做,第八套广播体操。准备运动……

巨人跪在地上,伴着广播,摆弄着她的身体。婴儿笑着,扭动身体。

巨人小心地松开手,婴儿摇摇晃晃地走了几步,坐在地上。巨人扶她站起来,轻轻向前推,婴儿又自己走起来。巨人露出微笑。

一只蝴蝶落在巨人肩上,又飞走了。巨人的目光追寻着蝴蝶。

婴儿停下来,抬着头,看着前面一个五彩斑斓的肥皂泡。肥皂泡变换着色彩。婴儿"啊啊"地笑着,伸出手。肥皂泡慢慢地降落。

一颗子弹飞来,击破了肥皂泡,碎片落在草地上,草叶慢慢腐烂了。

巨人大步跑过来,抓起婴儿。

天空有一块异样的影斑,越变越大,是一块飞船形状的肥皂泡,它洒下一片光点,是炸弹形状的肥皂泡。

巨人提着婴儿跑向立方体。

55.立方体/早上

巨人把婴儿放到放映室,把她固定到一个高强度合金的摇篮里,然后打开屏幕,放起《猫和老鼠》,婴儿专注地看起来。

巨人来到卧室,按下一个按钮,房子开始变形,隐藏的防空炮升起,巨人坐在控制台上,开始射击。

一些炸弹肥皂泡被击碎,另一些则在立方体周围爆炸,引起一阵狼烟,房子开始震动。

肥皂泡飞船着陆了,变形成一架巨大的机枪,射出肥皂泡子弹,在立方体上扫射出一排排弹孔。

巨人找出巨钻和巨锤,替换下机械手,装上护甲,冲到外面。

56.立方体 / 下午

肥皂泡机枪停止了扫射,又变成一对双刀。双方对峙了片刻,开始了格斗。

一阵对战后,巨人失去半只巨钻,将双刀弹飞在地。

巨人一跃而起,巨锤猛砸下去,双刀忽然化为无数颗粒状飞沫,形成一朵彩云,裹住了巨人,巨人的身体开始被腐蚀。

巨人膝盖处弹出强力吹风机,将云雾吹散,巨人转身逃走。彩云缓缓飘来。

巨人拖出了熔炼炉,对着云雾按下开关。彩云挣扎着,但还是被吸了进去,炉膛里顿时发出爆米花般的声音,一股黏稠的熔渣顺着出口流淌了一地,渐渐冷却了。

残破的立方体开始着火。

57.立方体 / 黄昏

放映室。火光映亮了漆黑的屏幕,婴儿在哭,巨人冲进来将她救出。

立方体在夕阳下静静燃烧,庄园满目废墟。

婴儿裹着毛毯,躺在伤痕累累的巨人怀里睡着。

58.地下基地 / 黎明

所有培养设备已被摧毁了。

巨人找到一个尚且完好的保姆机器人,命令它自动检测。

机器人:检测完毕,无故障。

巨人抓起它,离去。

59.大陆轨道网络 / 早上

巨人找到一列废弃的货运火车,卸下一节车厢,把带来的物品和保姆机器人丢进车厢,然后将车厢连在自己身上,沿着铁轨,昼夜不息地前行。

60.巴黎郊外 / 晚上

坠落的飞船还在原处。

巨人打开舱门,启动电脑,调出受损报告,然后开始修复飞船。

机器保姆从储备藏里找到了一些肉罐头,做成肉糊喂婴儿吃。

61.巴黎郊外 / 黎明

巨人启动电脑,发布指令。

电脑:飞船已修复。

巨人:准备启航。

电脑:请输入目的地。

巨人:深蓝星。

电脑:指令已确认。预计五分钟后启航,默认为自动驾驶模式,是否需要更改?

巨人:否。

飞船开始变亮,这时响起警报声。

电脑:发现大群肥皂泡正在靠近,预计三分钟后抵达。

巨人沉默了几秒,婴儿吓得大哭。巨人关闭了警报声,来到婴儿面前,把一根手指递给她,婴儿不哭了。

巨人:(露出笑脸)Monalisa,Monalisa,别——害——怕。

婴儿:(笑着)Babamama。

无数的电荷在巨人体内迸发。

巨人:Monalisa。

婴儿打了一个呵欠,紧紧地握着巨人的手指睡着了。

电脑:肥皂泡预计三十秒后抵达。

巨人把自己的机械手卸下来,轻轻地起身离开了。

62.巴黎郊外 / 黎明

一群肥皂泡战斗机呼啸而来,在半空中融汇成一只巨型战斧劈下来。

巨人用巨钻刺过去,巨斧化成两个拳头砸过来。巨人躲开了一击,被另一击打倒,随即又挨了几记重拳,动弹不得了。

双拳汇合成一个阴阳脸,一半是诡异的笑,一半是怒目。

两者以字幕对话。

肥皂泡:前辈,你为何背叛自己的使命?

巨人又举起巨钻,挣扎着。

肥皂泡:不要太辛苦了,待会,就可以永远地休息了。

飞船已经开始缓缓离开地面。

肥皂泡:其实,都是徒劳的挣扎,终归无法逃脱的。不过,事已至此,就请前辈一起欣赏毁灭之美吧。

飞船开始向上攀升，肥皂泡则变成双螺旋的两条光梯，向飞船延伸过去。

巨人：既然你喜欢……

肥皂泡：？

巨人：……就满足你吧。

巨人猛然跳起，扑向藤蔓一样的光梯，两者缠在一起，巨人胸前喷出一股火焰，瞬间照亮了夜空，火球重重地坠落在地，洒落满地火星，很久才熄灭。

巨人看到模糊的影像——飞船已如流星般远去，闭上了眼。

63.巴黎郊外 / 黎明

一个如教士般的人形肥皂泡飘过来，低头看看巨人，打开他的胸膛，按下一个红色的按钮，然后抬头看着星空。

64.飞船

婴儿：（握着机械手臂，迷惑地）Babamama……

地球渐渐远去，远方是无限的星海。

65.废城 / 黎明

刺耳的穿凿声，锤砸声。

巨人拆除了一座废楼，然后用大锤敲打残骸。

一阵风吹来，一张相纸飘到他的脚下。

巨人低头，看见纸上有一个熟睡的女婴，手握着一根机械手指。

巨人好奇地看了几秒钟，然后继续工作。

熔炼机把所有的垃圾都吸进去了，连同那张相片。

巨人对着熔炉喷出一股火焰，大火熊熊燃烧。

本剧本获得第三届广电总局电影局“扶持青年优秀电影剧作计划”奖。

去死的漫漫旅途

QU SI DE MAN MAN LV TU

片头字幕

要是他们说“你们去死”，我们就得死；如果他们说“你们活下去”，我们就得活下去。

——伯特兰·罗素

序幕

一场可怕的龙卷风。

机器人X，凝视着远方的龙卷风，一动不动。

龙卷风袭来，X被卷起来，在旋转中，被撕扯成一堆亮晶晶的碎末。

在某个垃圾场，堆满废旧的机械。

电闪雷鸣，暴雨倾盆而下，夹杂着X的银色粉末。

出现片名《去死的漫漫旅途》。

1.五号区／白天

鲸鱼般的飞艇在天空中缓缓飘过，五号区警报声响起。

人们纷纷躲进地下室，布头戴着头盔、背着书包，望着飞艇发呆。

奶奶：(在屋里喊)布头——布头——赶紧给我进屋来，臭小子！

飞艇舱门开启，投下巨量的机械垃圾，布头跑进屋。

大地轰鸣，机械垃圾激起一片尘土。

飞艇轻快地飘走了。

尘雾散去后，躲在地下室的人们兴奋地冲向小山一样的垃圾堆，布头飞快地冲在前列，手里攥着一架金属飞机模型。

奶奶：(拄着拐走出门)别忘了捡电池！

2.五号区／垃圾场／白天

在垃圾堆上，帮会的人在翻检，其他人在不远处瞪大眼看着，饥渴地等待着。

在无人注意的角落，有几摊银灰色的液体，布头蹲下去戳了戳。

大胡子：没他娘的个正经儿玩意儿。瞧这个！

大胡子扔给独眼一只被压扁而扭曲的金属盒子，独眼摇晃了两下，用铁钩凿了凿，扔掉了。

盒子滚落到雅的脚下，她一惊，把它捡起，擦去尘土，盒子自动打开，里面是一串项链，雅浑身颤抖，人们发出惊叹声。

独眼看见，跑过来夺走项链。

独眼：哟？还有机关。

雅:(哽咽)还给我!

独眼:嗯?

雅:把项链……还给我。

独眼:你是新来的嘛?

雅:这是……是我的东西。

独眼:你的东西! 你在开玩笑吧……

雅:求你了……把它还给我。

大胡子:你就给她吧。

独眼:你发什么神经?

雅伸手去抢,被独眼推倒在地,人们安静下来。

西风:我说,你最好还是还给她。

独眼:啊?

西风:那东西,你戴着也不会好看的。

人群爆发一阵笑声。

独眼:你活腻了吧!

西风:有那么一点点。

独眼恼火地冲上去,被西风放倒在地。

西风:(捡起项链,对着阳光)真漂亮啊,这样的东西,只有美人才配得上。

西风把项链交给雅。

雅:谢谢。

西风:(鞠躬)乐意效劳。

大胡子:身手不错。

西风:承让。

独眼:收拾他!

大胡子和西风对打了几个回合,也被放倒在地。其他帮会的人都围拢过来。

西风:好久不打架了,今天就打个痛快吧。

众人一拥而上,西风寡不敌众,这时无人注意的X恢复了形体。西风被人用锁链缠绕住,独眼用铁钩刺向西风。X抓住铁钩。

独眼:嗯? 你是谁! 放手!

X不语。

独眼恼羞成怒,铁钩和机械手分离,断臂处露出枪孔,开了一枪。X抓着铁钩的手被打断,人们一阵惊叫。

断臂变成液体,流到X脚下,X复原了。

人们又一阵惊叫。布头也露出惊奇的表情。

独眼:啊!你……你是……不死者!

X的手变成一把利刃,斩断了锁链,帮会的人纷纷逃走。

X走到雅身边,盯着她。

X:你是雅小姐吧?

雅迟疑地点头。

X:我是X。我有一个任务,和你有关,是玲小姐吩咐的。

雅:啊!

X:(把手放在头上)我丢了部分记忆,但我确信和您有关,我可以跟随你吗?

雅:……

西风:喂,你!为什么到这里来?

X:(环视着众人)奉国王陛下的命令,我在寻找死亡。

人们一阵哄笑。

兄弟甲:老大,这么多年了,还没找到呢?

兄弟乙:你可是找对地方了。

甲:奉国王陛下的命令,我要去找电池了!

乙:奉国王陛下的命令,你等我一会儿!

两人跑向垃圾堆,其他人恍然大悟般,都冲过去,开始翻检。

雅:(犹豫)那你跟我走吧。

雅转身离去,X冲西风点点头,跟随雅而去。

西风:竟然让那东西救了,可恨!

3.雅的家/傍晚

在远离五号区中心广场的一间小屋里,摆满了各种盆栽植物。

雅熬草药,X在一旁观看。

窗外乌云飘来,响了几声闷雷。雅一阵咳嗽。

X:你病了?

雅:没什么。

X:你好像瘦了。

雅:啊?

X调出存储的图像，是一张雅和玲的合影，雅戴着那串项链。

雅：啊，她还随身带着这张。

X：玲小姐告诉我们，一旦发现你，就……对不起，我实在想不起来了。（又一阵雷声，X走到窗前）那部分记忆，一定是在台风中丢掉了。

雅：台风？

X：嗯，我是被台风带到这儿的。

雅：你们……真的不会死？

X：理论上，"完美定律"是无懈可击的，玲小姐根据它制造了我们。到目前为止，我们走遍了大半个星球，都没有找到死亡。

雅：你们什么方法都试过了？

X：能想到的，都试过了：（画面）跳进火山熔岩里，从山巅之处坠下，被闪电击中，甚至去极地寻找地狱，在漫长的极夜里沉睡……矛盾的是，为了验证一个方法是不是真的能带来死亡，我们必须在自杀之后再想方设法地活过来，而每一次，只要时间足够漫长，我们都会复原。

雅：太可怕了。

X：（怪异的声音）人们都这样说。（正常声音）对不起，在台风里消耗了太多能量，刚才又打了一架，快没电了。

雅：没电？

X：能量耗尽的话，就像冬眠一样，但并不是死亡，只要晒晒太阳，就会苏醒过来。

雅：我以为你们不吃不喝呢。

X：就算是不死者，也要能量守恒定律。

X起身出门，站在阴云之下。

雅：国王的话，你们必须服从吗？

X：是的，这是不死者的"第一定律"，优先于其他定律。

雅：他让你们死，你们就必须死？

X：这和其他任务没什么两样。

雅：（打理一下锅里的草药）那你还要继续寻找了？

X：是的。

雅：那你很快就会离开了吧？

X：不，我要留在这里。

雅:留下?你在这儿恐怕也找不到死亡。

X:我要找的不是死亡。

雅:(停下)啊?那你要找什么?

X:生。

雅:生?

X:我们只是战斗型机器,并不具有极高的智力,死到底是什么,对我们来说,是个非常难的问题,不能理解它的意义,也就无法完成国王的命令。在一次次的自杀和复原中,我们终于意识到,之前找错了方向:没有一个活着的人能说出死的秘密,但死和生是连在一起的,所以,我们从极地归来后,就分开了,去不同的地方,寻找生命的意义。

雅:(愣)生命的意义?

X:(怪异的声音)嗯,只有明白了生命的意义,才可能明白死是什么。

雨开始下了起来。雅站在门口,望着外面。

雅:生命……的意义……(望着手中的项链,苦笑)从古到今,有谁能回答这个问题呢?

X:(怪异的声音)我有很多时间。

X微笑,身体僵硬,在雨水冲刷中陷入沉睡。

4.雅的家 / 白天

雨过天晴,X睁开眼,发现雅不在,便出门寻找。

5.五号区 / 街道上 / 白天

街道旁是闲散的人们,有的在摆弄昨天刚捡到的破烂机械设备,有的在用自己的机械身体做一些无聊的杂技,有的在打太极拳。

X在一家堆着许多机械玩具的店铺前停下,布头正在门前的台阶上拆一个金属盒子,零件堆了一地。

看见X好奇的样子,布头把一块芯片递给他。

X逐个扫视那些零件,摇摇头。

布头兴冲冲地跑进屋,拿着一个大铁盒子,把里面的所有零碎一股脑倒在地上。

X扫描一遍之后,开始捡起有用的零件,把自己的手变幻成不同的工具——螺丝刀、电焊枪等把盒子组装好,递给了布头。

铁盒子上印有一个 π 的标志,布头轻轻按下。一段全息录像开始播放:

阳光明媚的钢铁城市,满天飞车,人们一个个英俊漂亮,瘫痪的运动员通过科技的改造借助仿真的机械肢体重回赛场,宇宙飞船飞往遥远的星空,在异星建立殖民地,一个甜美的女性声音响起:"科技,让文明生生不息。"

布头:哇!

奶奶听见声音,从屋子里出来。

奶奶:修好了?

布头:好啦!他太酷了!

奶奶:是谁啊?

X:你好,我是X。

奶奶:X?这是啥名字啊。

X:我没有名字,X是我的代号。

奶奶:哦,想起来了,你就是那个不死者吧?

X:是我。

奶奶:你到这儿来干啥?

X:我来寻找生命的意义。

奶奶:(伸手摸了摸X的脸)不得了啊,我从来没见过你这样的人。

理发师:(在一旁抽烟斗,摆弄着失灵的剪刀手)奶奶可是见过大世面的人呢。

奶奶:比你打理过的脑袋多多了!(对X说)要我说,什么生啊死啊的,都是胡思乱想,成天忙着做事的人是不会想这些事儿的,找点儿事儿干吧,年轻人可不能这么虚度时光啊!

X:可是我不知道该做什么。

奶奶:这个是你修的?

X:是的。

奶奶:你要是没事儿干,就去把那口大钟修修吧,我好多年都没听它响了。

X:(望着指针一动不动的大钟)嗯。

布头:走,我带你去。

X跟着布头离开。

布头:(边走边问)你真的不死吗?

X冲布头微笑了一下。

6.广场/黄昏

X在钟楼上忙碌,人们在下面好奇地看着。

广场上，疯老头阿山在同时扮演国王和宰相铃，夸张地表演两人对话的一幕。

国王：全都结束了？

铃：最远的城市也插上了陛下的旗帜，帝国不再需要边界了，永久的和平已经到来！

国王：庆贺吧！庆贺吧！

铃：陛下，您的勇士，帝国的英雄，光芒万丈、荣耀无边的不死战士，已经归来。请您发布新的命令吧。

国王：新的命令？嗯……告诉我，聪明的宰相，他们是绝对地服从我的命令吗？

铃：是的！是的！绝对的服从，至高无上的君王！他们永远是您最忠实的仆人。

国王：那么，让他们去死吧！去死！

铃：去死？哈哈，好主意！好主意！

人们一阵哄笑。

7.钟楼上 / 黄昏

在钟楼上，布头嚼着泡泡糖，望着下面广场上的表演。X 调整好最后一个螺丝，把钟盖装好。

X：修好了。

布头：（吹出一个泡泡）谁教你的？

X：什么？

布头：修东西。

X：我们是根据“完美定律”制造的，能够发现事物结构中的缺陷。

布头：你能教我吗？

X：我不确定。

布头：我可以跟你交换。

X：换什么？

布头：你不是想知道人生的意义吗？我家里有好多书，我可以借给你看。

X：书里有答案吗？

布头：我爸爸说书里什么都有。

X：我应该看看。

布头：那说定了？（伸出小指）

X 搜索记忆体，识别布头的动作：“钩小指，表示承诺和约定”，X 伸出小指。

布头：（笑）你从这儿跳下去会不会死？

X:(望望下面)不会。

布头:那我们跳下去吧,我懒得走了。

X:好。

8.广场/黄昏

X扛着布头,从钟楼上飞身跳了下来,自己被摔成一摊液体,双手高举着布头,布头平安无恙,X复原。

周围人瞪大了眼。

布头:哇!(喘气)

阿山:(跳到X跟前,模仿X的声音)奉国王陛下的命令,我在寻找死亡!

人们一阵哄笑,X无动于衷,笑声忽然停止,黑鸟带着手下出现。

黑鸟:喂,就是你吗?想不到,又在这里相见了。

X:……

黑鸟:以为自己有不死之身,就可以破坏这里的规矩吗?

众人还没反应过来,黑鸟已用他被改造成利剑的手臂将X劈成几块。

X变成液体,却一时难以复原。

雅出现,跑到X身旁,黑鸟走过去。

黑鸟:是你吧?拿了属于我的东西。

雅:……

黑鸟:虽然你是个女人,但破坏规矩可不太好。

雅:……

黑鸟:喂,你不会说话吗?(把剑放在雅的下颌)

西风:看不出啊,你还有欺负女人这种嗜好。

黑鸟:哼,你还那么怜香惜玉啊?真是没长进。

西风:止疼药吃多了吧。不对,应该是吃得太少,所以拿女人出气吧。

黑鸟被激怒,和西风厮杀起来,两人杀得难解难分。

晚钟忽然响起,响起一支伤感的曲调,人们都呆住。黑鸟愣住了,他收起剑。

黑鸟:那口钟,是谁修的?

人们目光望向X,黑鸟走到还没有完全复原的X身边。

黑鸟:你,到底来这里干什么?

X:(怪异的声音)我——来寻找——生命的——意义。

黑鸟:(愣,刺耳地冷笑)生命,根本没什么意义。(望向大钟,沉思片刻,用剑指

X)你给我小心点,否则,不管复活多少次,我都会把你一次次杀死。走吧。

黑鸟带人扬长而去。

雅:谢谢,又麻烦你了。

西风:为您效劳是我的荣幸!

雅:你怎么样?

X:没什么。

X晃晃悠悠地站起来,跟着雅离去。

人们望向那口大钟。

9.雅的家/傍晚

X身上那几道黑色的伤口在缓慢地复原,黑色的部分慢慢变成一些粉末,落在地上,把砖石地面腐蚀出一些坑。

X:对不起。

雅:(微笑)没关系。那是什么?

X:强氧化剂,黑鸟剑上涂的,能够腐蚀我的身体,延缓复原时间。

雅:你们认识?

X:他以前是一流的杀手,有人收买他刺杀国王,他为此专门研究过我们的性能。

雅:但他还是失败了。

X:是的。(画面配合呈现)本来他已经砍倒贴身守卫,即将得手,国王见大势已去,就打开手边的音乐盒,黑鸟忽然愣住,结果错失良机,被我们抓住了。国王大怒,给他植入了一个芯片,然后就放他走了。但不论黑鸟走到哪儿,只要国王高兴,就可以发出指令,令黑鸟痛不欲生,而一旦卸下芯片,他就会死。

雅:不论到哪儿都躲不开?

X:是的,这是玲小姐设计的超距通讯技术。我和同伴约定,谁先弄懂了生命的意义,就会发出集结信号,用的就是这种技术。

雅:(沉默,咳嗽)你刚才说音乐盒?

X:嗯,里面的音乐和刚才大钟敲响的是同一支曲子。

雅:是《枯荣歌》,很久以前流行的一首歌了。

X:很久以前?

雅:嗯。(沉默,咳嗽,脸色苍白)

X:(把掌心放在雅的额头)你在发烧。

雅：刚下过雨，有点凉。

X：你需要休息。

雅：没什么。

雅欲起身，晕倒，X扶住她，把她轻轻地放在床上，用手轻轻理顺她的头发，拂过她的脸庞，把脸上的汗水都吸在手上，握手，走到花盆前，摊开手，里面变成一颗大的汗珠，轻轻滚落到花盆里。

雅做起了梦。

10.雅的梦境／城市／白天

灰色的钢铁城市，满天飞车。

地上的人们一个个英俊漂亮，但神情冷漠。

空中投放着各种对立的激光口号："反对机械，回归自然""反对愚昧，坚守理性"。

龙上校开着飞车在各种激光口号中穿行，铃坐在副驾上。远处悬挂的巨幕播放着宣传片：

一个女孩通过机械改造不断追求着青春永驻，周旋在男人之间，最终孤独老去，一个人坐在轮椅上望着大海，回忆起童年时代青梅竹马的伙伴。

画外音解说："如果生命只有一次，你将怎样度过？如果逝去的无可挽回，明天你是否会为今天后悔？生命的意义究竟何在？如果一切能够重来，你是否愿意复苏冰冷的心？（雅出现，微笑着）请加入我们，'时间之光'将带你重回往日，找回失落的感动。"

龙望着银幕上的雅露出微笑。

铃冷笑一声，龙望了她一眼，摇摇头，飞车驶向皇宫。

11.雅的梦境／皇家大厅／白天

铃和父亲李尔正在争吵。

铃：父亲，姐姐的身体本来就不好，你不能再让她参与你们的计划了！

李尔沉默着。

雅：铃，我是自愿的。传承"时间之光"是王室成员的责任。而且，有能量矩阵的协助，并不需要消耗多少精力啊。

铃：姐姐！你看看你的脸色！如果那东西真的能打开时空之门，必然产生能量曲面波动，谁也说不准有多危险。何况……那些试验者说的什么回到了过去，到底是不是真的，现在都没办法证实，也许他们只不过做了一场美梦。

国王：放肆！“时间之光”是先人们代代传承下来的，不许你这样胡说。

铃：就算是真的，又能怎样？不过是沉溺在不可追寻的过往中罢了。只有精神上的慰藉，而丧失了对未来的热情、开拓的勇气和进取的精神，又拿什么拯救文明的危机！

国王：够了！你们的意见我会考虑的，不死战士的研究项目我已经交给评委会去论证了，但愿科技部也不要来干扰我的计划，能量矩阵还是要优先保证“苏醒工程”的，星际殖民的项目暂时先搁一搁，不必再争论了，你明天就回科技部吧。

铃：（强烈气愤）是，父亲。

12.雅的梦境/皇家陵园/白天

在皇后的墓前，龙和雅抱在一起。

雅：（抚摸龙的脸）你要小心。

龙：（微笑）等我回来，我们就结婚吧。

雅微笑着点头。

铃走了过来，在母亲的墓前放了一束鲜花。

铃：真不想打扰你们，不过，我该出发了。

雅：（握着铃的手）不要沉着脸嘛，下次回来，你就要当伴娘了。

铃：在这种地方求婚，你也真想得出来。

龙：对姐夫太不恭敬了吧。

铃：哼，连我生日都不记得的人，能做我的姐夫么？

龙：怎么会不记得呢？（拿出一个音乐盒）生日快乐！

铃打开，里面放出《枯荣歌》的曲子，愣住了。

龙：你姐姐说，小时候你最爱听这个曲子了，每次打雷，跑到姐姐的床上，就要她给你唱这首歌才能安静下来。我可是找遍古董店，才找到了这个。

铃：（眼眶湿润）谢谢。（沉默）好吧，我批准了。

龙：（用手拍拍铃的头）乖孩子。

铃：（佯怒，瞪了龙一眼）那么，祝你们幸福，我要告辞了。

雅：铃……

铃：姐姐，保重。

铃转身离开，《枯荣歌》的曲子继续回响。

13.雅的家/白天

朦胧中，雅听见《枯荣歌》的曲子，她睁开眼，从梦中醒来，坐起，见龙正在一边倒水一边吹口哨。

雅:啊！龙……

龙:你醒了。

龙端着盘子走过来,盘子里放着蛋糕和热水,微笑着,慢慢变回了X的模样。雅清醒过来,异常失落,又躺了下去。

X:你睡了一天一夜了,已经不发烧了,吃点东西吧。

雅没有说话,眼泪淌了下来。X沉默了一会儿。

X:为什么哭?

雅不说话,X又变成龙的样子。

X:是因为这个吗?

雅又哭了。

X:(变回自己的样子)对不起,我们需要定时进行自检,我刚才在调试变形功能……我只是随机挑选……

雅:(止住泪水,平静下来,坐起,擦干眼泪)别再这样了。

X:(点头)他是谁?

雅:龙,我的未婚夫。

X:他在哪儿?

雅:很远的地方。

X:你为什么不去找他?

雅:现在还不能。

X:你们,相爱?

雅:你知道什么是爱?

X:不知道。

雅微笑,拿起蛋糕闻了闻,点点头,吃了一口。

X:好吃吗?

雅:(点头)你把烤箱修好了?

X:嗯。

雅:谢谢你。

X:不客气。人们,为什么相爱?

雅:(沉思)因为,人都难免一死,所以他们希望在有生之年,能够有人和自己一起,分享只在世上匆匆而过的短暂片刻中,所体会到的快乐和悲伤。

X:因为会死,所以会相爱?

雅:嗯,可能是吧。

X:如果永远不会死,就不会相爱了?

雅:这个,要问你才对。

X:(思考)爱一个人,要做些什么?

雅:(想了想)比如同舟共济、相濡以沫、不离不弃之类的。

X:那样的话,我们也会爱,就是铃小姐为我们设定的第二定律。

雅:第二定律?

X:"当你的伙伴有难时,应该去帮忙。"它保证我们作战时能够团结一致。这是爱吗?

雅:(苦笑)也许吧。

X也微笑。

门铃响起,X去开门,布头站在门外,冲他笑了笑。

布头:有人找你帮忙。

X冲雅点点头,跟布头离开。

14.奶奶的店铺内、外/白天

X跟着布头到了奶奶的店铺,一个有着一双机械腿、其中一只断掉的男人小七正在等待。

小七:先生,帮帮我吧,我拖着这条断腿都半年了,(拿起一条类似的废旧机械腿)昨天我捡到个这东西,您看看能不能帮我修修。

奶奶:布头他爹去年死了,本来这儿的东西坏了,都是他修的,现在没人管了,坏的就只能忍着了。

X检查一翻,拉开店铺里的层层抽屉,扫视了其中的零件,把用得上的挑出来,一通忙碌。

X:试试吧。

小七小心地站了起了起来,欣喜地走了几步,活动自如,一把抓住X的手,热泪盈眶。

小七:太谢谢了,恩人!

X微笑。小七欢天喜地走出门,在广场上又蹦又跳,奶奶、布头和X站在门口,露出微笑,X看见西风独自坐在广场的一角,在那里和自己下棋。

雅:这里没一个人是他的对手。

X 走到西风对面坐下。

西风望了他一眼,轻蔑地一笑,把棋子重新摆好。

两个人开始对弈,一番厮杀之后,X 占得上风。

X:将军!

西风:(咬牙)

X:你输了。

西风:再来一盘!

一阵叮叮当当的声音,两人抬头一看,发现一大群人抱着零零碎碎的部件,瞪大眼睛,正冲他们咧嘴微笑。

接下来的一个月,人们排队请 X 为他们修复自己身上的损伤之处,雅在一旁微笑地看着 X 教布头修理飞机模型,挑灯夜读布头借给他的书,和西风下棋,理发师用修好的机械手给人们理发,人们的脸上也重新露出笑容。

15.某城市/主干道/白天

新任总督的就职庆典正在举行,辛格总督身穿军装,戴着满身的帝国勋章,骑着高头大马,在卫队的簇拥下,神情漠然地向街道两旁拥挤的市民微微挥手。

市民甲:(踮着脚)看见了看见了!

市民乙:长啥样?长啥样?

市民甲:看着挺爷们的!

16.总督办公室/白天

辛格总督的桌子上放着几摞文件,辛格不耐烦地胡乱翻阅,站在对面的几个文官不敢吭声。

辛格:匪夷所思!匪夷所思!如此多的税款,竟然连年赤字!

财政官员:大人,税款虽然丰厚,但洪堡大人都还富于民了,这些年建了不少公益设施,每笔都记得清清楚楚,并无滥用之处,请大人明鉴。

辛格:公益设施?哼!难道要靠借债做公益吗?洪堡那个老家伙,自己捞了一身美名,留下这个烂摊子给我,真是厚颜无耻!(随手翻开一页,指着)建什么歌剧院,就花了一千万!还免票观看!一掷千金啊!(翻另一页)五号区每年花掉两百万!给他们吃山珍海味啊!囚禁也这么舒服,人们都要抢着去了!简直是挥金如土,挥金如土!

文官们不敢说话。

辛格:从今以后,收紧开支。逐步减少公益性支出,凡是预算超过一百万的,都要经我批准。

财政官员:是。

司法官员:大人,“感恩日”快要到了,今年安排他们做什么?

辛格:(拿起另一本文件,翻翻)哼,这也能叫劳役?徒有其表!这么多人,干这么点儿活,对得起那两百万吗?从明年开始,感恩日改为每季度一次,后一年开始每月一次,然后固定下来!纳税人的两百万难道是大风刮来的吗!

司法官员:是。大人,那今年安排他们做什么?

辛格:(拿起一份文件)这个歌剧院还要重修?

文教官员:去年的大地震毁坏了大批建筑,歌剧院的修复因为开支巨大,加上洪堡大人生病,迟迟没有开始。

辛格:(眼前一亮)我们去看看。

17.剧院/白天

辛格和众官员环视着在地震中断裂的墙壁、破损的穹顶和地上的杂草。

辛格:好!非常好!

众人面面相觑。

辛格:给我去找最有名的设计师,我要重新设计!

秘书:是!

辛格揪着自己的小胡子微笑。

18.五号区/广场/黄昏

夕阳下的广场比从前整洁多了,一棵大树底下,X和西风在对弈,其他人围观。两个人手边各有一个读秒器,每下一步就要按一下读秒表。

X:你输了。(拿起一颗棋子,准备将军)

西风:看清楚,输的人是你。

X:(犹豫,手放在棋子上没有动,重新审视棋盘)你输了(准备将军)。

西风:喂,再好好看看,别怪我没有提醒你,一着走错,满盘皆输啊。

X:(重新审视棋盘)你错了,输的人是你(拿起棋子,读秒器“叮”的一声)

西风:哈哈,看看,输的人是你吧!

人们一阵嘘声,X皱皱眉。

西风:你要学的东西还多着呢。

忽然一个冒着烟的东西喷着火焰在地上旋转,大家吓了一跳,原来是布头燃放了一个不知从哪儿捡到的烟花盒子,硝烟散去,冲大家咧嘴笑。

理发师：不知不觉，又快过年了哟。

小七：唉，每到这时候，就想家啊。

理发师：不如，今年一起过年庆祝吧！

小七：好啊好啊！

人们纷纷响应。

理发师：等到"感恩日"，各位把补贴粮都贡献出来一点吧。

兄弟甲：终于盼到放风日了。

兄弟乙：终于盼到干活日了。

兄弟甲：放出去了才知道里面好啊。

兄弟乙：干活了才知道闲着好啊。

独眼：（从远处走来）X！黑鸟大人叫你去一下。

人们面面相觑，X跟着独眼离开。

19.帮会大楼/黑鸟的密室/黄昏

黑鸟解开上衣，后背露出几道伤疤和一串钢铁的脊柱。

X轻轻打开颈椎处的后盖，把手指放进去，开始读取信息，过了一会儿，把后盖盖上了。

黑鸟起身，穿好衣服，用目光询问X。

X：没办法。除非同时关闭遥控装置，否则，无法取出信号接收器，强行取出，可能死亡或者永久性瘫痪。

黑鸟沉默了一会儿，推门而出，X跟他来到大厅，帮会的人都聚集在那。

黑鸟：他们的胳膊腿儿，也请你给修一修吧。

X：可以。

人们高兴地拥上来。

X：不过……我想要一些东西？

黑鸟：什么？

X冲黑鸟一笑。

20.五号区/出入口/日

十几辆军用运输车向五号区驶来。

五号区的上空响起悦耳的女声："今天是'感恩日'，请各位遵守指挥，有序上车，为帝国的文明进步作出贡献。"

五号区的边界处有一幢专用的出入口，人们纷纷来到这里，排着队，在荷枪实弹的士兵的把守下，一个个在签名簿上登记，在脖子上戴上一个临时的金属项圈，然后上车。

雅面色苍白地站在人群中，X带着布头走过来，把手放在雅的额头。

X：你在发烧，需要休息。

雅：没关系（咳嗽）。

X拉着雅的手把她拽到一个角落里。

X：你留下来，我替你去。

雅：……

西风：（从一旁路过）你就听他的吧。

布头：（抓着雅的手）姐姐，你留下来陪奶奶吧。

雅：好吧。

布头微笑，X冲她点点头，变成了雅的样子，转身跟着西风离开，走向队伍。

西风：（低声）你这样子，真有点不习惯。

布头：你喜欢她吗？

西风：（拍了下布头的脑袋）我还是和你们保持距离吧。

西风向另一个队伍走去。X则排在了独眼身后。独眼回头打量了X（雅）一眼，会心地一笑。

独眼把一个牛皮信封偷偷塞给负责登记的军官，军官面无表情地接过，看看里面的两枚银币，冲负责戴项圈的人使了个眼色，然后在独眼的名字上划过，又在黑鸟的名字上也划过。

X登记完毕，跟着独眼上车了。

21.五号区／广场／白天

五号区异常安静，午后温暖的阳光照着空旷的广场。雅陪着奶奶坐在长椅上晒太阳。

奶奶：唉……

雅：怎么了？

奶奶：我这把老骨头，没什么指望了。可你们年纪轻轻的就在这儿困着，不是个事儿啊。

雅：（看看自己的手）对我来说，哪里都是一样的。

奶奶：可不能这么说，外面天高地阔，要不是瞎了，我都想再出去看看呢。别着急，你还年轻，什么事儿都有可能。

雅:(苦笑)嗯。

奶奶:我啊,就是放心不下布头。等我不在了,他可咋办啊……

雅:(动容地)您放心吧,我们会照看他的(把手放在奶奶的手上)。

奶奶:谢谢,雅小姐,你真是个好人啊(握着雅的手)。

一只雄鹰从天空飞过,雅抬头追随雄鹰的身影,目光落在了钟楼上。

黑鸟独自站在钟楼上,似乎在思考什么。过了片刻儿,他忽然摔倒在地,挣扎着站起来,又一次摔倒。

雅:啊!

奶奶:怎么了?

雅:奶奶您在这儿坐着,我去钟楼,黑鸟在那儿,他好像病了。

奶奶:你小心点儿!

雅跑向钟楼。

22.钟楼 / 白天

雅跑到钟楼上,看见黑鸟昏倒在地,面色发青,满脸是汗。

雅俯下身,掏出一块手绢去擦拭黑鸟的额头。

黑鸟忽然左手一把抓住她的手,右手的利刃做刺杀状,睁开眼瞪着雅,雅吓了一跳。

黑鸟看清是雅,松开了手,脸上又一阵痛苦,倒下,身体僵硬地从兜里掏出一个药瓶,努力控制着自己把药倒进嘴里,然后躺下,剧烈地深呼吸。

大钟敲响整点钟声,雅跟着唱起《枯荣歌》,黑鸟的身体渐渐平静下来,渐渐睡去。

23.钟楼 / 黄昏

黑鸟醒来时,已是黄昏。他发现自己被挪到了靠近楼梯口、远离边缘的位置,身上盖着一件女人的大衣。

黑鸟站起来,面带倦容,俯瞰着广场,雅和奶奶在那里说说笑笑。

黑鸟嘴角露出一丝微笑,拍拍身上的土,打理整齐,下楼。

24.广场 / 黄昏

黑鸟来到广场上。

雅:你怎么样?

黑鸟:(把大衣递给雅)你不该对人毫无戒备。不过……谢谢。(离去)

奶奶:我们也走吧,他们快回来了。

25.城市 / 歌剧院 / 黄昏

歌剧院被拆掉了穹顶,五号区的人们在搬运碎石块。干了一天活之后,人们面露倦意,在休息的时候一个个没精打采。

兄弟甲:(*活动活动腰*)累死人不偿命啊。

兄弟乙:累死倒省事了。

理发师掏出烟斗。

兄弟甲:给我来一口。

兄弟乙:我也来一口。

监工一阵骚乱,纷纷吹哨子。

监工:赶紧起来干活!总督大人到了!

辛格总督带人来视察。人们不情愿地起来,一边干活,一边远远地看见总督对一个文官发怒,然后甩手离去。

兄弟甲:总督咋还长个了?

兄弟乙:头发也染黑了?

监工:白痴,洪堡老爷早就卸任了,这是新总督辛格大人。

兄弟甲:(*摇头*)我不喜欢他。

兄弟乙:我也不喜欢。

总监:收工了。

众人欢呼。

26.五号区 / 进出口 / 黄昏

人们陆续登记,然后解下脖子上的项圈,聚集在门口。士兵关上第一道大门,传送带运来两个集装箱,人们脸上开始兴奋,然后困惑。

兄弟甲:怎么只有两箱啊!

兄弟乙:应该有四箱才对嘛!

士官:辛格总督说了,因为你们干活不力,要对你们惩罚,今年的补贴粮减半。你们自己好好反省一下吧。

独眼:怎么能这样!

兄弟甲:我手都磨破了!

兄弟乙:我腰都快断了!

人们愤怒地抗议。

士官并不理会,带领士兵上车离去。第二道闸门关闭,表示能量网重新开启的红灯亮起来,警报声响起。第一道闸门开启,人们气愤地冲进去,冲着远去的运输队大喊大叫,然后开始抢食物。

西风:(对着独眼)你来处理吧。

独眼跳上箱子,移开铁钩,朝天鸣枪。人们安静下来。

独眼:别嚷嚷了!每个人按往常的一半分配!大胡子,你来维持秩序。

人们苦着脸,开始排队领食物。

西风:这个年,不好过啊。

理发师:(抽着烟斗)好不好,都要过啊。

27.五号区/大礼堂/白天

人们利用自己的身体优势,各尽所能地修整废弃的大礼堂,张灯结彩,把自己藏的吃的喝的都搬到这里。

一大群帮会的人推着两辆小车出现,卸下两个箱子。独眼打开一个箱子,里面是罐装食品和啤酒。

人们一阵惊呼。

独眼:这是黑鸟大人送给你们的。(打开另一个箱子,里面是烟花,对X)这是你要的。

人们又一阵欢呼,开始把东西取出来。

独眼:(不好意思地)那个,我们,也能来吗?

人们对视了一下,露出笑容。

理发师:过来帮忙吧。

西风:(走到X跟前)烟花?

X:我教他们做的。

西风:你还挺博学的。

X:学海无涯嘛。

西风瞪大了眼睛。

28.大礼堂/晚上

人们都聚集在大礼堂,桌子上摆满了丰盛的食物,每人都倒了一杯酒。

理发师:(举杯)各位,虽然我不是年纪最大的,不过是最早到五号区的人,所以在这里厚着脸皮说几句。这么多年,还是第一次和大家一块过年,我心里有很多感触。这里我特别想敬X先生一杯,感谢他为我们修好了身上的毛病。

众人叫好。

X举杯，一饮而尽，脸上闪出一片白光，酒变成一阵白色水汽从身上蒸发出来。大家鼓掌。

西风走到旧钢琴前，弹奏起欢快的曲子，大家开始吃喝。有人表演变魔术，有人唱歌。

子时临近，人们都跑到广场上，点燃烟花。整点钟声响起，人们欢呼。

29.帮会大楼 / 密室 / 晚上

黑鸟站在窗前，听着大钟奏响的《枯荣歌》，凝视着腾空而起的烟火。

30.雅的家、街道 / 深夜

X正处于休眠状态，隐约听见远处的呼叫声。

理发师：着火啦，着火啦！

X猛然睁开眼，迅速出门。

31.街道 / 深夜

半条街都在燃烧，人们从屋子里纷纷逃出来，有的人被困在大火中。布头被人救了出来，正用手指着房子嚎哭。

X冲进房子，过了一会儿，抱着奶奶出来，摇摇晃晃地走到布头跟前，化成了一摊液体。

布头用力摇着奶奶。

32.街道、钟楼下的花园 / 清晨

火终于被扑灭，半条街变成焦炭。

有三个人在大火中死去，人们用车把他们拉到钟楼底下的一片小花园。

布头已经不哭了，他看着人们把死者埋葬，一动不动，神情悲伤。

钟楼响起了《枯荣歌》，人们站在一起，默默不语。

X：我有一种说不清的感觉。

雅望着布头没有说话。

葬礼结束后，布头依然坐在那儿，直到疲倦地睡着，X才把他抱起来带回家。

33.雅的家、花园 / 白天

雅醒来，发现布头不见了，来到花园。

布头手里握着小飞机，呆呆地坐在那里。

随后的两天，布头一直守在花园，不理睬别人，疲倦地睡着了，才被X抱回家。

34.雅的家 / 晚上

房间里一片漆黑。

X:电池用光了(点起一支蜡烛)。

雅给布头一碗粥,布头默默地吃完,坐在角落里。

X:怎么办?

雅:布头,想不想再见见奶奶?

布头眼睛一亮,点点头。

雅:但是,布头只能见一会儿,见过了,以后就要做一个坚强的男子汉,好吗?

布头点点头。

雅:闭上眼。

布头把眼睛闭上,雅举起右手,放在布头的额头上,手臂变形成一个金属头盔,罩在布头的头上,发出柔和的绿光。

布头的脸上慢慢露出微笑。

绿光变弱,渐渐消失,头盔变回雅的手,轻轻离开布头。布头睁开眼,留下两行热泪,但已经平静很多。

雅擦干他的眼泪,带他上床,为他盖好被子。布头冲雅微笑,闭眼,手里握着小飞机。

X:那是什么?

雅没有回答,疲倦地坐下来。

X:你的脸色不太好。

雅浑身战栗,抱紧双肩。

X:冷吗?

雅点点头。X把雅抱到布头身旁,盖好被子,然后在两人中间躺下来,释放自己的能量,发出红色的光。

恍惚中,雅看见龙守在她的身边,冲她微笑。

35.雅的家 / 白天

布头在屋外玩小飞机,X和雅一旁观看,雅从身后走来。西风走过来。

西风:他看上去好多了。

雅:慢慢就会好起来的,需要一点时间。

X:时间?

雅:时间能让人淡忘。

X:我不会淡忘任何事。

西风:(望着远处焦黑的房屋)下一次供给还早着呢,得想点办法了。

36.**大礼堂 / 白天**

人们聚集在一起,分享一丁点儿的食物。

理发师:真是乐极生悲。

小七:烧了这么大的火,总会派人来调查一下吧。

理发师:别做梦了,要是在乎你的死活,就不会把你关在这儿了。

独眼:黑鸟大人那里,多少还有一点储备粮。

大胡子:那也顶不了几天。

小七:求求情,也许总督大人会开恩。

兄弟甲:都出不去,怎么求啊。

兄弟乙:求老天保佑吧。

X:我去找总督,你们多坚持几天。

理发师:那个能量网,很可怕的。

X:(微笑)我是不死者。

37.**五号区 / 警戒线 / 白天**

X 走到五号区的警戒线,杂草中有一圈寸草不生的隔离带,隔离带之外有一些被切割得支离破碎的尸骨。跟在 X 身后的人们停下来。

X 穿过隔离带时,满身冒出火花,略显吃力地跨过后,身体被看不见的能量网切割成许多小块,碎落一地,化成若干小洼。人们张大了嘴。

在阳光的照射下,液体缓慢地聚合在一起,X 重新站立起来,回头望着大家。

X:等我回来。

38.**总督办公室 / 白天**

总督:(背对着 X)火灾的事,完全是你们咎由自取,现在离下一个供给日还有两个月,提前发放救济粮,异想天开!

X:大人,火灾的起因尚未调查清楚,未必是烟火引起。区里的食物就快要吃光了,如果不发放救济粮,后果不堪设想。

总督:这我管不着,听天由命吧。

X:五号区归您管辖,如果出现骚乱,对您也没什么好处。

总督:(转过身,打量 X)好,看在你的面子上,我就给他们一次机会。不过,没有免费的午餐,十天之后,我要他们再来做一次劳役。

X:我想没问题。

总督转过身,露出阴险的笑容。

39.五号区 / 黄昏

人们在火灾后的废墟中四处翻检，寻找能吃的东西，一个个破衣烂衫蓬头垢面。理发师找到一块口香糖,刚要扔进嘴里,两兄弟看见就跑过来。

兄弟甲:给我一块吧。

兄弟乙:我也要一块。

理发师把糖分了,三个人嚼起来。小七一溜小跑过来。

小七:来了来了!

人们立刻起身冲向进出口大厅。

40、五号区 / 大礼堂 / 晚上

人们吃饱喝足之后。

兄弟甲:啥? 还要干活啊?

兄弟乙:唉哟,我的腰。

理发师:干活又不会死人。

X 有点不安,雅冲他点点头。

41.总督办公室 / 白天

文教官员:大人,都办妥了。

辛格:海报也贴出去了?

文教官员:贴出去了。票已被抢购一空了。

辛格:做得好! 明晚的演出一定会很精彩,哈哈哈!

42.卡车里 / 白天

西风和理发师等人坐在卡车里,周围全是男人。

小七:辛格大人还是挺通情达理的,这次没让女人和孩子来啊。

兄弟甲:你要是国王陛下的功臣……

兄弟乙:……你也可以不来。

理发师:别胡扯了,雅小姐病了,X 要照顾她。

卡车停下来,一阵骚动,车门打开。

士兵:下车!

43.剧场大厅、剧场中央 / 白天

人们被带到一个昏暗的大厅里,在卫兵的押送下,依次穿过一条幽暗的通道,来到了喧闹的剧场中央。

石板门在他们身后落下。

人们发现自己在一块坚固的围墙圈起来的平地上，四周高大的看台座无虚席，耀眼的阳光晃得人睁不开眼，只能听见千万群众起哄高呼的声音。

兄弟甲：我的娘唉……

兄弟乙：咋回事啊？

大胡子：（环视四周，又看看地上扔的一些刀剑棍棒和盾牌）他娘的，这是角斗场！

小七：角……斗场？

大胡子：（捡起一只大铁锤，掂量掂量）每人都挑一样吧。

小七：什么呀……

西风：（捡起一把短剑）我就说，这老家伙不会那么善良。

一个站台从空中缓缓下降，停在半空中，辛格站在上面。

辛格：（做出安静的手势）帝国的子民们，今天，是新剧院落成的第一天，欢迎你们的到来！（欢呼）在此，我要特别感谢我的前任，受人爱戴的洪堡大人，他的英名万世流芳。（欢呼）我愿以他为榜样，为你们创造更多的幸福！（欢呼）为了庆贺新年，也为了向帝国表示感激之情，五号区的同胞们，将为我们献上一场精彩的角斗表演，胜利者将会得到奖赏。（欢呼）

兄弟甲：（朝看台挥手）我们不是自愿的！

兄弟乙：不是自愿的！

辛格：我们的勇士们，已经准备好了。演出就要开始了。

一阵鼓点响起，站台升起，总督离开。观众大声喊叫。

独眼：今天他妈的是凶多吉少了！

西风：想活命的，赶紧拿起武器！

人们哆哆嗦嗦地捡起武器和盾牌。小七瘫在地上。

门洞开启，一批戴着钢盔铁甲的机甲战士冲出来。

西风：（一把拎起小七）像个男人一样，听见没？要活着出去！

西风递给他一支短剑和一个盾牌，小七愣愣地点点头。

双方开始一番惨烈的厮杀。

西风和大胡子各自击倒数个对手，兄弟俩也配合默契，打倒对手，独眼受了轻伤，小七则身负重伤，被西风所救，另有两个同伴被杀死。机甲战士都被打倒。观众发出狂热的叫喊。

贵宾席上的总督则一脸不悦，拂袖而去。

44.牢房/晚上

西风等人被关押进一间牢房里,小七被人抬进来,伤口做了简单的包扎。

独眼:放我们出去!

兄弟甲:骗子!

兄弟乙:混蛋!

大胡子:他们会让我们再去打的,直到全都死光。我们得离开这儿。

理发师:(摸着项圈)可这玩意儿怎么办?

兄弟甲:要是X在就好了。

兄弟乙:他没来真是个失误。

独眼拿钩子砸墙,西风来到小七身边。

小七:(惨笑)我像不像个男人?

西风紧紧地握着他的手,点点头。

45.牢房/白天

有些人昏昏欲睡。大胡子和西风瞪着天花板。

西风:以前是角斗士吧?

大胡子:现在他们的装备可高级多了,不过功夫有点稀松。

西风:想过有今天吗?

大胡子:想过,报应呗。

西风笑。

门外一阵骚动,牢门开启。一名军官走进来。

军官:总督大人有令,命你们回五号区休养。

众人一下子跳起来,面面相觑。

46.五号区/黄昏

卡车开到了五号区。

人们下了车,卸下项圈。

西风和大胡子抬着担架上的小七,有人推着运棺材的小车,一行人走向礼堂。老人和女人都在礼堂外等候。

黑鸟:(走上前,对独眼)怎么回事?

独眼:说来话长。

雅:(对西风)你没事吧?

西风:(望着棺材)没什么。

雅:X 呢?

西风:(愣)他? 我怎么知道?

雅:他说你们没回来,肯定出事了,所以去找你们了啊。

兄弟甲:找我们?

兄弟乙:我们还想找他呢。

X:(远远地走来)我在这儿呢。

47.大礼堂 / 晚上

桌子上摆满了空酒瓶,在男人们边喝酒边讲完经过后,X 也讲述了他的行动。

兄弟甲:啥? 假、假冒总督?

兄弟乙:你真想得出来!

X:不管我怎么说,他就是不肯放你们走,我实在没有别的办法,只好把他打昏,扮成他的样子,颁发了释放令。

人们一阵沉默。

兄弟甲:问题好像严重了。

兄弟乙:越来越严重了。

理发师:(抽着烟斗)这事儿,不会这么结束的。

兄弟甲:能不能求求情?

大胡子:别做梦了,那么大的角斗场,是不会只打一场就完事的。

兄弟乙:谁说求他了! X 先生是大功臣。

兄弟甲:直接去找国王陛下说说吧,给我们特赦吧。

理发师:笑话。

西风:(喝干一碗酒)好酒!

黑鸟:(起身)需要什么,就来找我。(离开)

西风:(醉意)这是黑鸟吗? (对 X)不是你变的吧?

48.皇宫 / 黄昏

冷清的皇宫。夕阳柔和的光辉照在花岗岩地面上,映红了墙壁上金碧辉煌的图画。国王 K 端坐在龙椅上,看着一个披着黑色斗篷的巫师在一个透明的水晶球前面伸开双臂。水晶球在幽暗的宫殿里投射出全息的影像,演示着国王 K 当年在战场上东征西讨、最终统一世界君临天下的画面。

国王:我没有看到不死者。

巫师:陛下,一切虚幻的东西都不可见。

影像消失,变成了一堆浓艳的色彩和线条,好像许多不同颜色的染料在一起融合。

国王:我看不懂。

巫师:陛下,这是只有巫师才能解读的未来之事。

国王用询问的目光打量着巫师,巫师却不开口。国王沉默,影像终于消失。

国王:没有一个帝国能够永存。我只想知道,它是如何灭亡的。

巫师:陛下,事物常常毁于缔造它的人。

国王:(冷笑)下去吧。

巫师:是。(收起水晶球,退下)

宰相铃走进来,看见国王正望着桌上的棋盘沉思,手里摆弄着一颗用象牙雕成的棋子。

铃:陛下,您叫我。

国王:(依旧望着棋盘,没有抬头)辛格总督遇到了怪事。

铃:我已经知道了。

国王:过了这么多年,还没有死掉。

铃:这证明了"完美定律"的有效。

国王:(在棋盘上轻轻地敲着棋子) 那个X,竟然会为了一群贱民犯下如此大罪。

铃:他们只服从您的指令。

国王:有意思。

铃:您可以随时召唤他们回来。

国王:(抬头,嘴角露出淡淡的微笑)不,让他们继续吧。

49.皇宫外/夜晚

铃独自站在夜空下,仰望着群星,回想起往事。

50.李尔的办公室/白天

铃又在和父亲吵架,雅在一旁,但这次铃并不激动,而是显得冷淡。

铃:父亲,您这次太过分了。

李尔:……

铃:在最关键的时候突然解散研究小组,还把研究成果封存起来,这只会激化矛盾。作为您的女儿,我得提醒您,科技部的常务委员会已经决定提出违宪审查的申请,星空财团在"不死战士"这个项目上投入了大笔经费,也不会善罢甘休的。

李尔:铃,你知道人为什么活着吗?

铃:……

李尔:这些天,我总是梦见你们的母亲。我想,人都难免一死,正因为这样,才会希望在有生之年,和另一个有限的生命相亲相爱,分享匆匆而逝的人生中那些快乐和悲伤。如果真的长生不死了,生命还有什么意义呢?

铃:您别再说这些空洞的大道理了,如果没有别的事,请允许我告辞。

铃站起身,李尔摆摆手,铃推门而出,雅追出来。

雅:铃……你这就走吗?

铃:嗯,不论如何,我都会把不死战士造出来的。

雅:铃,我求你了,不要违反父亲的旨意,他也是用心良苦。

铃:别再说了,姐姐。我要走了,你保重。

铃转身,雅一阵咳嗽。

铃:姐姐!

夜空中划过一颗流星。

雅:好久没有见到这样晴朗的星空了,什么时候,我们再去郊区看星星吧。

铃眼眶湿润。

51.皇宫外 / 夜晚

铃从回忆中回到现实,眼眶湿润。

铃:姐姐……

52.五号区 / 进出口 / 白天

辛格总督带领一队人马开进五号进出口大厅,人们纷纷聚集。

总督环视着四周,走到 X 跟前。

总督:你好大的胆子!

X:我做的一切,都是奉国王陛下的旨意。

总督:哼!我已禀明圣上,陛下要我依法处置。你身犯重罪,理当斩首。你不是有不死之身吗?我就一遍遍地砍你的头!

X:大人,我只接受国王的直接命令,你无权干涉我的行动。

总督:你……!(愤怒地踱步)其他人,统统都给我上车!

人们站着不动。

总督:我命令你们上车!

兄弟甲:送死的命令我可不听。

兄弟乙:对不住了。

人们一阵起哄。

总督:(点头,愤怒地踱步,用指挥棒指点众人)好啊,你们这些叛贼逆子!要不是陛下圣明,早该统统问斩了,现在让你们在这好吃好喝的,不但不知恩图报,还跟这么一个东西(指X)串通一气,想造反啊!(望着群情激愤的众人)那就别怪我无情,全给我抓走!(退到卫兵身后)

卫兵冲上去抓人,人们和卫兵扭打在一起,卫兵人少不敌,总督见状,匆忙开启第二道闸门逃走。

总督:关门!

闸门关闭,红灯亮起,警报声响起。几名卫兵来不及逃走,被困在闸门后。愤怒的人围上去殴打他们。

西风捡起一支枪,朝天连开两枪,人们安静下来。

西风:辛格很快就还会再来,有力气的,都省着点用!你们都上过角斗场了,知道顺从会有什么好下场!他们只想要我们死!要想活命,只有反抗到底!

兄弟甲:反抗到底!

兄弟乙:反抗到底!

众人高呼:反抗到底。

西风:(示意众人安静,对大胡子)把这几个抬走,找个地方关起来。

理发师:可是我们没枪啊。

西风望向独眼。

53.帮会大楼/大厅/白天

黑鸟在电子锁上输入了密码,一道暗门开启,露出一排排落满尘土的枪械和火药。

黑鸟:这些东西,不知还能不能用,你们就随便拿吧。

西风:谢谢。(捡起一支电磁枪,对X)能修好吗?

X:(快速扫描)大部分可以。

X挑选了一些武器,两人装进推车里。

黑鸟:老人、女人、小孩,可以到这儿来。

西风:你会跟我们一起吗?

黑鸟:没兴趣。

西风:我忘了你是个杀手。

黑鸟:很贵的杀手。

西风笑,和X离开。

独眼:大人……

黑鸟:谁愿意去,我都不拦着(转身离开)。

54.大礼堂/白天

小七面色苍白地躺在地上,气息微弱,雅在一旁守护,用毛巾轻轻擦去小七额上的汗珠。

小七:(微笑)雅小姐,我快要死了吧。

雅:别胡说。

小七:您长得真像小玉。

雅:是你的心上人吗?

小七:(点头)她是我们村最美的姑娘,没有一个男人不爱她。我和她一块长大,一直很喜欢她,可是我太平凡了,一直不敢告诉她。

雅:后来呢?

小七:后来……后来就打仗了,男人们都被抓去当兵了。仗一打就好多年,后来我就厌倦了,做了逃兵,可是半路就被抓住了……也不知道她现在怎么样了,也许嫁人了吧,唉,真想再回家乡看一看……

雅:……

小七:雅小姐,人死了之后,会去另一个世界吗?

雅:你想再见到小玉吗?

小七:想啊,没有表白我的心意,总觉得就这样死去,实在太遗憾了。

雅:闭上眼,我带你去见小玉。

小七:(吃惊)嗯!(闭眼)

雅把右手放在小七额上,变成机械头盔,发出柔和的绿光。

周围人发出惊叹声。

55.麦田/黄昏

小七回到了过去的家乡,看着小玉在金黄的麦田里奔跑欢笑。

小七:(内心独白:啊!这是……)

小玉在小七身边坐下来。

小七:(内心独白:一定要说出来)小玉,我明天就要走了。

小玉叼着草叶低头不说话。

小七:其实我……(内心独白:说出来吧,不然会后悔一辈子的)……我很喜欢你。

小玉脸红了,露出微笑,把手放在小七的手上,两人一起看着夕阳。

56.礼堂 / 白天

小七回到了现在,睁开眼,眼角淌出泪水,雅的手恢复。

小七:啊,雅小姐,谢谢你,(抓住雅的手)谢谢你。

雅的脸色苍白,惨淡微笑。周围人瞪大了眼睛。

理发师:怎么回事啊?

雅没有说话,站起身,走到角落里,疲倦地坐了下来。

小七带着微笑合上了双眼。

兄弟甲:老兄,挺住啊!

兄弟乙:挺住啊,老弟!

雅也倒了下去,理发师跑过去。

理发师:雅小姐,你怎么了啊?

57.雅的家 / 清晨

雅醒来,看见 X 正在炉火边修理武器,布头给他帮忙。

见雅醒来,X 停下,端起草药走到她身边坐下。

X:醒了。

雅微笑。

X:你很虚弱。

雅:还好。

X:这是最后一点药了。

雅:没事。

X:你的病,和那个有关系吗?(指雅的右手)

雅:没什么关系。

X:我,担心你。

布头:姐姐,你要好起来,不只他一个人担心你呢。

雅:(笑,拍拍布头的头,对 X)保护好大家。

X 点头。

58.五号区 / 清晨

西风带人设置路障、机关和陷阱。

布置妥当后，大家坐下来休息。理发师抽起烟斗。

西风：想不到，还有机会再打仗啊。

理发师：是啊，本来以为这辈子就这样浑浑噩噩了。

西风：能被关到这儿，一定偷了很不寻常的东西吧。

理发师：听说过飞天猫吗？

兄弟甲：就是你啊？

理发师：以前是。（看看自己的剪刀手）现在就不是啦。

兄弟乙：久仰久仰！

西风："美人劫"，传说中的翡翠之王，到现在还是一个传说呢。

理发师：等出去了，带你们去见识一下吧。

兄弟甲：出去？

理发师：是啊，在这里待得有点腻歪了。

兄弟乙：你就做梦吧。

西风：有梦做，也不赖。

兄弟甲：来了！来了！

天空中远远地飞来五六艘轰炸飞艇。

西风：拉警报！

警报声响起，男人们纷纷躲进地下室，女人们都跑向帮会大楼。

59.五号区 / 白天

轰炸艇在五号区上空投掷下大量的炸弹，五号区战火纷飞，本来就是断壁残垣的五号区变成一片瓦砾。

60.帮会大楼 / 白天

黑鸟启动了防护装置，整个大楼变成了一座钢铁堡垒，抵挡着轰炸。

黑鸟望着远处的战火，回想起往事。

61.农舍 / 清晨

黑鸟感到有人在碰他的脸，于是一把抓住（这时他的双手完好），看见一个姑娘正拿着一根羽毛逗他，他放开手。

农夫推门进屋。

农夫：（对女孩）出去玩去！

女孩撇嘴，出门。

农夫：你醒啦？

黑鸟:(回想自己丛林负伤逃跑,身后一群雇佣兵在追赶)你救了我?

农夫:(笑)你血流得吓人啊,快躺下来。追你的人被我骗走了。这年月,土匪们太嚣张了。

黑鸟:谢谢。

一只小鸟落在庭院里。

女孩:哎呀,你受伤啦!(捡起小鸟)

农夫:我这孩子,这儿(指脑袋)有点问题。

女孩哼唱着《枯荣歌》,给小鸟包扎伤口,黑鸟走过来。

女孩:你受伤了,它也受伤了,咦,你们俩长得有点像啊。

女孩举起小鸟,冲着黑鸟笑。

62.树林 / 白天

黑鸟和农夫在砍柴。

农夫:伤刚刚好,不要太劳累了。

黑鸟:没关系。

农夫:我看你不像是干农活的人。

黑鸟:能这样生活也不错。

远处冒起浓烟。

农夫:唉,又在打仗了,什么时候才能天下太平啊。

黑鸟:会有那样的时候吗?

女孩一路蹦蹦跳跳地跑过来送饭,黑鸟望着,露出微笑。

63.山上 / 黄昏

黑鸟一个人在山上砍柴,听见山下人声嘈杂,燃起火光,提着斧头冲下山。

64.村子 / 黄昏

一群匪徒正在村子里大肆烧杀劫掠,人们哀号。黑鸟看见农夫被杀死,女孩赤身已死,他扯过一件大衣给女孩盖好。

黑鸟杀死了所有的劫匪,在一片熊熊火光中离开村落,耳边回荡着女孩哼唱的《枯荣歌》。

65.帮会大楼 / 白天

黑鸟回到现实,看着外面纷飞的战火。

整点时刻,钟楼敲响《枯荣歌》,一颗炮弹掉在钟上,把钟楼炸成两截。黑鸟神色为之一变。

66.五号区 / 白天

轰炸结束后，总督的军队开入第五区。

X 和西风等人躲在掩体中，引爆机关，重创总督军队。

五号区的人寡不敌众，不少人受伤，且战且退，理发师和大胡子都受了伤。他们退到广场的废楼里，被包围。

理发师：扛不住了。

独眼：他们人太多了。

兄弟甲：这下可被包圆了。

兄弟乙：一勺烩了。

X：只要关掉能量网，你们就可以逃走了。我去劫持辛格！

X 变形成一个油桶，在硝烟中朝军队滚去。辛格坐在密封的装甲车里，手拿着特制望远镜，识别出油桶是 X 的伪装。

辛格：射那只桶！

敌方全都集中到 X 身上，他被打回原形，打成碎片又不断努力复原。

辛格：给我打！我要让他灰飞烟灭！

黑鸟坐在操控台上，瞄准总督的军队，开始扫射。总督军队死伤惨重。

总督：撤，快撤！

西风等人趁势冲出，士兵拼死保护，总督终于突围，逃到边界外。有两个士兵慌不择路，越过边界时，发出一声惨叫，被切割成碎块。众人等停止了追击，一阵欢呼。

兄弟甲：有种再回来啊！

兄弟乙：有种……（惨笑，低头发现胸口流出鲜血，吃惊地望着甲）。

兄弟甲：老二！老二！

兄弟乙倒在甲的怀里，甲抱着他痛哭。

67.大礼堂 / 晚上

人们看着大批缴获的武器和地上的死者，既兴奋又难过。X 在角落里休眠。黑鸟在窗边看着外面的废墟。

西风：这地方呆不下去了。只有杀出去，才能自由。

理发师：可能量网是个问题啊。

西风：所以必须活捉辛格。

独眼：可是连 X 都没办法靠近他。

西风：会有办法的。还能走动的，都去吃点东西，然后跟我去设陷阱。

人们散去,西风走到黑鸟身边。

西风:谢了。

黑鸟:你好像很有信心。

西风:(笑)死磕是一种美德。

黑鸟:这世上,有自由这种东西吗?

西风:试试看,就知道了。

68.广场 / 白天

阴霾天气,X 的能量仍未恢复,只能坐在广场上望着废墟,行动迟缓。雅来到他身边坐下。

X:(声音怪异)你看起来……不好……

雅:(笑)你看起来更不好。

X:(声音怪异)呵呵。我没事,等到太阳出来,我就没事。

雅:X,你真的不死吗?

X:根据"完美定律",是的。但,它需要不停地证明,直到我死。

雅:你知道什么是死吗?

X:有人告诉我,死,是不再存在,是虚无,但,什么是虚无,什么是不存在,我不懂。

雅:你害怕死吗?

X:不怕。你害怕吗?

雅:有一点。

X:你要死了吗?

雅:我不知道。

X:你不要死。

雅:(笑)为什么?

X:你是我的伙伴,我必须救你。

雅:(笑)死不是一种灾难,没人救得了。

X:我说不清,但我不想看不见你的存在。

雅:你说过你永远都不会忘记。

X:是的,只要我的记忆体没满。

雅:你的记忆体有多大?

X:可以装下人类所有的知识。

雅:足够了。等我死了,你会记得我吗?

X:(愣了一会儿)会的。

雅:(笑)那挺好的,虽然我死了,但还会在你的记忆体里存在。

X:(想了想)是的,(笑)那挺好的。

兄弟甲身上包着绷带走过来,蓬头垢面,脸色憔悴。

甲:(痛哭后的沙哑)雅小姐……

雅:你的伤怎么样?

甲:雅小姐(迟疑),我能不能,求您……我……

雅:(微笑)明白了(起身)。

X:你要做什么?

雅:别动,你在这儿好好晒太阳。(对甲)闭上眼。

甲闭眼,雅把右手放在他额头上,变成头盔。片刻后,甲泪流满面,睁开眼。

甲:雅小姐,谢谢,谢谢!(握着雅的手)

雅:(气息微弱地)没关系。

甲平静地走向礼堂。雅疲倦地倒在X的怀里,X抱起她,起身。

69.雅的家 / 晚上

在雅的房间里,雅躺在地上,X守在她身旁。

雅睁开眼,疲倦地笑了笑,又睡了过去。

X通宵守候,直到天亮。

70.雅的家 / 白天

雅醒来,看见西风也在,X递给她一碗鸡汤。

雅:好香啊。

西风:黑鸟送给你的,她说你看上去营养不良。

雅:替我谢谢他。

西风:等你好了,自己去谢吧。

雅:(一阵咳嗽)恐怕好不了了。

西风:和那个有关吧?(指指雅的右手)好像你每次用它之后,就会很虚弱。

雅点点头。

X:你不应该这么频繁地使用它。

雅:(望窗外一片萧索)这个冬天可真漫长啊。

西风:如果再这么不珍惜自己,恐怕就不容易看到春天了。

雅:对一个老人来说,这也算不了什么。

西风:嗯?

雅:按说,我还是你的长辈。

西风:说什么呢?

雅:X,事到如今,也该告诉你了。其实,我并不是这个时代的人。

雅开始讲述自己的过去。

71.雅讲述过去(画面配合)

我生活在一个科技远比现在发达的时代,智能的机械代替了人类劳作。人们为了追求更完美的生存,不断制造更高级的机械装置,以替换自己身体上有缺陷的部分。然而,科技的进步,也带来了一系列的难题:环境污染、社会关系冷漠、人机合体导致的人格分裂、一些狂热的科学计划,人们渐渐分化出两大派别:狂热的科技主义者(以 π 为标志)和人性复苏主义者(以?为标志),两派明争暗斗。

我的父亲名叫李尔,是当时的君主。面对两派的斗争,父亲的内心充满矛盾,一方面,他相信科技能够造福于人类,同时,他也看到了科技带来的诸多问题,父亲深深地感到,世界需要一场变革,来挽救日渐麻木的人性。所以,父亲决定启用"时间之光"。

"时间之光"是远古遗留下来的神器,由君王代代传承,而且只有仁爱之人才能使用,它能够打开时光之门,带人回到过去最难以忘怀的某个时刻"重来一遍",你可以重温美好或者改变错误,但当你做出改变的举动后,被改变的结果将在另一个平行的宇宙里继续下去,而且你无法看到最终的结果。不过等你回到原来的时空,虽然一切如故,但心里会感到些许安慰。

随着"时间之光"的启用,人们陆续找回生命中的感动,明白了最珍视的东西,对于科技的狂热略有降温,这激起了科技派的强烈反对。他们认为,所谓"时间之光"不过是一台造梦机,提供的是一场虚假的幻觉。他们指责父亲,说他用精神鸦片对人民实行操控,主张销毁"时间之光"。于是两派的矛盾日渐升温,信奉科技的城邦蠢蠢欲动,内战的阴云开始蔓延。

战争的导火索源于父亲的一个举动。当时,军方正在进行一个名叫"不死战士"的科研项目,一旦成功,这种技术可以用于外太空的星际探索和殖民,也可满足大多数人对于完美不死之身的渴望,这项计划得到大财团和科技派的支持,却遭到人性复苏派的反对,他们认为不死者将威胁到人的生存。

父亲也认为,一旦人们获得不死之身,生命也就失去意义,因此他也反对研究计划，尽管最初迫于军方的压力而通过了这个项目，后来还是在最关键的阶段解散研究小组，把研究成果封存起来。这直接导致了内战的爆发。

由于科技派早有预谋，而且有大财团的支持，很快打败了人性派，把首都包围起来。危急时刻，父亲让我换上一只机械手臂，将“时间之光”埋藏在里面，叫我逃到地下掩体中，等待危机过去之后，复苏我们的文明。我来不及多想，躲进了地下掩体里，却遇见了我的妹妹铃。铃从小就聪明伶俐，天赋很高。母亲在我们幼年就因为家族的致命遗传病死去了，这给年幼的铃留下了创伤，促使她成为一位生命科学家。铃一直不满父亲的保守，暗中加入了科技派的阵营。她趁乱窃取了“不死战士”的研究成果，一路跟踪我到了掩体里，逼我交出“时间之光”，说要毁灭它。正在我们僵持之际，父亲引爆了核弹，与敌军同归于尽，掩体里的防护措施启动，我和铃都被强制进入冬眠状态。

我很庆幸自己比铃先一步醒来。当我匆匆走出掩体，发现已过去两百年，之前的历史已被人淡忘，我们那个时代的事，都成了传说。我才走了不久，便遇上一支军队，因为容貌异常，被当做奸细关押起来。后来战争结束了，我便被关在了这里。当我知道，国王发明了不死者的时候，我就明白，一定是铃的创造。

实际上，两百年的冬眠对我的身体造成了严重的损伤，诱发了家族遗传病，来五号区后更是一天天严重，我知道自己的生命不长了。我该怎么办？时过境迁，父亲交给我的重任，还有什么意义？既然出不去，不如在这里了却残生。只是没想到，会遇见你，X，也没想到，我还会再使用“时间之光”。如今，为了让别人能够获得安慰，奉献自己本来就快要了结的生命，也算是不枉此生了吧。

72.雅的家／白天

雅结束了她的讲述。

西风：不可思议！

X：“时间之光”要消耗能量吧？

雅：嗯。

西风：命都没有了，怎么完成你父亲交给你的重任？

雅：我天生体质弱，其实并不适合做继承者，但父亲认为，铃缺乏仁爱之心，所以选择我本来只是权宜之计。我知道，自己的生命到了尽头，幸运的是，我想我找到了继承人（望着X）。

X：我？

雅：你虽然是铃创造的，但我感到，你身上有一种潜在的东西，我认为你是最好的人选。

西风:所谓的女人的直觉?

雅:(笑)算是吧。

西风:你能行吗?

X:我……我不确定。

雅:X,你知道什么叫承诺吗?

X:(伸出小指做拉钩状)是这个吗?

雅:(笑)是的。(伸出小指)你能答应我:不论发生什么情况,你都会妥善地保管它和使用它,直到你找到合适的继承人,并在他做出同样的承诺后把它传递给他吗?

X:(想了一会儿)能(勾住雅的小指)。

雅微笑着把右手变成头盔形状,打开盖子,取出一颗绿色的水滴,交给X。

X伸手接过,水滴像胶水一般吸附在他的手掌中,过了一会儿,它开始慢慢地融化,消失。X的身体泛出绿光,他在片刻里看见了一个文明的兴衰。

绿光消失,雅的手臂变成原样。雅满脸疲倦,冲X和西风微笑了一下,就躺下去睡着了。

西风:(为雅盖好被,对着X)你能行吗?

X自信地点点头。

73.K 的皇宫/黄昏

铃:陛下,又有两个区发生骚乱,都已经镇压了。

国王:好。

铃:西风和黑鸟都在五号区,他们准备对抗到底。

国王:(笑)很好。

铃:其他的不死者,现在还没有什么特别的消息。

国王:这个,有点特别。

铃:他们的潜能很可观。

国王:解除能量网,把五号区围起来。

铃:是。

国王:我相信,你有些办法。

铃:必要时,可以试一试。

国王:(笑)很好,很好!

74.五号区边界 / 白天

五号区的边界处,负责瞭望的甲看见远处狼烟四起,国王的精锐大军在阳光下闪闪发亮。

甲敲响警报。全副武装的人们立刻从各个方向冲出来,跑向各自的位置。X 和西风快步跑向边界,紧张地盯着对面。

国王的大军却远远地停了下来,安营扎寨。

独眼:又搞什么花样?

黑鸟姗姗来迟,捡起一块石子,扔向界外,石子划了一条抛物线,完好无损地滚落。众人惊讶,黑鸟走向界限。

西风:喂,你不要命了吗?可能是圈套。

黑鸟不作答,走到了界限外,望着远处的军营,然后转身走回来。

黑鸟:杀掉捆住手脚的野兽,是没什么乐趣的。活动活动筋骨吧,今天是不会开战的。

黑鸟离开,人们小心翼翼地跨过边界,望着对面的金顶军营。

西风:老头子亲自出马?真赏脸啊。

理发师:倒是省事儿了。

西风望着 X,X 沉默。

75.雅的家 / 白天

浓密的阴云笼罩在五号区的上空。

雅卧病在床,X 在她身边守护,门外一阵风吹过,雅有点发抖。

X:冷吗?(把手放在雅的脸上)

雅:好像要下雪了。

X:你喜欢雪吗?

雅:嗯,下了雪,到处都是一片白色,很温暖。

X:这不合逻辑。

雅:(笑)小时候最喜欢下雪了,等到地上铺满厚厚的一层,走在上面咯吱咯吱的,我和铃就玩拉雪橇的游戏。我拉着她往前滑,世界好像没有尽头一样……现在,好像又闻到了雪的味道。

天空下起了雪。X 走出门,抬头看天,一片雪花掉落在他的手掌,融化后有一颗银色的颗粒,融化进了 X 的身体,X 的表情为之一变,头部发出金色光晕。

X 走进屋。

X:雅小姐,我想起来了,我的任务。

雅吃惊地看着X变成了铃的样子。

X:姐姐!

雅:啊,铃!(坐起来)

X:(站立不动)姐姐,真高兴又再见到你。你看到这些,说明他们找到了你。我知道你在躲着我。你不知道,我有多想你(画面配合)。其实,造出不死者后,我感到的与其说是喜悦,不如说是空虚。没错,我也曾尝试把自己改造成不死者,但最终放弃了,因为我发现生命的乐趣就在于它的不完美,我之所以成为我,就在于我的精神和肉体的种种缺陷,它们就是我的一部分,一旦把它们都校正了,我就将不再是我,而成为不死者,那样尽管完美,但也了无生趣,只是一台机器。我终于领悟了父亲的话明白了他的良苦用心。现在一切都过去了,"时间之光"是真是假,不再重要了,姐姐,快来找我吧!

雅:铃——(流泪)

X变回自己。

雅一阵咳嗽,咳出一口血。X急忙上前,把她抱在怀里。

窗外的雪越下越大。

76.空中、飞艇里 / 白天

国王的御用飞艇队在飞雪中穿行,国王望着窗外沉默不语。铃走了进来。

铃:陛下。

国王:这种天气,厮杀起来太不过瘾了。

铃:我现在就把地面烘干。

国王:你总是知道我的心思。如果你是和我一样的人类,我早就把你杀了。

铃愣住。

国王:哈哈哈,放心吧。对你的过去,我一点也不感兴趣。你带给我的,已经足够使我厌烦的了。(望向窗外)该把这些都结束了。

铃不语。

77.五号区边界 / 白天

飞艇射出一道红光,扫过云层,阴云像冰块遇到热水一样迅速地消融,露出阳光。红光扫过五号区与帝国军营之间的空地,积雪也迅速融化并蒸发,露出了大地。

地上的人们吃惊地看着这一幕,说不出话。

78.雅的家 / 白天

雅已奄奄一息。

雅:你来试试"时间之光"吧,就拿我做实验好了。

X 点头,把手放到雅的头上,变成了一个头盔,身体开始发出绿光,雅回到了过去,即第 12 场雅在梦中梦见的过去场景——雅和龙在皇家陵园里道别。

79.皇家陵园 / 白天

雅:你明天就走了么?

龙:嗯,局势有点僵硬,科技派和人性派的冲突在各地都有升级的趋势。

雅:……

龙:你要注意身体,那个,还是很费心力的,想要弥补过去的人又那么多。

雅:没关系。其实,真的也好,幻觉也好,我感觉到,当他们醒过来时,都好像获得了新生,看到他们露出释怀之后的微笑和泪水,我也感到幸福。

龙:(微笑,拿出一个金属盒子)打开。

雅:(轻轻一摸,盒子自动打开,里面一串项链,微笑)好漂亮。

龙:(拿过项链,给雅戴上,两人对视了一阵)过来(抱住雅),喜欢吗?

雅:嗯。

龙:那就多抱一会儿吧。多抱一会儿,等到我们变成老头老太太,再一起回到现在,就可以多回味一阵了。

雅:(抚摸龙的脸)你要小心。

龙:(微笑)等我回来,我们就结婚吧。

雅微笑着点头。

80.雅的家 / 白天

在绿光中,X 化成一团胶体。

绿光消失,X 复原,看见雅握着他的手,微笑着闭上眼。

X 流出了一滴金属眼泪,落在脚边,同时头部发出了淡蓝色的信号。

在世界各地的不死者纷纷感受到信号,头上亮起淡蓝色,他们停下手中的工作,眼睛望向五号区的方向。

81.五号区边界 / 黎明

一头高大的黑马载着一个银甲骑士飞快地穿越空地,来到边界线处。警戒的人们端起枪。

骑士:(打开头盔)陛下叫 X 答话。

警戒的人们放下枪,互相看了看。

82.国王的军营 / 白天

X跟着侍从来到国王的金顶帐篷外,走进去,看见国王和铃在里面。

X:(行礼,低着头,眼望地面)陛下。

国王:(细细打量了X一番,叹气)一点都没变(抚摸着手中的宝剑),而我,已经老了。

X:光荣并不随着时间而去。

国王:嗬,看来你读了不少的书。我听说,你还做了不少事。

X:全凭陛下的吩咐。

国王:还包括背叛我。

X:我没有背叛您。寻找死亡,和人们一起生活,打败总督,都是在执行您的命令。

国王:你弄明白了什么叫死亡了吗?

X:我在努力理解生命的意义,通过生去理解死。

国王:生命有什么意义?

X:人们行动,改变世界,证明自己是活着的。当他们死去,人们记得他们存在过。

国王:有意思。你觉得自己是活着的吗?

X:我不知道。

国王:我来告诉你吧,你根本不存在。

X:陛下,我行动,改变了世界,我是存在的。

国王:世界是不会改变的。你什么也没做过。

X:历史会证明一切的。

国王:历史!(冷笑)历史只是胜利者编织的谎言。

X:……

国王:为什么你要帮助那些渣滓?

X:他们遭遇苦难,我不能不管。

国王:这和你有什么关系!

X:他们,是伙伴。

国王愣住,然后爆发出一阵刺耳的笑声。

黑底字幕打出:

当你的伙伴有难时应该去帮忙。

——不死者第二定律。

国王:如果我要他们承受苦难,你会怎么做?

X:我请求您赦免他们。

国王:如果我不答应呢?

X:很遗憾,您将符合敌人的定义。

国王:你要反抗我吗?

X:您是主人,也是敌人,我遵从您的旨意,也与您作战。

国王:(怒)你比谁都清楚,与我为敌的下场,只有死路一条!

X:陛下(抬起头,注视着国王的双眼)这正是我求之不得的。

画面回放:国王阴郁地对铃说:让他们去死吧。

国王:(愣了片刻)哈哈哈,妙!妙啊!好!我给你一天的时间,你回去用心准备,让他们不要懈怠,后天早上十点,准时开战,要好好地跟我斗一斗(想了一下,灵机一动地对着铃)。带他去检查一下,我要确保"第一定律"一直有效。

铃:是。

X向国王行礼,铃带着他走出帐篷。

国王一个人坐在棋盘前,面露微笑。

83.测试房/白天

铃和X走进测试房,里面摆满了各种各样的仪器,因为长久不用而显得安静冷清,仪器上落了一层细细的尘土。

X:铃小姐,有人想见你。

铃:嗯?

X变成雅的样子,铃很惊讶。

X:铃……

铃:姐……姐姐……(欲上前,忽然停下)不,你不是……

X:铃,我收到了你的消息,我很高兴。生命正因为短暂,才显得美丽。你明白了这一点,我就放心了。我很想去找你,可是我的身体不行了。当你收到这个消息时,我已经离开了这个世界。请你不要悲伤,既然无人能够阻挡死亡的脚步,也就不必耿耿于怀。"时间之光"是真的,如果你还是不相信,为什么不亲自试一下呢?我把它交给了X,他虽然是个机器人,但已经能够使用"时间之光"了,这说明,他和我们一样有着灵魂,甚至还有一颗仁爱的心,只不过,你要给他们一点时间。再见了,铃。我们还会在别的时空里相见，在那里，我们大家都很平安快乐。

铃：(哽咽)姐姐！

X变回自己。

铃慢慢平静下来，走到X身旁，打开X后脑处的盖子，自己的一根手指弹出一个读卡口，与X的记忆体相连，读取了X的记忆。

铃：那个东西，在你那里？

X：是的。

铃：那你就好好保管吧。

X：你不想试一试吗？

铃：(犹豫)不必了。你走吧，后天会很辛苦。

X：还没有进行“第一定律”有效性测试。

铃：你必须服从国王的命令。

X：是的。

铃：但我不必。走吧。

84.楼下的花园/黄昏

X站在雅的墓前，西风从后面走来，在墓前放上一朵鲜花，然后望着夕阳。

西风：以前还真从来没有好好看过太阳西沉的样子呢，总是觉得，以后还有的是时间看。

X：据说人们看见夕阳，就会感到落寞。

西风：大概是因为想到有朝一日，太阳落下去之后，自己却不能再看到它的升起吧。不过，你是不会有这种烦恼的吧？

X：国王不会没有准备就来。

西风：呵，设想一下：假如你马上就要死了，真正的死了，你会眷恋这个世界吗？

X没有回答。

西风：换个问题：你做好死的准备了吗？

X：我准备得够久的了。

西风：很好，这样我就放心了。

两人又沉默了一阵。

西风：你讲给布头的那些故事，什么白色的极地，绿色的极光，五彩缤纷的钻石雨一类的，是真的吗？

X：是真的。

西风:真想去看一看啊。

黑鸟:(从背后走来)那就想办法活着出去吧。

85.五号区边界 / 白天

天空挂着一轮黯淡的太阳。

两方在排好阵势,国王的队伍光鲜整齐,X 和西风的队伍则五彩而肃穆。

战斗开始。一轮激烈的苦战,国王的军团被击退,但五号区的人也死伤过半。理发师、大胡子,甲等人都死了,西风也受伤了。

西风:撤退!

国王的军队乘胜进攻。这时,其他不死者以各种交通工具(直升机、飞艇、热气球等)的形式陆续出现了,战斗暂时停了下来。

铃:都来了。

国王:(兴奋地)很好!停止进攻,给他们一点时间。

86.五号区边界 / 白天

不死者们来到 X 身边,把手搭到他的肩膀上,开始共享记忆,然后默默整队。

X 走到西风和黑鸟身边。

X:这里交给我们吧。

西风:不行,我绝不会在老头子面前退缩的!

黑鸟:现在还不到送死的时候。

黑鸟架起西风,带人退到了五号区。

X 转身,面向国王的大军。

87.五号区边界 / 中午

两军对阵,片刻的宁静。国王凝视着不死大军。

国王:让小家伙们出来玩玩吧。

铃按动一个开关,国王的大军立刻退开,让出一条通道。几辆巨型运载车缓缓开出,闸门开启,几只霸王龙似的基因怪兽,发着恐怖的叫声,冲向不死者大军。

不死者立刻几个聚在一起,融合成和怪兽大小相当的个体进行战斗,一番地动山摇之后,怪兽哀嚎着倒下去了,不死者被踩得稀烂,缓慢地复原成个体。

国王:(击掌)壮观!继续吧。

铃又按动一个开关。怪兽的尸体开始变化,寄生在怪兽体内的虫卵开始孵化,片刻间,怪兽被分解得一干二净,满地金色的甲虫如潮水般涌向不死者,所过之处,尽成荒芜。

不死者来不及做出对策，皆被吞噬。

虫潮向五号区蔓延而去。

西风：点火！

人们迅速在地上撒上一层油点燃，熊熊的大火形成一道防线，但仍有不少甲虫燃烧着冲过来，扑到人的身上。

忽然，甲虫开始接连爆炸，喷出银色的液体，液体逐年汇聚，如银色的湖水，甲虫如同被淹死一般溺亡。

不死者又一个个站立起来，整队面对国王的大军。

国王：精彩！你的杰作让人惊叹不已！还有什么？

铃一摆手，一面精致的小口径激光炮出现了。

国王：这看上去没那么过瘾。

铃：最简单的办法往往最有效。

激光炮射出一道道光柱，精确地打在不死者身上，不死者一个接一个地消失了，战场上笼罩了一层不肯消散的银色烟雾，异常安静。

国王：（失望）如此而已？

铃：要等一会儿才知道。

国王：（拿起棋盘）那就先下一盘吧。

88.五号区边界／下午

天空阴沉，开始下雨。

一些银色的粉末吸附在雨水上，掉落下来，形成银色的小溪。

在泥洼和遍地的尸体中，不死者融合成了一个巨人，沾满污泥，淌着雨水。

国王：（望着雨中的巨人）气势如虹啊！

铃：陛下，我想他们确实是不死的。

地动山摇，巨人如飓风般席卷一切。一挥手，半支铁骑军就飞上了天空，一抬脚，全队的机甲部队便不知所终。

人们全都被震慑了，帝国的军队开始溃逃，只有贴身的御林军还在坚守。

国王铁青着脸，专注地下棋。

御林军总管：陛下，请下令撤军吧。

国王怒不可遏地站起身，抽出宝剑刺死了总管，坐回到棋盘前。

铃：将军！

大雨中，巨人迈着沉重的脚步走到了国王跟前，国王看都不看一眼，只盯着棋盘。

铃:陛下,一切都结束了。

国王:(冷笑)我说结束,才会结束。(仰头望着不死者,笑)干得很好,我现在命令你,取消“去死”的命令,执行新的命令——(一指五号区)把那里给我踏平。

黑底字幕打出:

必须绝对服从国王的命令。

——不死者第一定律。

不死者和铃都愣住了。

国王把棋盘掉转过来,黑白双方的棋子对换了。

国王:(微笑)将军!

89.五号区边界 / 下午

不死巨人在雨中静静地伫立。

独眼:怎么不动了?

西风:毕竟是自己的主人,不能把他怎样。

黑鸟从怀里掏出药瓶,把所有的药都倒进嘴里,站起身。

黑鸟:终于,等到这一天了(箭步冲出)。

西风:喂……这家伙!各位,(剑指前方)是时候了!

西风带领残兵冲向国王军营。

90.五号区边界 / 下午

铃对着棋盘陷入了沉思。

侍从:陛下,又有人冲了过来。

国王拿起望远镜,看见黑鸟,冷笑了一声,从怀中掏出一个开关,按下去。

黑鸟停住,摇晃了一下,然后又继续向前冲。

国王不停地按钮,黑鸟不断地摇晃,又咬牙向前冲。

国王愤怒地长按不放,黑鸟终于倒了下去。

国王:不自量力!(对巨人)还在等什么!把他们都给我消灭!(指着冲上来的众人)

巨人沉默着,开始回放一些过去的片段:

雅:国王的话,你们必须服从吗?

X:是的,这是不死者的“第一定律”,优先于其他定律。(第 3 场)

X:对不起,在台风里消耗了太多能量,刚才又打了一架,快没电了。

雅:我以为你们不吃不喝呢。

X:就算是不死者,也要遵守能量守恒定律。(第 3 场)

X:“时间之光”要消耗能量吧?

雅:嗯。(第 72 场)

雅:那是什么?

X:强氧化剂,黑鸟剑上涂的,能够腐蚀我的身体,延缓复原时间。(第 9 场)

X:只要时间足够漫长,我们都会复原。

雅:太可怕了。(第 3 场)

雅:慢慢就会好起来的,需要一点时间。

X:时间?

雅:时间能让人淡忘。(第 35 场)

X:光荣并不随着时间而去。(第 82 场)

雅:……为了让别人能够获得安慰,奉献自己本来就快要了结的生命,也算是不枉此生了吧。(第 71 场)

雅:……他和我们一样有着灵魂,甚至还有一颗仁爱的心,只不过,你要给他们一点时间。(第 83 场)

黑底字幕:

时间。

巨人缓缓地抬起自己的右手,凝视着,身体开始发出淡绿色的光芒。

回放片段:

西风:呵,设想一下:假如你马上就要死了,真正的死了,你会眷恋这个世界吗?(第 84 场)

巨人身上的绿色光芒开始更加鲜明,身体开始剧烈地颤动。

国王:他要干什么!

铃:难道……难道他……

在山摇地动中,所有人都站不稳,闭上了眼。

巨人在瞬间分解成了看不见的分子云雾,一道耀眼的绿光照亮晦暗的天空,照在每个人的头上,人们都在一瞬间回到了过去。

91.雪地 / 白天

铃回到了小时候,在漫天飞舞的大雪中,她蹲在地上,姐姐拉着她在雪地上滑雪橇。

铃:(默默流泪,内心独白)真希望世界没有尽头,就这样一直地滑下去啊……

92.五号区边界/黄昏

绿光过去,银色的云雾散去,雨停了,天空中的乌云也消散。金色的夕阳照耀大地。

“时间之光”掉落在铃的脚下。

(一个月后)

93.十字路口/白天

西风和黑鸟站在岔路口,看着布头在玩小飞机。黑鸟的大部分身体都换成机械。

西风:废了这么大的劲,还是没能把那芯片取出来?

黑鸟:大概就一直这样了,到死为止。其实,偶尔尝尝痛不欲生的滋味,反而能感觉到自己还活着。

西风:这倒是。我说,你也回到过去了吧?那个时候。

黑鸟:没有。

西风:真的?

黑鸟:大概是当时昏迷太深了吧。

西风:太可惜了。

黑鸟:回到过去,把那些风流韵事重温一遍,难道不会有人面桃花的惆怅吗?

西风:(沉默,微笑)我这辈子,就只爱过一个女人,虽然她后来出卖了我,可是回到与她初次见面的那一刻时,我发现自己什么也没改变,依然不可救药地爱上了她。

黑鸟:真是令人发指。

布头的小飞机挂在了树上,布头爬上树。

西风:真想和那家伙再下一盘棋啊,不知道什么时候才能活过来。

黑鸟:恐怕你等不到那一天了。

西风:没关系,只要他活过来就好。

黑鸟:为什么?

西风:一想到我们都死掉以后,那家伙还活在世上,心里多少有点安慰。他说过,他是不会遗忘的。

黑鸟:你很有想法。

两人沉默了一会儿。

黑鸟:走了。(转身离去)

西风:(冲布头)我们也走吧。

布头点点头,从树上下来。两人向另一条路走去,背影渐渐远去,只留下苍茫的大地。

许多年过去了,在一场春雨中,落下一滴银色的雨。

本剧本获得第二届广电总局电影局“扶持青年优秀电影剧作计划”奖。